태초에 사랑이 있었다

신화에 숨은 열여섯 가지 사랑의 코드

태초에 사랑이 있었다

신화에 숨은 열여섯 가지 사랑의 코드

권혁웅 지음

문학동네

모든 신화는 사랑 이야기다

나는 왜 이 글을 쓰게 되었나?

사춘기 때 나는 죄의식으로 똘똘 뭉친 작고 약한 소년이었다. 교회가
내게 죄를 가르쳐주었고(한동안 나는 성경을 교과서 대신으로 읽었다),
학교가 죄짓는 사람들을 확인시켜주었으며(아이들은 주먹으로만 세상
을 설명하려 들었다. 게다가 그들은 성적인 호기심으로 부풀어오른 물풍선
같았다. 안타깝게도 교회에서는 그 호기심을 죄라고 설명했다), 집은 가
난하고 시끄러웠다. 나는 늘 상상 속으로 달아나곤 했다. 삼국지를 읽
거나 프로야구를 보며, 내가 아는 사람들을 장수나 선수로 둔갑시켜 머
릿속에서 전쟁을 벌이거나 경기를 치렀다. 나는 지금도 어린아이들이
스스로 죄인임을 고백하는 게 무섭고 패싸움이 싫고 술주정이 혐오스
럽다. 그때 시쓰기를 배웠다. 시는 내 머릿속의 상상을 거리낌없이 펼
쳐내는 방법이었다. 시를 읽고 쓰다가 시에서의 비약이 바로 신화의 초

현실이라는 걸 알게 되었다. 성경에도 신화가 숨어 있었다. 그 다음으로 정신분석을 공부하며 성적인 꿈이 사실은 그냥 몸의 이야기라는 걸 배웠다. 결국 어느 날엔가, 시와 꿈과 신화가 모두 몸의 논리로만 설명된다는 것을 깨달았다. 그때부터 이 책을 구상했다.

신화와 꿈과 시는 우리 삶을 비추는 삼면경(三面鏡)이다. 그 거울은 왜곡되어 보이지만, 실은 그 왜곡된 모습 속에 진짜 우리가 있다. 정신분석은 내가 알고 있는 것, 그러니까 자아야말로 허상에 지나지 않는다고 말한다. 꿈이 삶 아래에 놓인 욕망을 특별한 개인을 통해 보여준다면, 신화는 삶 위에 자리한 소망을 전형적인 개인을 통해 보여준다. 신화는 우리가 살아가는 것, 그러니까 삶이야말로 진짜 삶의 부분에 지나지 않는다고 말한다. 캠벨(J. Campbell)이 말했듯 신화가 집단의 꿈이고 꿈이 개인의 신화라면 시는 그 둘이 접속하는 자리에 놓여 있다. 시는 꿈과 신화를 잇는 현대의 환상이다. 시 안에는 우리가 수많은 나의 총합인 신화시대의 논리와, 내가 저 거대한 우리의 대리자인 꿈의 논리가 공존하고 있다.

신화와 시의 공통성은 그 표현형식에서도 보인다. 시의 가장 중요한 특질 가운데 하나는 주체의 이동이다. 의인화라고 알려진 이 방법은, 신화시대부터 현대에 이르기까지 현실의 영역에 놓인 물상들을 환상의 영역으로 옮겨가는 중요한 기술이었다. 신화시대에 자연은 신의 활동이 이루어지는 터전이었다. 이를테면 천둥 소리는 분노한 신의 음성이었고 번개는 신의 무기였는데, 이것은 은유가 아니다. 사실과 환상 사이에 어떤 간극도 허락하지 않는 동일성의 사유가 여기에 있다. 보이는 것은 믿음의 표현이었으며, 그 믿음은 주어진 현실을 가장 정확하게 설명하려는 합리적 사유의 결과였다.

은유가 수사의 영역에서 확립되면서 이 동일성에 금이 갔다. 은유는 동일성의 사유일 뿐만 아니라 이질성의 사유이기도 하다. 은유적 관련으로 묶인 두 사물은 공통 특질을 부여받지만, 그로써 두 사물이 처음부터 같은 것이 아니었다는 게 증명된다. 천둥 소리는 신의 고성을 '표현'하고 번개는 신의 분노를 '표현'한다. 표현된 것과 표현하는 것 사이에는 틈이 있어서, 어떤 인과성도 허락하지 않는다. 그것은 다만 비슷할 뿐이다. 은유는 신이 노해서 천둥을 발하는 것이 아니라 천둥 소리가 신이 분노한 상태와 닮았다고, 신이 형벌로 번개를 내리꽂는 게 아니라 벼락맞은 어떤 상태가 신의 천벌과 닮았다고 말한다.

시가 신화시대의 사유를 여전히 보존하고 있는 것은, 여전히 두 사물 사이의 동일시가 전제되고 난 후에야 시적 진술이 가능하기 때문이다. 시에서는 천둥과 번개가 신의 분노 그 자체이다. 신이 아니면서 동시에 신을 드러내는 것, 이것이 엘리아데가 말한 성현(聖顯)이며 시에서의 은유다. 막스 뮐러 역시 언어의 은유적 속성이 신화의 근원이라고 말했다. "처음에는 은유적 의미로 사용된 언어가 본래 갖고 있던 의미가 은유에서 전이되었다는 사실을 잊고 쓰일 때" 신화가 탄생한다는 것이다. 꿈에서도 그렇다. 라캉이 은유와 환유를 빌려 무의식의 움직임을 설명한 것은 꿈이 수사적인 것이기 때문이 아니라 신화적이거나 시적인 것이었기 때문이다.

신화적 시간과 역사적 시간을 갈라놓는 가장 중요한 요소는 그것이 반복 가능한가, 아닌가에 있다. 신화적 사건은 늘 재귀(再歸)되며, 그래서 그것은 언제나 현재적이다. 캠벨이 『신의 가면―서양신화』에서 예로 든, 오디세우스를 생각해보자. 그가 출정한 후에 십 년이 흘렀고 다시 돌아오는 데 십 년이 걸렸다. 이 대칭은, 우리가 '오디세우스적 귀환'이라고 부르는 모든 수사적 지칭에 공통적인 대칭이다. 오디세우스는 돼지를 360마리(일 년을 상징한다) 소유하고 있었는데, 매일 한 마리씩 죽었다. 그는 서쪽 세계 아래로 내려가 죽은 자들의 영토에 이르렀으며, 동쪽 세계 끝에서 다시 올라왔다. 다시 말해 그는 황도(黃道)를 따라간다. 한편 그를 기다리던 아내 페넬로페는 집에 앉아서 구혼자들의 눈을 속이기 위해 낮에는 천을 짜고 밤에는 천을 푼다. 차고 이지러지는 달의 모습이 그 천에 있다. 그녀는 달의 변형을 따라 하고 있는 것이다. 해와 달, 남과 여라는 대칭적 원리가 있는 곳에서는 늘 이러한 귀환이 이루어진다. 오디세우스적 귀환은 모든 세월의 흐름에 내재해 있었던 것이다. 그래서 신화적 시간은 현재적이다.

반면에 역사적 시간은 모든 시간의 흐름 가운데 단 한 번만 일어난다. 그것은 예수 그리스도의 탄생이 기원의 전후를 가르듯, 시간의 앞뒤를 절단한다. 이 절단에서 균열이 생기고 균열에 따라 시간은 촘촘하게 계량화된다. 역사의 시간은 불가역적이며 반복 불가능한 것이다. 이집트의 오시리스, 그리스의 디오니소스, 바빌로니아의 타무즈, 소아시아의 아티스, 시리아의 아도니스, 이달리아의 바쿠스, 페르시아의 미트라는 모두가 죽은 후에 부활한 신인(神人)들이다. 이들은 고대 세계의 미스테리아 의식 때마다, 의식을 거행하는 이들 속에서, 아니 이들 '속에서만' 살아난다. 그러나 유대의 신인(神人) 예수 그리스도는 기원전 3년에, 베들레헴에서, 정말로 태어났다. 그것은 실제로 일어났다는 점에서 역사적이며, 우리 마음속의 그분은 그 역사적 사건과의 관련 아래서만 우리 속에 존재한다. 역사적 시간은 과거적이다.

꿈과 시의 시간은 신화적 시간에 가깝다. 꿈은 멀고 가까운 혹은 오래전과 지금을 하나로 통합한다. 꿈속에서 이질적인 것들은 뒤섞이는 것이 아니라 융합된다. 시에서도 그렇다. 시는 처음부터 반복의 자식이다. 시를 시간 속에서 풀어내는 저 리듬과 박자가 그렇고, 그에 따라 예전의 느낌을 지속적으로 현재화하는 저 회감(回感)의 운동이 그렇고, 언어가 만들어내는 저 이미지의 중첩이 그렇다. 시를 읽을 때마다 우리는 신화적 시간으로 되돌아간다. 프로이트(S. Freud)는 꿈이 유년의 한 지점에서 파생되거나 그 한 지점에 고착되어 있다는 것을 지속적으로, 힘주어 강조했다. 꿈에서 시간과 공간은 극단적으로 왜곡되는데, 이 왜곡은 저 최초의 시공간을 확보하기 위한 마음의 작용에서 비롯한 것이다. 꿈을 꿀 때마다 우리는 반복해서, 그 한 시절로 되돌아간다. 이 특별한 시절, 이른바 신화적인 낙원과 유년이 존재하기 때문에 신화와 꿈은 거짓이 아니다. 그것은 비합리적 사유의 결과가 아니다. 위치타 인디언에게는 다음과 같은 얘기가 있다. 두 사람이 누가 더 오래 이야기를 할 수 있느냐를 가지고 내기를 했다. 한 사람은 신화를 말했고 한 사람은 세속적인 이야기를 했다. 후자가 이겼다. 세속적인 얘기는 무한하지만 신화는 제한적이라는 것이다. 왜 그럴까? 세속적인 얘기는 거짓이므로 끝없이 지어낼 수 있지만 신화는 진리이므로 무한정

일 수 없다.

신화와 꿈과 시의 테마는 언제나 사랑이다. 신화시대의 주된 관심은 생산력의 증대에 있었다. 신이나 영웅과 같은 집단적인 힘의 대리자가 내보이는 무시무시한 힘은 늘 정력이었다. 이 때문에 최고신 제우스가 그토록 바람을 피웠던 것이며, 신들의 세계에서 한도 끝도 없는 근친상간이 일어났던 것이며, 헤라클레스와 순임금이 지치지도 않고 괴물들(이들은 정상이 아니란 점에서, 변태다)을 퇴치했던 것이다. 정신분석이 궁극적으로 해명하려는 것은 성욕이다. 성욕이 반드시 섹스와 관련된 욕구를 말하는 것은 아니다. 어린아이들이 제 엄마를 찾아 만지고 핥고 쓰다듬고 싶어하는 것, 그게 성욕이다. 어른은 누구나 몸 속에 아이들을 숨겨두고 있다. 그에게 혹은 그녀에게 칭얼대는 그녀와 그를 떠올려보라. 프로이트가 기본적 욕망의 도식으로 삼았던 오이디푸스 신화도 그렇다. 오이디푸스의 저 무겁고 음산한 운명을 걷어내고 보면, 남는 것은 엄마에게 한없이 떼쓰는 어린아이일 뿐이다. 부모와 성적으로 얽혀 있는 것이 오이디푸스의 운명이 아니라, 어린아이가 가진 최초의, 순결한, 몸의 사랑이 그의 운명이었던 셈이다.

시가 보존하고 있는 정서적인 충동이 바로 신화가 말하는 생산 혹은 정신분석학이 말하는 욕망이다. 단순하게 말해서 그것을 마음의 움직임이라고 할 수 있을 터인데, 이 움직임을 사랑의 동력학(動力學)이라 부를 수 있을 것이다. 이 책에서 신화를 통해 해명하려는 것이 바로 이 사랑의 움직임이다. 사랑이 세상을 살 만하게 하는 유일한 힘이라면 사람이 살아온 내내 그랬을 것이며, 사람이 살아가기 시작한 처음부터 그랬을 것이다. 태초에 사랑이 있었다. 낙원에서 아담과 하와가 벗은 걸 알고 부끄러워 몸을 가렸던 것은 그들이 단순히 몸을 노출했기 때문이 아니었다. 사랑이 있었을 때 그들은 벗은 상태를 쑥스러워하지 않았다. 사랑하는 이에게 제 몸의 구석구석을 보여주는 것은 부끄러운 일이 아니기 때문이다. 그러나 지혜의 나무 열매를 따먹은 후 그들은 서로를 부끄러워했다. 그들이 죄를 저질렀을 때가 최초로 사랑에 균열이 생긴 때였다. 아니, 사랑을 저버린 것이 그들의 죄였다. 그들은 지혜의 나무 열매를 따먹은 책임을 남에게 전가했다. 그러니까 더이상 그곳이 사랑의 공동체가 되지 못하게 되자 낙원 추방령이 내려졌던 것이다. 그들은 가시와 엉겅퀴 가운데 땀을 흘리며 노동을 해야 했고, 몸이 찢겨나가는 아픔 속에서 아이를 낳아야 했다. 그들이 짐 져야 했던 신의 이런 저주는 사실 그들 자신이 만든 노역이었다. 사랑이 없는 곳에서는 땀의 보람인 노동도 사랑의 결과인 아이도 모두 고통이다.

신화의 논리는 감각의 논리다. 신화는 몸의 느낌—보고 냄새 맡고 만지고 핥고 쓰다듬는—으로 사물을 배치하고 거기에 인과성을 부여한다. 과장해서 말한다면 신화에서 서사의 굴곡은 오르가슴의 그래프와 닮았다. 신화는 머리로 받아들이는 것이 아니다. 시의 이미지, 꿈의 욕망이 또한 그렇다. 우리는 그걸 사랑이라고 부른다. 사랑이라는 감정이 솟아나는 지점 또한 세 영역에서 비슷하다. 그곳은 우리가 상식적으로 받아들이기 힘든 어떤 비약과 일탈이 일어나는 지점이다. 레비스트로스(Lévi-Strauss)는 "신화에서 의미 있는 요소들이란 모순들 그 자체이다"라고 말했다. 모순이 일어나는 곳, 바로 거기에 신화적 사고의 핵심이 있다. 꿈은 현실원칙과 쾌락원칙이 갈마드는 곳이다. 꿈이라는 장(場)에서, 무의식은 의식의 억압을 뚫고 솟아오른다. 그러나 여전히 의식은 무의식의 분출을 억누른다. 꿈은 그런 억압과 분출의 길항작용 때문에 왜곡된다. 시적인 대상이 주체의 동일시에 의해 변형된다는 것은 잘 알려진 사실이다. 그러므로 세 영역에서 일어나는 왜곡과 변형은 사랑이라는 동력에 의한 것이다.

신화에서 기적과 변신이 일어나는 곳, 꿈에서 사람과 장소와 시간이 바뀌는 곳, 시에서 논리와 연상이 건너뛰는 곳에서 우리는 사랑의 테마를 발견할 수 있다. 힘겹게 자신을 관철하려는 사랑의 힘이 거기에서 솟아나기 때문이다. 사실성의 세계에서라면 반드시 망가질 수밖에 없는 운명이 신화와 꿈과 시에서는 환상을 통해 부정된다. 비약과 일탈을 가능하게 하는 힘이 바로 사랑의 힘이다. 그래서 신화와 꿈과 시는 모순을 추진력으로 삼아 나아간다. 모순의 외부적 결과는 왜곡이지만, 그 내부에는 세상의 논리와 드잡이하려는 사랑의 논리가 숨어 있다.

내가 이 책에서 보여주고자 하는 점이 바로 이것이다 : 모든 신화는 사랑이다. 한 사람의 꿈을 움직이는 힘, 한 편의 시를 추동하는 힘도 그렇다. 이것은 사랑의 신화가 아니라 신화의 사랑에 관한 책이다. 모든 신화가 사랑의 테마를 숨기고 있기 때문에, 특별히 사랑에 관한 신화가 따로 있는 것이 아니다. 신화에 숨은 몸의 논리를 분석 대상으로 한다는 점에서, 이 책을 신화에 관한 정신분석이라 간주해도 좋을 것이다. 앞으로 우리는 여러 가지 테마를 중심으로 신화에 내재한 사랑의 길을 여행할 것이다. 세계 각지의 신화들을 모으고 나누어, 동서와 고금을 횡단하며 촘촘한 사랑의 길을 탐색하고자 한다. 탐색의 방향은 크게 두 가지다. 하나는 사랑 이야기로 포장된 사람살이 이야기를 좇아가는 것이며, 다른 하나는 사람살이 이야기로 포장된 사랑 이야기를 끄집어내는 것이다. 전자는 자주 이야기되었으나 후자는 그렇질 못하다. 이 글은 주로 후자를 중심으로 씌어질 것이다.

어디나 사랑의 길 아닌 것이 없다. 세상이 사랑의 길로 사통팔달이다. 지렁이가 대지에 길을 내듯, 사랑이 세상에 숨구멍을 낸다. 우리는 사랑의 힘으로 숨쉬며 산다. 이제 여행을 떠날 시간이다.

01

길

여행을 떠나기로 했으니, 먼저 길에 관해 이야기해보자. 모든 길 가운데 가장 근원적인 길은 몸에 난 길이다. 우리는 이 길을 좇아 세상에 나왔고, 살아가는 내내 이 길을 따라간다. 몇몇 신화는 이 길을 따라가야 진정한 진리에 이른다는 것을 가르쳐준다. 남성의 몸[脣露]에서 나와 여성의 몸[水路]으로 가는 길—이 길은 생산의 길이어서, 일종의 산도(産道)다.

길과 집은 우리네 삶을 요약하는 두 개의 상징이다. 집이 세계의 중심, 자궁, 정주, 안식, 죽음, 사랑, 존재, 목적, 정태성을 상징한다면 길은 세계의 확장, 산도, 방랑, 노동, 삶, 고독, 과정, 수단, 역동성을 상징한다. 집은 시원이자 종착이다. 삶이 시작되거나 마감되는 곳이기에, 집으로 상징되는 모든 것은 정태적이다. 사랑의 집은 몸의 집이다. 당신의 몸-집에 사랑이 깃든다. 사랑하는 이들이 만든 품이 바로 집이다. 반면에 길은 시작과 끝을 잇는 긴 현재여서, 길로 상징되는 모든 것은 동태적이다. 길은 모든 집을 여관으로 만들면서 세상을 넓혀간다. 길이 흔히 인생에 비유되는 것은 우리 삶이 처음부터 길 위의 삶이었기 때문이다. 사랑의 길 역시 몸의 길이다.

최초로 집을 나서는 것, 그것은 어머니의 몸에서 나오는 것이다. 어머니 몸 속에 난 길은 생명의 길이다. 산도(産道)가 생산하는 길이기 때문이다. 형체 없는 것들이 그 길을 지나며 피와 살과 숨결을 얻는다.

사랑으로 아기를 품는 이와 그 몸의 집을 박차고 나와 떠도는 이—이런 모자관계 때문에 우리는 모두 탕자다. 어머니의 몸을 찢고 세상에 나오는 것, 그게 출가(出家)일 것이다. 제주도 무가(巫歌)에서 전해오는 삼공본풀이 이야기 가운데서도 길이 나온다. 이 이야기에는 서동 이야기와 심청과 바리데기 모티프가 이리저리 섞여 있다. 주인공이 집에서 쫓겨나는 부분만 옮긴다.

거지 부부가 만나 세 딸을 낳았다. 첫째딸은 은그릇에 적선을 받아 이름을 은장아기라 지었고, 둘째딸은 놋그릇에 적선을 받아 놋장아기라 지었으며, 셋째딸은 나무그릇에 적선을 받아 가믄장아기라 지었다. 부부는 셋째딸을 낳은 후에 이상하게 운이 트여 일마다 잘되었다. 부자가 된 부모가 어느 날 세 딸을 차례로 불러다 물었다.

"큰딸애기 이리 오너라, 너는 누구 덕에 먹고 입고 잘사느냐?"

"하늘님도 덕이외다. 지하님도 덕이외다. 아바님도 덕이외다. 어마님도 덕이외다."

"큰딸애기 기특하다. 네 방으로 가거라."

둘째딸도 같은 대답을 했다. 두 딸이 부모의 덕을 칭송하니 부부가 흡족해했다. 그러나 셋째딸인 가믄장아기는 다르게 대답했다.

"하늘님도 덕이외다. 지하님도 덕이외다. 아바님도 덕이외다. 어마님도 덕이외다마는 나 배또롱(배꼽) 아래 선 그믓이(배꼽 밑에서 음부까지 그어진 선) 덕으로 먹고 입고 잘삽니다."

"이런 불효 여식이 어디 있느냐? 어서 나가라"

그러나 셋째가 쫓겨난 후에, 부부는 두 딸을 잃고 눈마저 멀어 다시 거지가 되고 말았다. 가믄장아기는 집을 나가서 이런저런 고생을 하다가 남편을 만나 집안을 일으켰다. 부모를 다시 찾을 결심을 한 셋째는 소경 잔치를 열어 맹인거지들을 초대하고 여기서 부모를 만나 개안시키고 함께 행복하게 산다. 첫째, 둘째 딸은 천지와 부모만을 은덕의 대상으로 들었으나, 셋째는 자신의 배에 난 길을 더 들었다. 이 길이 바로 여성의 몸 속으로 우리를 인도하는 생명의 길이다. 셋째만이 영락한 집안을 다시 일으켰으니 그녀의 말이 정답이라 하겠다.

초공본풀이에서도 이 길이 나온다. 주인공 노가단풍아기씨가 신령한 중의 힘으로 사내 없이 임신을 했다. 태중의 세 아이가 바야흐로 세상 밖으로 나오려는 장면이다.

> "아야 배여! 아야 배여!"
> 신구월 초여드레에 큰아들이 태어나려는데, 어머님 밑으로 가려고 하되,
> "아버님이 안 보았던 길이다."
> 어머니 오른쪽 겨드랑이를 모질게 뜯어 태어났다. 열여드레에는 둘째아들이 태어나려는데, 어머님 밑으로 가려고 하되,
> "아버님이 못 보았던 길이다. 우리 형님도 안 나온 길이다."
> 왼쪽 겨드랑이를 모질게 뜯어 태어났다. 스무여드레에 막내아들이 나오며,
> "아버님이 못 보신 길이다. 형님들도 안 나온 길이다."
> 가슴을 모질게 뜯어 태어났다.

아버지가 어머니 몸에 난 길로 들어오지 않았으므로, 자식들도 그 길에 접근하지 않았다. 사랑의 길, 생산의 길에 대한 옛사람들의 배려가 이러한 신령한 탄생을 낳았다고 하겠다(그들은 사람의 자식이면서, 사람의 자식이 아니다. 이 탄생의 의미에 관해서는 13장에서 이야기하겠다).

중국인들은 누란(樓蘭)으로 가는 두 길에 양관(陽關)과 옥문관(玉門關)이라는 이름을 붙였다. 누란은 도시 크로라이나(Kroraina)의 중국식 이름이다. 중국의『한서漢書』「서역전西域傳」에 "선선국(鄯善國). 본래 이름은 누란이다. 장안에서 6,100리 떨어져 있으며 인구는 4만4천백 명이다"라고 소개되어 있는, 이른바 서역 36국 가운데 하나였다. 비단길 덕분에 한때 크게 흥성했으나 5세기 이후 북위(北魏)의 침공과 자연의 변화로 역사에서 사라졌다. 사막을 흐르는 강은 모래땅에 스며들기 때문에 자주 유로(流路)를 바꾼다. 강물이 한순간에 누란을 폐허로 만들었던 것이다. 누란은 당나라 이후로 여러 문학작품에 등장했으나 오랫동안 유물과 유적이 발굴되지 않아서 신비의 왕국으로 간주되어왔다. 비단길이 사막 가운데 난 맨땅의 길을 아름다운 상징으로 바꾸었듯이, 누란 역시 신기루와 같은 덧없는 아름다움의 대명사가 되었다. 동양의 상징체계에서 누란은 일종의 유토피아였던 셈이다.

사랑의 은유로 말하자면 누란은 두 몸이 만나는 집이라 할 것이다. 비단길이라는 이름이 폭염과 엄동의 길에 비단 카펫을 깔았다. 사랑을 완성하는 길은 고된 길이지만 길에 나선 이는 그걸 고통으로 생각하지 않는다. 마찬가지로 누란은 현실에서 단 한 번 존재했던, 아니 존재했다는 이름만으로 아름다운 그런 나라다. 그곳을 찾아가는 두 길이 있다. 사막 너머로 막막하게, 어렵게 난 길이 겨우 둘인데, 중국인들은 그 둘을 남성과 여성의 몸에 난 길과 연결지었다. 그래서 두 길은 세상의 모든 길을 그러쥔 대로가 되었다. 양(陽)은 남성의 성기를, 옥문(玉門)은 여성의 성기를 지칭하는 말이다. 사랑에 이르기 위해서는 남성에게서 나와 여성에게로 가거나, 여성에게서 나와 남성에게로 가야 한다. 남성과 여성의 몸에 난 이 두 길은, 누란에서 반드시 만날 것이다.

『삼국유사』에도 남성과 여성의 몸에 난, 두 길에 관한 이야기가 있다. 이 두 길은 사막에 난 메마른 길이 아니라 촉촉하게 젖은 길이다. 먼저 「구지가」를 보자.

천지가 개벽(開闢)한 후에 이곳에 나라 이름도, 왕과 신하의 호칭도 없었다. 각 지역의 우두머리인 9간(干)이 있어 백성을 다스릴 뿐이었다. 후한(後漢) 광무제(光武帝) 때인 서기 42년에 북쪽 구지(龜旨, 산봉우리의 이름인데 마치 거북이 엎드린 형상과 같아서 그렇게 불렸다)에서 이상한 소리가 들렸다. 마을 사람들 이삼백 명이 모여들었는데, 모습은 보이지 않고 소리만 들렸다. "여기에 사람이 있느냐?" 9간 등이 대답했다. "우리가 여기 있습니다." "내가 있는 곳이 어디냐?" "구지봉입니다." "하늘이 나에게 명하기를, 이곳에 임하여 새로 나라를 세워 임금이 되라 하셨다. 그래서 내려왔다. 너희는 산꼭대기의 흙을 파내며 다음과 같이 노래하여라.

거북아, 거북아   龜何龜何

머리를 내어라	首其現也
그렇지 않으면	若不現也
구워서 먹겠다	燔灼而喫也

노래하며 춤을 추면, 대왕을 맞이하여 기뻐 날뛰게 될 것이다." 9간 등이 마을 사람들과 함께 기뻐 노래하며 춤을 추었더니, 자주색 줄이 하늘에서 내려와 땅에 닿았다. 줄 끝을 보니 붉은 보자기에 싼 금상자가 있었다. 열어 보니 황금알 여섯 개가 있었는데, 해처럼 둥글었다. 보자기에 싸두었더니 열이틀 후에 여섯 알이 모두 어린아이로 변했는데, 용모가 뛰어났다. 아이들은 날마다 자라서 십여 일이 지나자 키가 구 척이 되었으니, 이는 은나라의 천을(天乙)과 같았다. 또 얼굴이 용안인 것은 한나라의 고조(高祖)와 같았고, 눈썹이 여덟 색채를 띤 것은 요 임금과 같았으며, 한 눈에 눈동자가 둘인 것은 순임금과 같았다. 그 달 보름에 왕위에 올랐다. 처음 나타났다고 하여 이름을 수로(首露)라고 했다. 이 나라가 대가락(大駕洛) 혹은 가야국(伽倻國)이니, 바로 여섯 가야의 하나이다. 나머지 다섯 사람도 다섯 가야국의 임금이 되었다.

가야국 시조인 수로왕 얘기다. 수로(首露), 곧 '머리를 드러내다' 라는 이름이 여기서 유래했다고 한다. 수로왕과 다섯 임금은 하늘에서 구지봉으로 내려왔는데, 백성들에게 춤추고 땅을 파며 이상한 노래를 부르라고 시킨다. 우리는 이 노래를 "신이여, 신이여, 나타나소서. 그렇지 않으면 구워 먹으리다"라고 이해한다. 노래 뒷부분의 협박이 일종의 위

그림 1-1(위) 여주 고달사에 있는 원종대사 혜진의 탑비(塔碑). 비받침[龜趺]과 비머리[螭首]는 온전하지만 비몸은 조각만 남아
있다. 비받침에 새긴 것은 거북이요, 비머리에 새긴 것은 반룡(蟠龍)이다. 거북의 처든 목 위에 용머리를 올렸으니, 거북과 용이
같은 족보를 가졌음을 알 수 있다.
그림 1-2(오른쪽) 아프리카 아산티 왕국의 검. 가운뎃부분이 뱀, 아랫부분이 거북 무늬로 장식되어 있다.
그림 1-3(아래) 사신(四神) 가운데 하나인 현무(玄武). 뱀과 거북이 합쳐진 모습을 하고 있다.(명나라 대의 금동조각상)

협주술이라는 것이다. 하지만 왜 하필 거북이고, 왜 사람들은 춤을 추고 흙을 퍼냈을까? 그것은 이 제의가 성희(性戲)의 일종이었기 때문이다. 거북이더러 머리를 드러내라고 했으니, 이는 귀두(龜頭)를 세우라는 얘기다. 남자의 몸에도 거북이 머리가 있다. 그러니까 노래 앞부분을 다르게 옮기면, "남성이여, 발기하라"가 된다. 땅이 여성이고 춤이성애(性愛)인 셈이다. 땅을 파는 일은 본래 농사를 짓는 일이다. 그게사랑의 행위로 전이된 것이다. 지금도 우리는 자식농사를 잘 지었네, 못 지었네 하는 말을 곧잘 하곤 하지 않는가? 그러니 수로왕은 가장 큰귀두를 가진 왕이며(신라의 지철로왕이나 경덕왕 또한 음경의 거대함으

그림 1-4 파올로 우첼로가 그린 〈성 조지와 용〉. 조지는 지금 자기 상상의 지도에 틈입한 괴물을 해치우고 있다. 두 가지에 주목하라. 첫째, 조지가 꼬나잡은 창. 저것은 무시무시한 남근 아닌가? 내가 너보다 강한 힘을 갖고 있다는 뜻이다. 둘째, 미녀가 잡은끈. 저 용은 사실은 괴물이 아니라, 그녀가 길들인 다른 남자라는 뜻이다.(런던, 국립 미술관)

로 널리 알려졌다), 그 귀두가 나라 전체의 정력 곧 생산의 힘을 대표한다고 할 수 있다. 수로와 다섯 임금이 내려온 곳이 구지봉인데 이곳 역시 거북이 형상이니, 구지봉 역시 거대한 남근임을 알겠다. 나라의 모든 사람과 모든 장소를 대표하는 거대한 상징의 출현이라 할 수 있을 것이다.

「구지가」와 거의 유사한 이야기가 역시 『삼국유사』에 실려 있는데, 여기서 불린 노래는 「해가海歌」로 알려져 있다. 「해가」는 「구지가」의 여성 버전이다.

순정공(純貞公)이 강릉 태수로 부임하러 가던 길의 일이다. 임해정(臨海亭)에서 점심을 먹는데, 갑자기 해룡(海龍)이 나타나 공의 아내인 수로부인(水路夫人)을 끌고 바다 속으로 들어가버렸다. 공이 주저앉아 발을 굴렀으나 어떻게 할 줄을 몰랐다. 한 노인이 일러주었다. "옛말에 여러 사람의 말은 쇠도 녹인다고 했으니, 바다 속 짐승이 여러 사람의 입을 두려워할 것입니다. 백성들을 모아 막대기로 언덕을 치며 노래를 부르면 부인을 찾을 수 있을 것입니다." 공이 그 말에 따르니, 용이 부인을 받들고 바다에서 나와 공에게 바쳤다. 공이 바다 속 일을 물으니 수로부인이 대답했다. "일곱 가지 보물로 장식한 궁전에 음식 맛이 달고 향기로워 세상의 음식이 아닙니다." 부인의 옷에도 색다른 향기가 스며 있었는데, 세상에서는 맡아보지 못한 것이었다. 수로부인은 절세미인이어서 늘 깊은 산이나 못을 지날 때면 신물(神物)이 붙들어갔다. 여러 사람이 불렀던 「해가」는 다음과 같다.

거북아 거북아 수로부인을 내놓아라	龜乎龜乎出水路
남의 부녀 빼앗은 죄 얼마나 큰가?	掠人婦女罪何極
네 만일 거역하여 바치지 않으면	汝若悖逆不出獻
그물로 잡아서 구워 먹으리라	入網捕掠燔之喫

그림 1-5 마틴 숀가우어가 그린 〈성 안토니의 유혹〉. 모든 유혹자들은 내가 받아주지 않는 한, 다 저와 같은 괴물이다.(뉴욕, 메트로폴리탄 박물관)

늙은 견우(牽牛)가 꽃을 꺾어 바치며 불렀다는 유명한 노래 「헌화가」의 대상이 된 미녀가 바로 수로부인이다. 「구지가」가 남근처럼 우뚝 솟은 구지봉 정상에서 불렸다면, 「해가」는 여성의 몸 속처럼 출렁이는 바닷가에서 불렸다. 바다용더러 거북이라 불렀으니, 해룡 역시 거대한 남근을 가진 존재였음을 알 만하다. 내 사람을 채가는 다른 인물은 늘 괴물이다. 내 힘으로 막을 수 없는 유혹자가 신물이 아니고 무엇이겠는가? 「창세기」에서 하와를 유혹했던 뱀도 그렇다. 용, 뱀, 거북—이 징그러운 파충류의 계보가 유혹자의 계보이다(유혹자들에 관해서는 5장에서 자세히 살필 것이다). 오쟁이 진 남편의 이름을 순정(純貞) 곧 '알짜배기 정절'이라 부르는 것이 우리네 해학이다. 『삼국유사』에는 이런 식의 이름이 흔하나.

왕인 수로(首露)가 남성의 발기를 뜻한다면, 부인 수로(水路)는 여성의 몸 속에 난 물길을 뜻하는 이름이다. 남성판인 「구지가」에서는 수로란 이름만으로 제 말을 다 했으나, 여성판인 「해가」에서는 거기에 '내다(出)'라는 말 하나가 덧붙었다. '출수로(出水路)'는 그러니까 '물길을 내어라'라는 뜻이다. 여성에게 물길을 내라는 것, 곧 몸을 열어 남성을 받아들이라는 것, 그게 이 진언의 핵심이다. 옛날에도 스캔들은 무서웠던 모양이다. 뭇 사람의 입을 두려워하여 바다용이 부인을 되돌려주

그림 1-6 〈운룡도〉. 난처한 상황에 처한 듯한 용의 표정이 인상적이다. 용은 지금 구름 속에서 토막난 몸을 드러내 보이고 있다. 여성의 몸에서 길을 잃은 남성이 이렇지 않을까?(개인 소장)

었다니 말이다. 하지만 수로부인은 이미 또다른 즐거움을 맛본 이후였다. 부인에게서 느껴지는 다른 맛, 다른 향기 앞에서 순정공의 표정은 어땠을까?

인도 신화에 나오는 얘기다. 세상을 휩쓴 첫번째 대홍수 때에 불사의 감로수(Amrita)가 사라져버렸다. 감로수 없이는 우주가 유지될 수 없었다. 신들과 악마들이 힘을 합쳐 만다라 산으로 우윳빛 바다를 휘저어

그림 1-7 「요한 계시록」에 나오는 머리 일곱 달린 용. "이번에는 붉은 용이 나타났는데, 일곱 개의 머리와 열 개의 뿔을 가졌고, 머리마다 왕관이 씌워져 있었다. 용은 자신의 꼬리로 하늘의 별 삼분지 일을 쓸어 땅으로 내던졌다."(「요한계시록」, 12장) 이 용은 사탄이며, 에덴에서의 바로 그 유혹자다.(스페인, 헤로나 코덱스)

감로수를 만들려고 했다. 비슈누(Vishnu)는 쿠르마(Kurma)란 이름의 거대한 거북으로 화신(化身)하여 바다를 휘젓는 이들의 발판이 돼주었다. 신들과 악마들은 독사 바수키(Vasuki)를 밧줄로 삼아 우윳빛 바다를 저었고, 거기에서 잃어버렸던 귀중한 물건들이 솟아났다. 이 역시 교접의 상징이다. 거북과 뱀으로 대표되는 남성이 우윳빛 바다로 대표되는 여성의 몸 속에 들어가 엄청나게 생산적인 일을 해낸다. 감로수가 따로 있는 것이 아니다. 중국 신화에서도 마찬가지다. 왕가가 지은 『습유기拾遺記』에 의하면, 우임금이 치수(治水)에 열과 성을 다할 때에, 우임금 앞으로 황룡(黃龍)이 꼬리로 땅 위에 선을 그으며 가고, 그 뒤

그림 1-8 신들과 악마들이 힘을 합쳐 머리 여럿 달린 뱀 바수키를 이용하여 바다를 휘젓고 있다. 이 태초의 바다가 바로 양수다.(빅토리아 & 알버트 박물관)

를 현구(玄龜)가 검은 흙을 등에 지고 가며 우임금의 치수를 도왔다고 한다. 용과 거북은 거칠게 출렁이는 물을 다스리는 데 도움을 주었다. 남성과 여성의 관계를 치수가 설명하는 셈이다.

　수로라는 이름으로 대표되는 이 물길을 따라가야 진정한 기쁨이 있다. 이 길은 물론 합환(合歡)의 길이어서 궁극적으로는 산도에 이른다. 산도 역시 도(道)는 도여서, 산도를 피해간 자는 해탈에 이르지 못한다. 노힐부득(努肹夫得)과 달달박박(怛怛朴朴) 얘기가 이를 보여준다. 역시 『삼국유사』에 나오는 내용이다.

노힐부득과 달달박박은 친구 사이로, 인간 세상에 미련을 두지 않고 백월산에 들어가 각자 부지런히 불도를 닦았다. 어느 날 스무 살쯤 된 아리따운 여자가 난초와 사향 냄새를 풍기며 박박의 암자를 찾아와 하룻밤 묵어가기를 청했다.

　　"날은 저물고 길은 먼데 인적이 없으니 하룻밤 자고 가게 해주세요."

　　박박은 매몰차게 거절했다.

　　"절은 깨끗해야 하니 그대가 가까이 올 곳이 아니오."

　　여자는 부득에게 찾아가 같은 부탁을 했다.

　　"이곳은 여자와 함께 있을 곳이 아니지만, 중생의 뜻에 따르는 것도 보살행이지요. 게다가 골은 깊고 날은 어두웠으니 소홀히 대접할 수가 없군요."

　　부득은 그녀를 암자에 들였다. 밤이 되자, 마음을 가라앉히려고 염불을 하고 있는데, 그녀가 불렀다.

　　"제가 산기(産氣)가 있으니, 짚자리를 좀 깔아주세요."

　　부득이 불쌍히 여겨 거절하지 못하고 촛불을 밝히고 그녀를 도왔다. 그녀는 해산을 마치자 이번에는 목욕을 시켜달라고 했다. 부득은 부끄러웠지만 가엾은 마음이 더 커서, 목욕통에 물을 담아 그녀를 목욕시켜주었다. 얼마 후에 향기가 나더니 물이 금물[金液]로 변했다. 여자가 말했다.

　　"스님도 여기서 목욕을 하세요."

　　부득이 목욕을 하니, 갑자기 정신이 맑아지고 피부가 금빛으로 변했으며, 옆에 연화대가 생겼다. 여자가 말했다.

　　"나는 관음보살인데, 그대를 도와 대보리(大菩提)를 이루어준 것이오."

뒷이야기는 별로 적을 것이 없다. 박박이 속으로 '부득은 오늘밤 계를 어겼을 게다'라고 생각해서 비웃어주러 왔다가, 미륵불이 된 부득을 보고 참회했으며, 그래서 둘이 같이 금물에 목욕하고는 부처가 되었다. 이 얘기를 여색이 아닌 보살행의 우화로만 받아들여선 안 된다. 신화적인 비약이 일어난 부분을 찾아보자. 스무 살 여자가 자태와 거동이 아름답다〔姿儀殊妙〕고 했는데, 사실은 해산일이 오늘인 임신부였다. 이 모순은 부득으로 하여금 여성의 몸에서 눈길을 돌리지 못하게 하려는 신화적인 장치다. 아이를 받기 위해서는 몸의 은밀한 부분을 들여다보지 않을 수 없기 때문이다. 여자의 요청을 정리해보자. "날 방에 들여주세요." "제 아기를 받아주세요.(제 벗은 몸을 보세요)" "저를 씻겨주세요." "저와 같이 목욕해요." 이를 따라간다면, 우리는 절정을 향해가는 고양된 오르가슴을 느끼지 않을 수 없을 것이다. 처음에는 합방을 하고, 다음에는 여성의 몸 속에 난 물길을 찾고, 그 다음에는 여성의 몸 구석구석을 만지고, 또 그 다음에는 함께 그 물에 잠겨드는 일—여성의 몸에 난 물길〔水路〕을 따라가는 이 길이 생산을 암시하는 것이 아니고 무엇이겠는가? 박박은 처음부터 여자가 유혹자임을 알고 있었다. 『삼국유사』의 기록자인 일연이 주에 붙인 다른 기록에 의하면, 박박은 "내겐 모든 잡념이 없어졌으니, 피주머니(血囊, 여성 성기)로 날 시험하지 마시오"라고 했다고 한다. 그런데 이 유혹하는 몸 속의 길이 해탈에 이르는 진정한 길이었던 셈이다. 일연은 관세음보살이었던 이 여자를 기리며, "세 통에서 목욕이 끝나자 날이 밝았는데, 두 아이 낳고서는 서쪽으로 가셨구나"라고 노래했다. 목욕통은 하나였는데 왜 세 통이라고 했을까? 아마도 그녀를 포함해서, 각자가 잠겨든 금물이 따로따로 였기 때문이었을 것이다. 왜 두 아이를 낳았다고 했을까? 부득과 박박이 부처가 되었으니, 관세음인 그녀가 낳은 새끼부처란 뜻일까? 그보다는 두 사람이 그녀의 몸에 난 물길, 곧 산도를 거쳐갔기 때문이었을 것이다.

여자는 난초와 사향 냄새를 풍기며 왔다. 사향은 최음제로 쓰인다. 그녀는 정숙함과 요염함을 한 몸에 지니고 있었다. 두 사람은 그녀의 물길에 인도받았으며, 그곳에 잠겨들면서 부처로 거듭났다(물이 출산과 관련되었다는 점은 6장에서 말하게 될 것이다). 그 몸의 길을 따라, 우리는 나고 살고 죽는다.

02

세월

신화는 무시간성의 지평에 놓여 있다고 말하지만, 꼭 그런 것만은 아니다. 신화의 시간이 세속의 시간과 다를 뿐이다. 신화에서 사건은 늘 회귀적이다. 아담과 하와의 원죄가 말해주듯, 신화에서는 하나의 사건이 다른 모든 사건을 대표한다. 한번 일어난 사건은 여러 번, 거듭해서 일어난 사건이다. 신화에서 사건은 시간의 지표(指標)다. 그래서 신화적인 시간은 늘 기억의 문제와 관련된다.

신화의 시간은 반복 가능한 시간이다. 신화에서 시간은 늘 재귀적이다. 그래서 신화적인 사건은 단 한 번 일어나는 것이 아니라, 그것이 상기될 때마다 거듭해서 일어난다. 신라 때 처용이 겪었던 사건은 고려 때 오방처용(五方處容)으로 확대, 상연되었다. 벽사진경(辟邪進慶)의 제의가 있는 곳마다, 역신은 거듭 불려나와 망신을 당한 후에 벗은 몸으로 멀리 도망가야 한다. 서문에서 말한 오디세우스의 귀환 역시 신화적인 사건이 가진 대칭성(곧 역으로 된 반복)을 보여주는 하나의 사례이다. 신화적인 사건이 시간의 계량화임을 보여주는 사례는 무수하다. 시간의 변환을 사랑의 논리로 설명하는 이야기들을 읽어보자.

대지의 여신 데메테르가 제우스와의 사이에서 딸 페르세포네를 얻었다. 명계의 신 하데스가 페르세포네의 아름다움에 반해 사랑에 빠졌다. 어느 맑은 봄날, 하데스는 땅을 가르고 솟아나와 페르세포네를 납치해서 명계로 끌

고 가버렸다. 딸을 잃은 슬픔에 잠긴 데메테르는 자신의 직분인 농사일을
돌보지 않았다. 땅에는 무시무시한 흉년이 들었다. 제우스가 나서서 하데스
에게 페르세포네를 돌려보내라고 명령했다. 그녀는 명계로 온 이래 아무것
도 먹지 않았지만, 지상으로 돌아간다는 소식을 듣고 기뻐 방심한 나머지
하데스가 권하는 석류 한 알을 삼키고 말았다. 명계의 음식을 입에 댄 자는
다시 이승으로 돌아갈 수 없다. 하지만 제우스가 다시 중재에 나서, 일 년에
여덟 달은 지상에서 어머니와 지내고, 나머지 네 달은 지하에서 남편과 보
내게 했다.

　석류는 처녀의 열매다. 다 자란 석류는 붉게 익은 속을 드러낸다. 그
것은 여성의 벌어진 입술 혹은 성기처럼 탐스럽다. 하데스가 먹인 석류
때문에, 다르게 말해서 자신의 입/몸을 열고 그를 받아들였기 때문에
페르세포네는 그의 아내가 될 수밖에 없었다. 페르세포네의 동거/별거
생활의 의미는 잘 알려져 있다. 그녀는 식물의 생명력을 대표한다. 생
산이 궁극적으로는 사랑이라는 걸 보여주는 증표가 아닐 수 없다. 그녀
가 어머니와 지내는 여덟 달 동안 지상에서는 꽃이 피고 수목이 우거지
고 곡식이 익는다. 그녀가 남편을 찾아 명계로 내려간 네 달 동안 지상
은 황폐해진다.
　페르세포네가 명계의 여왕이 된 후에 이야기는 다시 반복된다. 사랑
의 여신 아프로디테가 미소년 아도니스를 그녀에게 맡긴 적이 있었다.
페르세포네는 아도니스에게 반해 아프로디테에게 그를 돌려주지 않았
다. 두 여신 사이에 분쟁이 나자, 다시 제우스가 중재에 나서 아도니스

가 네 달은 페르세포네와 보내고, 네 달은 아프로디테와 지내고, 나머지 네 달은 자유롭게 살도록 했다. 아도니스는 자기 몫으로 남겨진 네 달도 아프로디테와 함께했다. 누가 관능적인 아름다움에 탐닉하지 않겠는가? 누가 칙칙한 죽음의 땅에 살고 싶겠는가? 사랑의 여신 아프로디테는 대지의 여신이기도 하다. 아도니스가 아프로디테와 함께한 여덟 달 동안 그리스 땅에는 생명 있는 것들, 숨 탄

그림 2-1 여신 인안나(이쉬타르). 인안나와 에레쉬키갈은 자매 사이다. 인안나가 에레쉬키갈의 영토를 빼앗으러 저승을 찾아갔다는 말도 있다. 하지만 죽음은 삶보다 힘이 세서, 그녀는 에레쉬키갈에게 희생되고 만다.

것들이 함께했다. 이 신화 역시 죽음과 부활을 거듭하는 식물의 생명력에 대한 이야기다.

메소포타미아 신화에도 비슷한 이야기가 있다.

하늘의 여주인 인안나(Inanna, 바빌로니아의 이쉬타르 여신)가 저승을 여행하기로 마음먹었다. 저승으로 들어간 인안나는 첫번째 문에서 왕관을, 두번째 문에서 귀고리를, 세번째 문에서 목걸이를, 네번째 문에서 가슴에 건 비녀장을, 다섯번째 문에서 허리띠를, 여섯번째 문에서 손과 발목의 장식을, 마지막 문에서 옷을 잃었다. 그녀는 일곱 대문을 지나며 하나씩 몸에 걸친 옷을 빼앗겨 결국 벌거숭이가 되어 저승의 여주인 에레쉬키갈 (Ereshkigal) 앞에 섰다. 여주인은 그녀의 몸에 60가지나 되는 질병을 내보

냈다. 그녀는 급기야 다진 고기처럼 망가져 벽에 걸리는 신세가 되고 말았다. 그 동안 땅에서는 모든 성행위가 중지되었다.

어떤 수소도 암소에 올라타지 못했다.
어떤 당나귀도 암컷 당나귀를 수태시키지 못했다.
젊은 남자는 거리에서 여자를 임신시키지 못했다.
젊은 남자는 자기 방에서 잠을 잤다.
젊은 여자는 그녀의 친구들과 잠을 잤다.

시아버지인 지하수의 신 엔키(Enki)가 겨우 그녀를 살려냈다. 그녀가 저승을 빠져나가려 하자, 저승의 신들이 가로막았다. 그녀는 자신을 대신할 자를 보내겠노라 말하고 겨우 지상으로 돌아왔다. 인안나는 여러 곳을 찾아다니며 자기 대신 저승에 갈 사람을 찾았으나 찾지 못했다. 그렇게 헤매다니던 어느 날 그녀는 석류나무 아래서 즐겁게 노는 남편 두무지(Dumuzi)를 보았다. 그녀는 그를 보고 화를 내며 저승사자더러 이자를 데려가라고 소리친다. 두무지는 누이가 있는 포도주 양조장으로 달아났으나 날아다니던 파리가 일러바쳐 결국 인안나에게 잡혔다. 그의 누이인 포도의 신 게쉬틴안나가 두무지를 위해서라면 무슨 일이든 하겠다고 인안나에게 호소했다. 그러자 그녀는 남편 두무지가 반 년, 그를 숨겨준 누이가 반 년 동안 교대로 저승에서 살다 오라고 결정했다.

파리는 죽은 자에게 날아든다. 두무지의 소재를 파리가 일러주었다는 건, 두무지에게 저승의 운명이 예비되었다는 뜻이다. 두무지는 바빌로니아에서는 타무즈라고도 불리는 양치기 신이다. 그리스 신화와 다르게 저승살이 기간이 여섯 달씩 배분된 까닭은, 그리스와 메소포타미아 지역의 기후가 달라서이다. 그리스 지역에서 우기가 10월에서 5월까지 지속된다면, 메소포타미아 지역에서 우기는 12월에서 5, 6월까지 진행된다고 한다. 이때에는 지상에 풀이 돋아 양을 방목하는 데 적절하지만, 건기가 시작되면 양치기들은 마른 벌판을 헤매다니며 포도주로 갈증을 달래는 고된 삶을 되풀이해야 한다. 겨울에 그녀는 황무지가 되었고 봄에 그녀는 다시 살아났다. 그리스 이야기가 사랑하는 이를 서로 얻기 위한 긍정적인 행동으로 표출되었다면, 메소포타미아 이야기는 사랑하는 이(어쨌거나 두무지는 인안나 여신의 남편이다)를 서로 내치기 위한 부정적인 행동으로 표출되었다는 게 다를 뿐이다.

인안나는 본래 다산의 여신이다. 그녀는 다음과 같이 노래했다. "갈지 않은 내 땅이 썩고 있다네. 누가 내 음부를 갈아줄까? 누가 내 밭을 갈아줄까? 누가 내 젖은 땅을 갈아줄까?" 남편인 두무지가 나서자, 그녀는 다시 노래했다. "그렇다면 사랑하는 당신이 제 음부를 갈아주세요." 그녀는 저승의 문을 지나치며 하나씩 옷을 빼앗겨 마침내 벌거숭이가 된다. 생식의 여신이, 생식의 임무를 마치고 죽음의 땅에 이른 셈이다. 에레쉬키갈은 그녀가 찾아왔다는 소식을 듣자, 처음에는 공포에 질렸다고 한다. 하지만 저승의 여주인은 마침내 그녀에게 죽음을 선고했다.

가나안의 신 바알(Baal)도 비슷한 방식으로 죽음을 이겼다. 여러 도시를 정복한 폭풍의 신 바알은 신 모트(Mot, 죽음이란 뜻)의 권위를 인정하지 않았다. 모트가 자신의 땅에 바알을 초대하여 시체로 만들어버렸다. 바알의 아내 아나트(Anat)가 바알을 회생하게 해달라고 청했으나 모트는 들은 척도 하지 않았다. 그러자 아나트는 모트를 습격하여 그의 사지를 자르고 불에 태운 다음 방아에 넣고 찧어 들판에 뿌렸다. 그곳에서 바알이 완전한 몸으로 돌아왔다. 혹심한 더위와 불모의 땅, 사막, 죽음이 모트가 다스리는 영역이다. 아나트는 곡식을 수확한 후에 모트에게 돌려주는 상징적인 행위를 통해서, 불모의 땅을 다시 풍요의 땅으로 만들었다.

신화는 이처럼 특별한 주기(週期)를 사건으로 설명한다. 물론 가장 중요한 사건은 사랑에 빠지는 일이다. 사랑이 모든 행위의 원인인 것이다. 페놉스코트 족 인디언에게는 다음과 같은 이야기가 전해진다.

태초에 한 남자와 여자가 결합했다. 남자는 바람이 불어서 생기고 햇볕에 데워진, 물결 속의 거품에서 태어났고, 여자는 풀과 이슬과 태양의 열에서 생겨났다. 둘은 많은 아이를 낳았다. 사람들이 늘어나자 사냥감이 부족해지게 되었다. 동물들이 줄어들었고 사람들은 굶주림에 시달렸다. 아이가 배고픔을 호소하자 그녀는 슬프게 울었다. 남편이 물었다.

"어떻게 하면 당신을 웃게 만들 수 있지?"

"내 눈물을 멈추게 하는 방법은 단 하나예요."

"그게 뭐지?"

"나를 죽이는 겁니다."

"말도 안 돼!"

"그래야 해요. 그러지 않으면 나는 영원히 울며 슬퍼하게 될 거예요."

남편은 북쪽으로 가서 창조주 클로스쿠르베(Kloskurbeh)를 만났다. 창조주가 그에게 충고했다.

"그녀의 말대로 해라. 너는 그녀를 죽여야 한다."

집에 돌아온 남편은 울기 시작했다. 그녀가 말했다.

"내일 정오에 당신은 나를 죽여야 합니다. 나를 죽인 다음에, 두 아들을 시켜 내 머리카락을 잡고 내 몸을 빈 땅에서 끌어내세요. 내 살이 모두 내 몸에서 떨어져나가게 될 때까지 몸을 땅바닥에서 끌고 다니세요. 그리고 나서 내 뼈를 모아서 땅 한가운데 묻은 다음, 땅을 떠나세요."

그녀는 웃으며 말했다.

"일곱 달 후에 이곳으로 돌아오세요. 그러면 당신은 내 살을 먹을 것입니다."

남편과 아이들은 울면서 그녀의 말에 따랐다. 일곱 달 후에 돌아온 그들은 초록빛을 띤 키가 크고 수염이 난 식물을 발견했다. 옥수수였다. 최초의 어머니가 준 자신의 살이었던 것이다. 그들은 그것을 먹고 일부를 다시 심었다. 일곱 달마다 그녀의 살과 영혼이 그들을 다시 찾아오게 된 것이다.

모든 희생제의는 이 원칙을 따른다. 우리가 먹고사는 것은 우리를 사랑한 이의 희생을 전제로 한 것이다. 먹기 위해서 우리는 누군가를 죽여야 한다. 이 변환을 축약하면, 우리가 누군가를 먹는다는 생각이 만들어진다. 제물이 잔인하게 희생될수록, 희생자의 죽음은 숭고하고 경

그림 2-2(왼쪽) 아스테크의 어머니 여신 틀라솔테오틀(Tlazolteotl)이 옥수수의 신 센테오틀을 낳는 모습. 여신의 얼굴은 해산의 고통으로 일그러진 것 같기도 하고, 생산의 보람으로 활짝 펴진 것 같기도 하다. 아마 둘 다일 것이다.(워싱턴, 로버트 우드 블리스 소장)

그림 2-3(오른쪽) 아스테크의 봄의 신 시페토텍(Xipetotec, '가죽이 벗겨진 주인'이란 뜻)이 얼굴 가죽과 몸 가죽을 덮어쓴 모습. 무시무시한 광경이지만, 사실은 옥수수 껍질을 벗겨 속을 먹는 행위를 표상한 것이다. 그는 산 채로 자신의 피부를 벗겨내어, 인류의 음식이 되었다.(비엔나, 뵐커쿤데 박물관)

이로워진다. 고대 이집트의 오시리스 축제에서 예수의 살과 피를 먹는 성찬식에 이르기까지 죽음은 재생을 위해 반드시 지나쳐야 하는 사건이다.

반복은 기억의 방식이기도 하다. 기억 속에서 삶은 풍화되거나 노화되지 않은 채 계속된다. 게리 그린버그(G. Greenberg)가 『성서가 된 신화 Myths of the Bible』에서 소개한 아브라함 얘기를 보자. 그와 아내가 아직 하느님에게서 아브라함과 사라린 이름을 받기 전, 그러니까 아브람과 사래로 불리던 시절의 얘기다.

가나안 땅에 심한 흉년이 들었다. 그래서 아브람은 이집트에 가서 살려고 내려갔다. 이집트 땅에 가까이 갔을 때, 그는 아내 사래에게 말했다.

"당신은 정말 아름다운 여자요. 이집트 사람들이 당신을 보면 당신이 내 아내인 줄 알고 나를 죽이고 당신을 살려둘 거요. 그러니 당신은 내 누이라고 말해요. 그래야 당신 덕분에 내가 대접을 잘 받고 목숨도 부지할 수 있을 거요."

아브람이 이집트 땅에 도착하자, 사람들이 아내를 보고 아름답다고 야단들이었다. 궁중의 신하들도 그녀를 보고 파라오에게 말했기 때문에, 왕이 그녀를 궁실로 데려갔다. 파라오가 그녀 때문에 아브람을 잘 대접하고 그에게 양과 소와 나귀와 남녀 종들과 낙타를 주었다.

야웨께서 아브람의 아내 사래의 일로 파라오와 그의 집에 큰 재앙을 내리셨다. 파라오가 알고 아브람을 불러 책망했다.

"네가 어째서 내게 이런 짓을 했느냐? 그 여인이 네 아내라고 왜 말하지 않았느냐? 어째서 그녀를 누이라고 하여 내가 그녀를 데려다가 아내를 삼게 했느냐? 자, 네 아내가 여기 있으니 어서 데리고 가거라."

파라오가 신하들에게 명령하자 그들이 아브람으로 하여금 아내와 모든 재산을 이끌고 나라 밖으로 나가게 했다.(「창세기」 12장 10~20절)

이 얘기는 사실일 수가 없다. 아브라함이 하란을 떠날 때 75세이고 사라가 열 살 정도 어렸으니(「창세기」 17장 17절), 이때에 이미 사라의 나이가 65세였다(참고 삼아 말한다면 이 시대의 기대 수명은 35세 정도였으며, 50세를 넘은 이들도 거의 없었다). 설혹 이 얘기가 실제 있었던 일이라 해도, 그로부터 이십오 년 후에 일어난 같은 사건은 설명할 수가 없다. 아브라함은 이제 100세가 되었으며 사라도 90세가 되었다. 그들은 그랄 지방으로 옮겨갔는데, 거기서 동일한 일이 일어난다. 아브라함은 아내를 누이라고 속이고, 그녀에 반한 그랄 왕 아비멜렉이 사라를 취해 궁전으로 데려왔다. 아비멜렉에게는 비골이라는 군사령관이 있었다. 밤에 야웨께서 아비멜렉의 꿈에 나타나 경고하고, 아비멜렉은 아브라함을 불러 같은 말로 책망한 후에 아내와 양과 소와 종들을 선물로 주고 돌려보낸다(「창세기」 20장 1~18절). 반복은 이뿐이 아니다. 같은 일이 아들 대에 또 일어난다. 아브라함의 아들 이삭에게는 리브가란 아내가 있었다. 가나안 땅에 다시 기근이 들어, 이삭이 일가를 데리고 그랄 땅에 왔다. 여전히 그곳의 왕은 아비멜렉이며, 군사령관은 비골이다. 이삭은 아브라함과 동일한 이유에서 아내를 누이라고 둘러댔다. 어느 날 아비멜렉은 이삭이 리브가를 껴안고 있는 걸 목격하고는 그를 불러 책망했다.

"그대는 어째서 우리에게 이런 짓을 했는가? 하마터면 내 백성 중에 하나가 그대 아내를 가까이 하여 우리가 그대 때문에 죄를 지을 뻔했구나."(「창세기」 26장 9절)

사실을 안 왕은 앞서와 마찬가지로 이삭과 화해했다. 이 세 가지 사건이 동일한 이야기를 조금씩 변용한 것임은 쉽게 알 수 있을 것이다. 도대체 무슨 일이 일어났던 것일까?

이야기의 핵심이 아름다운 이를 둘러싼 모험에 있음은 분명하다. 서두에서 말한 처용에 대해 잠시 생각해보자. 처용은 동해 용왕의 아들이었다. 어느 날 늦은 밤에 집에 돌아와 보니, 역신(疫神)이 아내와 동침하고 있었다. 처용이

그림 2-4 처용탈. 처용의 험상궂은 모습은 역신과의 대결에서 기선을 제압하기 위한 것이다. 이 탈에는 순순히 아내를 내어주고 물러나오는 처용의 포용력 같은 건 드러나 있지 않다. 처음부터 아내는 쟁취해야 할 대상이었을 뿐이다.

그들을 징치하지 않고 노래하고 춤추며 물러나왔는데, 이때 처용이 부른 노래가 그 유명한 「처용가」다.

서울 밝은 달 아래 밤늦도록 노닐다가 들어와 자리를 보니 다리가 넷이로구나.

둘은 내 것인데 둘은 누구 것인고 본디 내 것이었지만 빼앗긴 걸 어쩌겠는가?

역신이 감복하여 처용의 얼굴을 보면 근처에 얼씬도 않겠노라 다짐

하고 떠났다. 이야기는 부정을 저지른 아내와 오쟁이 진 남편의 관계에 대해서는 조금도 언급하지 않는다. 마찬가지로 「창세기」에서도 아내를 빼앗긴 아브라함의 심정이나, 사라와 파라오의 관계에 대해서는 아무 말이 없다(아비멜렉의 경우엔 동침하기 전 혹은 아내로 삼기 전에 하느님이 개입했다). 처용의 아내와 사라는 그들의 쟁탈전의 대상이었을 뿐이다. 왜 그럴까? 아마도 두 사건 모두 젊은 시절에 실제로 있었음직한 어떤 기억의 반영, 어떤 사건의 메아리가 아니었을까 싶다. 사라는 65세가 되어서도, 90세가 되어서도 여전히 아름답다. 그건 아브라함의 내면에 새겨진 젊은 시절의 아내 모습이 아니었을까? 아름다운 이를 빼앗기고 되찾았던 젊은 시절의 기억이 다시 돋을새김된 것이 아니었을까?

물론 아름다운 이에 대한 기억이 늘 행복하기만 한 것은 아니다. 거기엔 질투와 고통이 있다. 조신(調信) 이야기를 보자. 『삼국유사』에 나오는 얘기다.

신라시대에 중 조신이 태수 김흔(金昕)의 딸을 사모하여 낙산사(落山寺) 대비전에 가서 인연 맺기를 부처님께 몰래 빌었다. 하지만 몇 년 만에 그녀는 시집을 가게 되었다. 조신이 낙산사 불당 앞에 나아가 소원이 이루어지지 않은 것을 원망하면서 슬피 울다가 저녁에 피로하여 풋잠이 들었다. 꿈에 그녀가 웃으며 문을 열고 들어오는 것을 보았다.

"일찍부터 스님을 사모하여 잠시도 잊은 적이 없었습니다. 부모의 명령을 어기지 못해 억지로 남의 아내가 되었지만, 이제 한 집 사람이 되고 싶이 찾아왔습니다."

조신이 기뻐 어쩔 줄 모르며 함께 향리로 돌아가 사십여 년을 살면서 다
섯 자식을 두었다. 하지만 네 벽뿐인 집에서 콩잎이나 명아주국도 넉넉하지
못했다. 마침내 형세가 기울어 사방을 떠돌며 빌어먹는 신세가 되고 말았
다. 이렇게 십 년을 떠돌다보니 옷이 누더기가 되어 몸을 가릴 수도 없었다.
명주 해현령(蟹縣嶺)을 지나가다가 열다섯 살 된 큰아이가 굶어 죽었다. 통
곡하며 길에 묻어주었다. 부부가 네 자녀를 데리고 우곡현(羽曲縣)에 이르
러 길가에 띠집을 짓고 살았다. 부부가 늙고 병든데다 굶주려 일어날 수조
차 없게 되자 열 살 난 딸아이가 걸식을 했는데, 개에게 물려 아프다고 울며
누웠다. 부부가 탄식하고 한없이 울었다. 마침내 부인이 눈물을 훔치며 갑
자기 말을 꺼냈다.

"내가 처음 당신을 만났을 때에는 얼굴도 아름답고 나이도 젊었으며 옷
도 깨끗했습니다. 한 가지 음식이라도 당신과 나누어 먹었고 얼마 안 되는
옷도 당신과 나누어 입으며, 함께 산 지 오십 년에 부부간의 사랑과 은혜가
얽혀 두터운 인연이라 할 만했지요. 그런데 근래 와서 쇠약하여 병이 깊어
지고 굶주림과 추위가 더욱 심해졌으니 곁방살이와 보잘것없는 음식도 얻
기 어렵게 되었네요. 집집마다 구걸하는 부끄러움이 산보다 무겁고 아이들
이 춥고 굶주려도 돌보지 못하는데, 어느 틈에 부부의 정을 누릴 수 있겠습
니까? 발그레한 얼굴과 예쁜 웃음도 풀잎에 맺힌 이슬이 되었고 난초와 같
은 약속도 바람에 날리는 버들꽃 같습니다. 당신은 나 때문에 괴롭고 나는
당신 때문에 근심합니다. 곰곰이 생각하니 옛날의 기쁨이 바로 우환의 시작
이었네요. 당신과 내가 어쩌다가 이 지경에 이르렀는지요? 뭇 새가 같이 굶

어 죽는 것보다는 차라리 짝 잃은 난새가 거울을 보고 짝을 부르는 것이 나을 거예요. 달면 삼키고 쓰면 뱉는 것이야 인정상 차마 못 할 짓이지만 나아가거나 멈추는 게 사람 뜻대로 되지 않고 만나고 헤어지는 데에도 운수가 있으니, 우리 헤어집시다."

　조신이 그 말을 듣고 기뻐하며 마침내 아이를 둘씩 맡아 헤어지는데 꿈에서 깨어났다. 등잔불은 깜박이고 밤은 깊어가고 있었다. 아침이 되자 머리가 하얗게 세어 있었다. 조신은 세상 살 뜻을 잃고 괴롭게 사는 데 싫증이 나서, 마치 백 년 동안의 괴로움을 한 번에 맛본 것 같아서 세속을 탐내는 마음이 얼음 녹듯 사라져버렸다. 부끄러운 마음으로 관음보살의 상을 바라보며 깊이 참회했다. 돌아오는 길에 해현령에 가서 아이를 묻었던 곳을 파보니 돌미륵이 나왔다. 물로 깨끗이 씻어 이웃 절에 봉안하고 서울로 돌아와 맡은 일을 그만두고 사재를 털어 정토사(淨土寺)를 세웠다. 그후로 선한 일을 부지런히 닦았는데, 이후의 종적을 알 수 없었다고 한다.

　이건 단순히 일장춘몽에 관한 얘기가 아니다. 지긋지긋한 고생 탓에 꿈에서 깬 조신의 머리는 하얗게 세어 있었다(얼마나 고생스러웠으면 헤어지는 걸 기뻐했겠는가). 이미 한 꿈이 한 삶을 완전히 관통했기 때문이다. 더구나 이 얘기에서 시간은 엇갈려 흐른다. 오십여 년이 지났으나 큰아이가 겨우 열다섯 살이고, 부부가 늙고 병들었으나 개에게 물린 둘째 딸아이는 겨우 열 살이었다. 세월이 지나도 아이는 여전히 아이이고 조신은 늙고 병든 몸만 얻었을 뿐이다.

　조신이 꿈에서 아이 묻은 곳을 찾아가보니 돌미륵이 나왔다고 했다.

세월은 부부에게 찾아왔으나 아이는 여전히 아이인 채로 있다. 아이가 시간의 차원 저 너머에 있었으니 미륵인 것이 당연하다. 세월은 그렇게 무상하게 흘렀는데, 아이는 그 세월의 풍화를 넘어선 자리에서 아니 그 풍화에 묻힌 자리에서, 여전히 아이일 뿐이다. 이야기는 아이의 무시간적 자리로 돌아오면서 끝이 난다. 이 외심적(外心的)인—아이는 풍상의 현장에서 비켜나 있다는 점에서 바깥이며, 그럼에도 불구하고 그 풍상의 현장을 재는 유일한 척도란 점에서 중심이다—초월의 자리는 모든 간난신고(艱難辛苦)를 무릅쓰게 만든 시초의 자리이며, 긴 세월을 꿰뚫는 아픔의 자리이다. 돌미륵은 오랜 풍상을 지나쳐왔으되 여전히 어린아이의 그 모습을 하고 있다. 어린아이인 채로 돌미륵은 세월의 풍화를, 한 삶의 희로애락을 증거했다. 조신의 아이는 그렇게 남아서 마모될 수밖에 없는 우리 삶과, 그럼에도 불구하고 끝내 잃지 않아야 할 삶의 아름다움을 이야기했다. 우리가 오랜 세월에 떠밀려왔다고 느낄 때, 우리는 바로 그 떠밀려온 자리가 처음 열정이 솟아나는 자리임을 안다. 우리의 처음 자리가 여기다. 그걸 깨닫는 순간, 우리는 조신처럼 어떤 미망에서 깨어난다. 한 꿈, 한 삶, 그리고 한 사랑이, 마침내, 깨어난다.

세월의 흐름에 저항하는 두 가지 방법에 관해 말했다. 하나는 반복하는 것, 거듭하는 것이다. 세월에는 어떤 패턴이 있다. 이 패턴을 내면화하면 우리는 식물이 싹트고 자라고 열매 맺고 죽고 다시 싹을 내듯 그렇게 세월의 파도를 넘나들 수 있다. 이것이 부활에 관한 테마이다. 다른 하나는 우리가 삶을 시작했던 저 최초의 자리로 돌아가는 것이다.

이것이 시원(始原)에 관한 테마이다. 천진했던 원래의 자리를 기준점으로 삼아 이곳과의 거리를 측정하는 것이다. 불교에서 천진면목(天眞面目)이란 부모가 낳기 전의 본래 모습이며, 천진(天眞)이란 낳지도[不生] 죽지도[不滅] 않는 본래의 참된 마음을 말한다. 차가운 사실성의 세계가 범접할 수 없는 곳에 천진의 세계가 있다. 이 세계는 탈시간적 공간에 자리잡고 있다. 그것은 어떤 운동의 결과로 존재하는 영역이 아니라 우리 기억의 저 안쪽에 선험적으로 존재하는 영역이다. 아이는 여전히 아이인 채로 조신의 일생을, 그 삶과 꿈을 두루 설명했다. 시원이란 모든 역사의 해명되지 않는 중심이다. 역사는 늘 처음을 상정하지 않을 수 없다. 시원에 비추어서만 제 흔적의 앞뒤를 측정할 수 있다는 점에서 역사는 시원의 파생이자 유출이다. 하지만 시원은 역사를 낳은 후에 자취를 감춘다. 시원은 흔적이나 기록으로 남을 수 없다. 다른 말로 역사화될 수 없다. 그러므로 시원은 역사의 준거틀이면서, 그 자체로, 탈역사화된다. 이로써 우리는 사랑 이야기로 포장된 부활과 영원회귀에 관한 테마를 살펴본 셈이다.

금기를 어긴 벌로 한 세계에서 다음 세계로 넘어가지 못하고 문턱에서 굳어버린 사람들이 있다.

그들은 미련해서 혹은 호기심 때문에 벌을 받은 게 아니라, 앞으로도 뒤로도 갈 수 없었기에 거

기에 멈추어 선 것이다. 그들은 그렇게 굳어져, 한 세계와 다음 세계를 가르는 경계가 된다. 그래

서 경계인은 늘 문제적이다.

삶은 선택의 과정이다. 선택의 가짓수는 아무리 많아도 늘 둘에서 시작한다. 우리는 늘 이것 아니면 저것 가운데 하나를 골라야 한다. 단순화시켜 말한다면, 모든 서사는 여러 차례의 선택에 의해 전개된다. 두 번째 선택이 첫번째 선택에 부가된다면, 두 번의 선택에서 성공할 가능성은 사분지 일로 줄어든다. 둘이 반복해서 넷을 이루면 올바른 길은 그 가운데 하나밖에 없다. 서부 캐나다의 신화에는 홍어가 나온다. 『신화와 의미Myth and Meaning』에서 옮겼다.

아주 오랜 옛날에 모든 존재는 반인반수였다. 당시에는 바람이 심하게 불어 모든 생명이 고통을 받았다. 그들은 바람과 싸우기로 하고 원정을 떠났다. 이 원정에서 홍어가 남풍을 사로잡는 데 중요한 역할을 했다. 남풍은 특정한 기간에만 불겠다는 약속을 한 후에야 비로소 풀려났다. 그후에 남풍은 일 년에 한 번만 불어왔다. 그래서 남풍이 부는 때를 제외하고 인류는 마음껏 활동할 수 있게 되었다.

이 이야기를 전한 레비스트로스는 홍어가 중요한 역할을 한 데에는 까닭이 있다고 말했다. 그것은 홍어가 납작한 물고기이기 때문이다. 홍어는 적이 공격할 때에는 몸을 돌려 얇고 가느다란 형상으로 대처한다. 그래서 적이 표적으로 삼기가 어렵다. 또 홍어는 아래쪽은 미끈하지만 등은 우둘투둘하다. 레비스트로스는 이 특성이 컴퓨터의 연산 작업인 '예/아니오' 형식이며, 이로써 홍어가 긍정/부정의 두 형식에 대한 선택적인 응답을 가능케 한다고 보았다. 신화의 주인공은 이런 여러 겹의 선택에서 옳은 답을 찾아간다. 일련의 선택의 과정이 서사를 이루는 것이다. 주인공의 앞에 놓인 선택의 항목(選擇肢)이 병렬적이라면, 주인공이 선택함으로써 선택 이전과 선택 이후로 분할되는 과정은 선형적이다. 이전의 세계와 이후의 세계로 삶은 분할된다. 그런데 그 사이에서 머뭇거리는 이들이 있다.

두 천사가 소돔에 도착했을 때 롯이 그들을 알아보고 집으로 영접했다. 그들이 식사를 마치고 잠자리에 들 즈음에 소돔 사람들이 몰려와 집을 둘러싸고 롯에게 말했다.

"오늘 네게 온 사람들을 내놓아라. 그놈들을 상관(相關, 남색)해야겠다."

롯이 밖에 나가서 만류했다.

"여러분 부탁입니다. 제발 이런 악한 짓을 하지 맙시다. 내게 시집가지 않은 두 딸이 있습니다. 그 아이들을 내줄 테니 당신들 맘대로 하고 이 사람들에게는 손대지 마세요. 이들은 내 집에 온 손님들입니다."

그들이 듣지 않고 소동을 피웠다.

"넌 비켜라. 이놈이 들어와 살게 했더니 이제는 우리에게 법관 노릇을 하려 드는구나. 네가 더 혼나야겠다."

안에 있던 이들이 손을 내밀어 롯을 집 안에 끌어들이고 문을 닫은 다음 어른 아이 할 것 없이 문 밖에 있는 모든 이들의 눈을 어둡게 하니, 그들이 문을 찾지 못했다. 두 사람이 롯에게 말했다.

"여기에 너 말고 다른 이가 또 있느냐? 네 자녀나 사위나 다른 친척이 성 안에 있으면 모두 밖에 나가게 하라. 우리가 이 성을 멸망시키겠다. 이 성의 죄악이 하늘에 사무쳤으므로 야웨께서 이 성을 멸망시키려고 우리를 보내셨다."

롯이 나가서 딸의 약혼자들에게 말했으나 그들은 농담으로 여겼다. 동이 트자 천사들이 롯과 아내와 두 딸을 이끌어 성 밖으로 데려갔다. 천사들이 그들에게 말했다.

"너희는 도망가서 목숨을 구해라. 돌아보거나 도중에 멈추지 말고 산으로 가거라. 그렇지 않으면 죽게 될 게다."

(……) 야웨께서 하늘에서 유황과 불을 비처럼 내려 소돔과 고모라 성에 쏟아지게 했다. 그 성들과 들판과 거기 사는 모든 이들과 땅에서 자라는 모든 것이 완전히 멸망했다. 그러나 롯의 아내는 뒤를 돌아보았기 때문에 소금기둥이 되고 말았다. (……) 롯이 산으로 올라가서 두 딸과 살았다. 하루는 큰딸이 작은딸에게 말했다.

"우리 아버지는 늙으셨고 이 부근에는 우리와 결혼할 남자가 없다. 우리가 아버지에게 술을 먹이고 잠자리에 들어 혈통을 잇자."

　그들은 그날 밤 아버지에게 술을 먹이고 큰딸이 아버지의 잠자리에 들었다. 아버지는 술에 취해 일어난 일을 몰랐다. 이튿날도 그렇게 해서 작은딸이 아버지와 잤다. 롯의 두 딸이 아버지로 인해 임신했다. 큰딸이 아들을 낳아 이름을 모압이라고 지었으니 오늘날 모압 사람들의 조상이며, 작은딸도 아들을 낳아 이름을 벤암미라 지었으니 오늘날 암몬 사람들의 조상이다.(「창세기」 19장 1~38절)

　돌아본다는 것, 그것은 경계를 표시하는 행동이다. 롯의 아내는 천사의 경고를 무시하고 뒤를 돌아보다가 소금기둥이 되었다. 그녀 앞에는 목숨을 구할 삶의 현장이 있는데, 그녀는 두고 온 죽음의 세상을 돌아보고 말았다. 옛 삶에 대한 미련이었을까? 아니면 죽음의 현장에 대한 호기심이었을까? 나는 그녀가 죄악에 대한 향수에 사로잡혀 옛 터전의 재앙을 입었다고 생각하지 않는다. 산에 올라간 롯의 두 딸은 자손이 끊길 것을 염려한 나머지, 아버지에게 술을 먹이고 차례로 동침하여 아들을 낳았다. 남색의 현장을 벗어나 근친상간의 현장으로 진입했으니, 삶이 어차피 난장(亂場)이었던 셈이다. 롯의 아내는 두 딸이 자신을 대신했으므로 앞으로 나아갈 수 없었고, 남색하는 곳에서도 제 자리를 찾을 수 없었으니 뒤로 돌아갈 수 없었다. 그녀는 아내로서도, 여성으로서도 정체성을 부여받지 못했다. 그녀는 그 자리에 굳을 수밖에 없었다. 아니, 그렇게 굳어버림으로써 스스로 두 세계의 경계가, 일종의 문지방이 되었던 것이다. 두 세계는 산과 평지의 삶으로 분할되거나(그곳

그림 3-1 우이테바엘이 그린 〈롯과 두 딸〉. 바닥에 떨어진 오이와 딸이 들고 있는 술병은 남근의 상징이며, 식탁에 놓인 빵과 포도는 성찬식의 상징이다. 롯은 술에 취해서 제 딸들을 취했다. 제 몸의 과실(자식들)을 먹는(취하는) 행동은 결국 제 몸을 먹는 행동과 다르지 않다. 성찬식에도 카니발이 숨어 있었던 셈이다. 빵과 포도주를 먹는 것이 그리스도의 살과 피를 먹는 행동이었기 때문이다. 근친상간의 의미에 관해서는 10장에서 자세히 이야기하기로 한다.(상트페테르부르크, 에르미타슈 박물관)

은 야만의 삶과 문명의 삶이다), 족내혼(族內婚)과 족외혼(族外婚)으로 구별된다(근친상간은 극단적인 족내혼이며, 남색은 극단적인 족외혼이다). 롯의 아내는 바로 그 경계에 멈추어 두 세계를 분할하는 지표가 되었던 것이다.

이런 이야기는 드문 것이 아니다. 우리나라의 장자못 전설도 비슷한 얘기다. 성정이 사납고 욕심이 많은 한 부자가 있었다. 어느 날 중이 와서 시주를 청했는데, 부자가 자루에 똥을 잔뜩 퍼다주었다. 부인이 몰래 쌀을 시주하면서 남편의 잘못을 빌었다. 중이 말하길, 부처님 심부름으로 남편을 벌하러 왔으니 내일 아침에 뒷산으로 달아나되 무슨 소리가 나도 뒤를 돌아다보지 말라고 했다. 부인이 아이를 업고 뒷산으로 가는데, 천지가 진동하는 소리가 났다. 부인이 돌아보았더니 고대광실(高臺廣室)은 온데간데없고 그 자리에 큰 못이 생겨나 있었다. 부인은 너무 놀란 나머지 어린애와 함께 돌이 되고 말았다. 벌을 받아야 할 이는 부자인데, 어째서 부인과 아이들까지 그렇게 굳어버려야 했을까?

중국의 예를 보기로 하자. 『여씨춘추呂氏春秋』에 나오는 얘기다.

유신씨(有侁氏) 나라의 어느 여자가 뽕나무 잎을 따다가 뽕나무의 텅 빈 구멍에서 갓난아기를 발견했다. 여자가 아이를 왕에게 바쳤는데, 왕이 탄생의 비밀을 조사했더니, 다음과 같은 사실이 밝혀졌다.

이수(伊水) 가에 살던 한 여자가 임신을 했는데, 꿈속에 신인(神人)이 나타나 그녀에게 경고했다.

"절구에서 물이 나오거든 즉시 동쪽으로 달아나라. 절대로 뒤를 돌아보아선 안 된다."

다음날 절구에서 물이 나오자, 그녀는 꿈속의 말을 쫓아 급히 동쪽을 향해 떠났다. 십 리쯤 갔을 때 두고 온 집과 이웃 사람들이 궁금하여 그녀는 자신도 모르게 뒤를 돌아보았다. 집들은 이미 홍수에 잠겼고, 사나운 물살이 그녀를 향해 밀려오고 있었다. 그녀는 놀라서 두 손을 쳐들고 소리를 질렀는데 목에서는 아무 소리도 나오지 않았다. 그녀 몸은 이미 빈 뽕나무로 변해가고 있었던 것이다. 나중에 한 아가씨가 뽕을 따러 왔다가 이 나무 안에서 한 아기를 발견했다. 이수(伊水) 가에 살았으므로 아기 이름을 이윤(伊

尹)이라 지었다.

탕왕시대의 유명한 재상 이윤의 출생 이야기이다. 부자의 아내나 이윤의 어머니는 잘못한 게 없는데도 천벌을 받았다. 왜 모두들 신의 명령을 어기고 뒤를 돌아보는 것일까? 금기는 언제나 위반을 전제로 한다. 위반되지 않는 금기는 처음부터 주어질 필요가 없었다. 돌아봄으로써 그들은 자신들이 있는 그 자리가 이미 새로운 영역에 속한 자리임을 표시하는 한편, 여전히 그들이 이전의 영역에 속해 있음을 증거한다. 내 몸은 앞으로 나아가지만, 내 마음은 아직 뒤에 있다. 그들은 몸과 마음의 분리를 그 행위로 보여준다. 그래서 돌아본다는 것은 그리움의 지표이기도 하다. 몸은 나아가는데 마음은 두고 온 것을 못 잊어 돌이키려 한다. 내 몸은 이쪽으로 가는데 내 마음은 저쪽으로 간다. 그게 그리움이 아니고 무엇이겠는가? 오르페우스도 잠시의 그리움을 참지 못해 고개를 돌리고 말았다.

음악의 신 아폴론과 현악기의 여신 칼리오페 사이에서 난 아들이 지상 최고의 가수인 오르페우스이다. 그가 노래할 때에는 사람들뿐 아니라 나무와 돌과 짐승들까지 그의 노래에 귀를 기울였다고 한다. 그는 커서 에우리디케와 결혼했다. 에우리디케는 꽃을 꺾으러 나갔다가 그만 독사에 발꿈치를 물려 숨을 거두고 말았다. 슬피 울던 오르페우스는 저승에 가서 에우리디케를 데려올 결심을 했다. 그가 저승을 찾아가서 하데스를 만나 수금을 켜며 노래를 부르자 명계의 모든 이들이 감동해서 흐느꼈다. 하데스 역시 눈물을 홀리면서 에우리디케를 보내주겠노라 약속했다. 다만 한 가지 금기를 지켜야 하는데, 저승을 벗어날 때까지 뒤따르는 그녀를 돌아보아선 안 된다는 것이었다. 오르페우스는 그녀를 데리고 저승길을 돌아나왔는데, 이승으로 나오는 동굴 입구에서 그만 보고픔을 못 견딘 나머지 뒤를 돌아보고 말았다. 그 순간 그녀는 저승으로, 어둠으로 다시 빨려들어갔고 그는 죽을 때까지 다시는 그녀를 만나지 못했다.

이번에는 오르페우스가 돌아보고 그 벌로 연인이 벌을 받는다. 이 돌이킬 수 없는 행위로 인해 오르페우스와 에우리디케는 삶과 죽음의 경계를 이루었다. 오르페우스는 막 이승에, 빛의 세계에, 삶의 영역에 들었는데 그의 뒤에는 저승이, 어둠의 세계가, 죽음이 펼쳐져 있다. 그 경계에서 에우리디케는 몸을 부여받지 못해 어슴푸레할 뿐이다.

일본의 『고사기古事記』에 나오는 이자나기와 이자나미 이야기에도 동일한 모티프가 숨어 있다(이 이야기의 전반부는 8장에서 다시 다룰 것이다).

태초에 남신 이자나기(伊邪那岐命, 꾀는 남자란 뜻)와 여신 이자나미(伊邪那美命, 꾀는 여자란 뜻)가 잠자리를 같이하여 수많은 사물을 낳았다. 이자나미는 마지막으로 불의 신을 낳았는데, 불의 신이 그녀를 태워버렸다. 그녀는 그렇게 죽었다. 이자나기는 슬픔을 참지 못하여 지하세계를 찾아가기로 결심했다. 신들은 그에게 한 가지 조건을 내걸었다. 이자나미가 지상에 도달할 때까지 그녀를 보지 않는다는 것이었다.

하지만 이자나기는 호기심을 참지 못했다. 지상으로 올라오는 마지막 걸음을 디디기 전에 그는 횃불을 밝혀 그녀를 보고 말았다. 그녀의 썩어가는 살에는 구더기가 득실거리고 있었다. 이자나기는 달아나기 시작했다.

이자나기가 돌아본 행동은 삶과 죽음의 경계를 만들었다. 그토록 그리워한 그녀가 사실은 시체였다. 더이상 그들은 함께할 수 없었다. 격노한 이자나미가 이자나기를 추격했으나, 그는 마침내 달아나는 데 성공했다. 이자나기는 큰 바위로 지하세계의 입구를 막아버렸다. 이자나미가 말했다. "그리운 사람, 당신이 그렇게 한다면 나는 매일 천 명을 죽이겠어요." 이자나기가 대답했다. "그리운 사람, 그렇다면 나는 매일 천오백 명을 낳겠소." 이렇게 해서 세상에 삶과 죽음이 있게 되었다. 이자나기는 아직 죽을 때가 아니었던 것이다. 그는 여전히 삶의 영역에 있어야 했다. 롯의 아내와 부자의 아내는 스스로 돌아보았는데 그 벌로 형체를 잃었고, 이자나미와 에우리디케는 정인(情人)이 돌아보았는데 그 벌로 형체를 잃었다.

이로쿼이 족 인디언에게도 저승여행 이야기가 있다. 전사(戰士) 사야디오는 여동생이 죽자, 저승을 찾아가 여동생을 찾아오기로 결심했다. 그는 한 노인을 만나 마법의 호리병을 얻었고, 저승에 가서는 동생의 영혼을 그 호리병에 담아왔다. 그런데 동생의 영혼과 몸을 결합시키는 의식을 막 시작했을 때, 호기심 많고 미련한 마을 처녀가 호리병을 열어, 영혼을 잃어버리고 말았다. 이승의 사소한 실수가 저승과 이승의 경계에 있는 불쌍한 누이를 저승으로 돌아가게 했던 것이다.

정확히 말하자면, 금기는 범해짐으로써만 완성된다. 금기 때문에 벌을 받은 게 아니라, 벌로 형상화된 경계를 표시하기 위해서 금기와 위반이 설정되었던 것이다. 금기는 위반하기 위해 설정되는 것이다. 다시 말해 그것은 위반할 수밖에 없는 것이다. 돌아보지 말라는 하데스의 명령은 오르페우스가 반드시 돌아보리라는 사실을 함축한다. 오르페우스와 롯의 아내, 부자의 아내, 이윤의 어머니는 그렇게 돌아볼 수밖에 없었던 것이다. 메소포타미아 신화에 나오는 아다파(Adapa) 이야기가 이를 역설적으로 보여준다. 그는 물의 신 에아(Ea)의 아들로 신성한 도시 에리두의 왕이었다. 아다파는 언어를 만든 인물이었다. 그가 만든 언어는 입 밖에 내는 순간 실행되는 말이었다. 어느 날 고기를 잡던 아다파가 자신을 방해하는 남풍을 저주했다. 하늘 신 아누(Anu)가 이 신성모독을 벌하기 위해 그를 불러올렸다. 아버지 에아는 천상의 어떤 음식도 입에 대지 말라고 충고했다. 아다파가 솔직하게 잘못을 시인하자, 아누는 그를 기꺼이 여기고 천상의 음식과 물을 주었다. 아다파는 아버지의 충고를 따라 음식과 물을 정중히 사양하고 돌아왔다. 사실, 그 음식을 먹었다면 그는 불사의 몸이 되었을 것이다. 금기를 어기지 않았기에, 인간에게는 죽음의 운명이 마련되었던 것이다. 금기는 어겨야 옳다.

자신에게 주어진 운명을 받아들이지 않고 그 자리에 굳어버림으로써 경계를 이룬 이는 또 있다. 아폴론에게 쫓긴 다프네가 그랬다. 오비디우스의 『변신 이야기Metamorphoses』에 나오는 얘기다.

다프네는 강의 신 페네이오스의 딸이다. 매우 아름다운 여자였으나 남자에게 관심을 두지 않았다. 아폴론이 숲을 지나다가 그녀를 보고 한눈에 반했다. 그는 자신이 아폴론임을 밝히고 청혼했으나, 순결한 다프네는 비명을 지르며 도망쳤다. 아폴론이 그녀를 부르며 쫓았다.

"오, 요정이여, 페네이오스의 딸이여, 멈춰요! 그대를 쫓는 나는 그대의 원수가 아니랍니다. 그대는 내가 누군지 몰라요, 그래서 도망치는 것입니다. 원컨대 걸음을 멈추세요. 그래야 내가 따라잡지 않겠어요? 어서, 걸음을 멈추고 그대를 사랑하는 이 몸의 정체를 물어주세요."

처녀는 계속해서 달아났다. 아폴론은 할말을 다 하지 못했다. 달아나는 모습마저 아폴론에게는 아름답게 보였다. 바람이 다프네의 몸매를 드러나게 했고, 맞바람이 다프네의 옷깃을 물결처럼 흐르게 했다. 이 추격전이 오래 계속될 수는 없었다. 사랑의 말을 전하는 데 시간을 허비할 생각이 없는 젊은 신은 오직 사랑으로 달아올라 있는 힘껏 달렸기 때문이다. 골 족 사냥개가 평원에서 토끼를 만났다고 할까? 신은 희망에 차서 달렸고, 처녀는 공포에 질려 달렸다. 마침내 신이 도망치는 처녀의 어깨를 잡고 어깨에 치렁한 머리카락에 숨결을 쏟는 순간, 처녀는 숨을 헐떡거리며 아버지 강물에게 외쳤다.

"아버지, 도와주소서, 아버지 강물에 아직 신성(神性)이 모자라지 않으신다면, 원컨대 제가 자랑하는 이 아름다움을 변하게 하든지 없애주소서."

기도가 끝나는 순간 다프네의 사지는 굳어졌다. 보드라운 옆구리는 나무껍질로 덮였다. 머리카락은 잎이 되고 팔은 가지가 되었다. 두 발엔 뿌리가 뻗어나고 머리는 우듬지가 되었다. 그래도 그 아름다움만은 여전했다. 슬픔에 젖은 아폴론은 그녀를 기념하여 월계수로 만든 관을 쓰고 다니게 되었다.

유재원은 『그리스 신화의 세계』에서, "다프네는 성장을 거부하고 영원히 소녀로 남으려는 여인을 상징한다. 사춘기가 되어 사랑에 눈떠야 할 때의 불안을 이기지 못하고 처녀로 남는 여인의 모습이다. 월계수처럼 깔끔하고 순결하다. 그러나 그것은 식물의 아름다움이다"라고 썼다. 다프네는 나무로 변해서 순결을 지켰다. 그녀는 삶을 잃었지만, 대신에 남자의 손에서 자신을 보존했다. 월계수는 그 자체로 순결의 표상이다.

다프네뿐이겠는가? 실수로 죽인 사슴 때문에 마음 아파하다가 삼나무로 변한 퀴파리소스, 물에 비친 자신의 모습에 빠져 굶어 죽은 후 수선화로 피어난 나르키소스, 일본에 건너간 남편을 기다리다가 망부석이 된 충신 박제상의 아내, 일곱 아들과 일곱 딸을 아폴론과 아르테미스의 화살에 잃고 슬픔을 못 이겨 돌로 변한 니오베, 모두가 그런 의미에서 경계를 표시하는 인물들이다. 퀴파리소스가 사춘기의 예민한 감수성을 표시한다면, 나르키소스는 자기애(自己愛)를, 박제상의 아내와 니오베는 깊은 슬픔을 표상하는 인물들이다. 그들은 모두 한 삶과 다른 삶의 문턱에서, 어느 쪽으로도 가지 못하고 삶을 멈추어버렸으며, 그래서 그들 자신이 문턱이 되었다. 이쪽도 저쪽도 선택할 수 없는 상황이 바로 그들의, 그리고 어쩌면 곤혹스런 삶을 마주한 우리 자신의 상황인지도 모른다.

하지만 바로 그런 경계가 생산의 자리, 사랑의 자리다. 문턱이 된 이들은, 스스로 굳어버림으로써 두 세계를 증거하는 존재가 된다. 그리스

그림 3-2 베르니니의 〈아폴론과 다프네〉.
아폴론의 손이 닿는 순간, 다프네는 월계수
로 변해간다. 그녀는 소녀와 처녀, 순결과
쾌락의 경계에 있다.(로마, 보르게세 미술관)

신화에서 헤르메스는 아르고스(헤라가 제우스의 사랑을 받은 이오를 감
시하기 위해 보낸 백 개의 눈을 가진 괴물)를 죽인 죄로 재판을 받았다.
신들이 투표용 자갈을 그의 발치에 던졌는데, 크지 않은 차이로 무죄
판결이 났다. 그래서 판결이 끝났을 때 그는 두 개의 돌무더기 사이에
있었다. 헤더웨이(N. Hathaway)의 『세계 신화 사전The Friendly
Guide to Mythology』에 따르면, 헤르메스라는 이름은 이 돌무더기
(herma)에서 왔다. 헤르마는 직사각형의 기둥으로, 여기에는 머리와

발기한 남근상이 조각되어 있었다고 한다. 그렇게 조각된 것은 헤르메스가 다산의 신이었기 때문이다. 그는 동물의 발육과 생장, 번식을 책임지는 신이었으며, 남녀의 경계에 있었기에 남녀 양성의 신이었다. 그는 어지자지인 헤르마프로디토스(Hermaphroditos, 헤르메스와 아프로디테의 자식이다), 반인반수인 신 판의 아버지였다. 자식들 역시 그와 같은 경계인(境界人)들이었던 셈이다. 그는 경계를 표시하며, 그로써 경계의 이쪽과 저쪽을 모두 증거했고, 나아가 이쪽저쪽의 생산(사랑)을 대표했다. 경계의 자리가 바로 생산(사랑)하는 그 자리였던 것이다.

04

성애

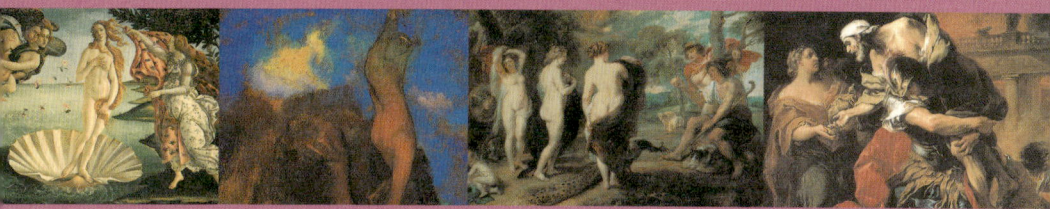

아프로디테는 미와 사랑의 여신이다. 후대에 그녀는 성애의 여신으로 지위가 크게 낮아졌으나,
원래는 대지모신(大地母神)으로 제우스를 능가하는 여신이었다. 신화의 사랑을 얘기하면서 아프
로디테에 관한 얘기를 빼놓을 수는 없으리라. 아프로디테와 그녀의 아들 에로스, 며느리 프시케,
남편 헤파이스토스, 정부 아레스, 자식들, 그리고 다른 사랑의 얘기를 읽어본다. 아울러 에로티시
즘에 관해서도 검토해보자.

사랑의 신 에로스는 같은 사랑의 신 아프로디테의 자식이다. 크로노스가 아버지인 하늘 신 우라노스의 남근을 잘라 바다에 던져버렸는데, 여기서 생겨난 거품에서 아프로디테가 태어났다. 크로노스는 자기 자식이 왕위를 뺏을 거라는 걸 알고는 아이를 낳는 족족 먹어버렸다. 크로노스는 시간의 주인이다. 모든 걸 먹어버리기 때문이다. 세월은 탱탱하게 부풀어오른 남근을 토막내버리기까지 한다. 아프로디테는 바다(여자의 몸 속에도 이렇게 출렁이는 게 있다)를 떠도는 남근과 파도 거품(이게 정액이다)에서 생겨나, 큰 조개(이것은 아기집, 곧 자궁을 말한다)에서 자랐다. 아프로디테는 '거품에서 생겨난 여자'란 뜻이다. 아프로디테는 생식의 여신이다. 아프로디테의 남편이 추한 헤파이스토스라는 것은 미와 추가 처음부터 분리될 수 없다는 뜻이며, 그녀의 정부(情夫)가 전쟁의 신 아레스라는 것은 사랑이 불화를 품을 수밖에 없다는 뜻이다. 그녀는 아레스와의 사이에서 조화란 뜻의 하르모니아(Har-

그림 4-1(왼쪽) 〈로셀의 비너스〉
라고 알려진 석기시대의 조각상.
과장된 가슴과 아랫배가 위대한
생산의 힘을 상징한다. 그녀가
들고 있는 뿔이 바로 풍요의 뿔
이다.(파리, 인류 박물관)

그림 4-2(오른쪽) 〈빌렌도르프
의 비너스〉란 이름으로 알려진
기원전 2800년경의 조각상. 엄
청나게 큰 가슴과 아랫배, 엉덩
이를 자랑한다. 아프로디테는 이
조각상에서 발전해 나왔을 것이
다. 여전히 우리는 여자의 가슴
과 엉덩이를 중심으로 사고하고
있지 않은가?(빈, 자연사 박물관)

그림 4-3 산드로 보티첼리가 그린 〈비너스의 탄생〉. 조개를 타고 키프로스 섬에 도착한 아프로디테를 계절의 여신 호라이가 옷을
들고 마중하고 있다. 왼쪽에서는 서풍 제퓌로스와 미풍 아우라가 바람을 불어 그녀를 뭍으로 보낸다. 이 그림의 구성은 본래 레오
나르도 다 빈치의 〈그리스도의 세례〉에서 가져온 것이다. 세례받는 그리스도가 아프로디테에, 세례를 주는 세례 요한이 호라이에
대응하는 것이다. 오른쪽의 나뭇가지에서 왼쪽의 제퓌로스와 아우라를 잇는 선은 일종의 아치다. 아치 아래 인물이 성자다. 그녀
의 빛나는 관능에는 성스러움이 덧씌워져 있었던 것이다.(피렌체, 우피치 미술관)

그림 4-4 르동이 그린 〈아프로디테의 탄생〉. 그녀는 지금 막 형체를 얻는 중이다. 그녀를 낳은 조개껍질을 자세히 보라. 여성 성기 모양이다. (파리, 프티 팔레 미술관)

monia), 공포란 뜻의 포보스(Phobos), 근심이란 뜻의 데이모스(Deimos)를 얻었는데, 하르모니아가 남성성과 여성성의 멋진 어울림을 의미한다면, 포보스와 데이모스는 불륜을 맺은 이들이 갖는 심리상태를 의미한다.

파리스의 사과 이야기는 신화시대 최초의 미인선발대회 이야기다.

여신 테티스와 영웅 펠레우스가 결혼식을 올리게 되었다. 모든 신이 초대

를 받았지만 불화의 여신 에리스만은 그렇지 못했다. 누가 불화를 불러들이려 하겠는가? 무시당한 데에 불만을 품은 에리스는 잔칫상에 황금사과를 하나 던졌다. 거기엔 "가장 아름다운 여신에게"란 글이 씌어 있었다. 헤라와 아프로디테, 아테나가 서로 자기가 사과의 임자라고 주장했다. 싸움이 그치지 않자 세 여신은 제우스에게 중재를 맡겼다. 제우스 역시 문제를 해결할 수 없었다. 한 명을 택하면 다른 두 명에게 미움을 받을 게 뻔했으니까. 제우스는 이 문제를 파리스라는 양치기 소년에게 맡겼다. 여신들은 그의 환심을 사려고 뇌물을 썼다.

헤라가 말했다.

"나를 선택하면 그대에게 부와 권력을 주마."

아테나가 말했다.

"나를 고른다면 그대에게 명예와 명성을 선사하겠다."

마지막으로 아프로디테가 말했다.

"나를 뽑는다면 이 세상에서 가장 아름다운 여자를 그대에게 안기겠다."

파리스가 선택한 것은 아프로디테였다. 문제는 가장 아름다운 여자가 스파르타의 왕비 헬레나라는 데 있었다. 파리스는 그녀를 꾀어 조국 트로이로 달아났다. 스파르타의 왕 메넬라오스는 그리스

그림 4-5 〈밀로의 비너스〉로 알려진 그 유명한 아프로디테 여신상. 흘러내리는 옷이 드러냄과 감춤이라는 성애의 두 가지 운동을 보여주는 듯하다. (파리, 루브르 박물관)

그림 4-6 루벤스가 그린 〈파리스의 심판〉. 맨 왼쪽의 여신이 아테나, 가운데가 아프로디테, 오른쪽이 헤라다. 아테나는 메두사의 얼굴이 그려진 방패를 뒤의 나무에 걸어두었고, 아프로디테는 에로스를 데리고 있으며, 헤라는 자신의 상징인 공작새와 함께 있다. 그림을 보는 이를 중심으로 셋은 여성의 앞모습, 옆모습, 뒷모습을 각각 보여준다. 루벤스에게는 같은 제목의 그림이 여럿 있다. 교태를 부리는 여신이라는 상상이 거듭된 그림을 낳았을 것이다. 파리스와 함께 있는 신은 헤르메스다.(마드리드, 프라도 미술관)

전역에 공문을 보내 도움을 요청했다. 그리스 전역에서 최고의 영웅과 군사들이 모여 트로이로 출정했다. 전쟁이 시작된 것이다.

신화시대부터 경연대회에 뇌물이 횡행했다고 개탄할 필요는 없다. 사랑의 거리는 본래 상대적이다. 내가 A에게 다가갔다면 A가 내게 다가온 것이며, 내가 A를 택했다면 A가 내게 자신을 준 것이다. 헤라는 부와 권력을, 아테나는 명예와 명성을, 아프로디테는 아름다운 여자를 주겠다고 약속했다. 그네들이 그것들을 표상하기 때문이다. 내가 선택한 것이 내 것이다. 헤라가 모든 신의 어머니로서 원숙하고 정숙한 아름다움을 풍긴다면, 아테나는 처녀 전사로서 지성적이고 고결한 아름다움을 자랑한다. 관능적인 아름다움은 당연히 아프로디테의 몫이다. 지금도 그렇지만, 미인대회란 게 내면의 아름다움이나 조화로움을 선발 기준으로 삼는 게 아니다. 처음부터 혈기왕성한 청년에게 심판을 맡겼으니 결과는 뻔한 것이었다. 이 전쟁으로 그리스와 트로이의 거의 모든 영웅과 전사들이 죽었다. 그리스 신화시대의 마지막 전성기가 끝나고 말았던 것이다.

아프로디테는 여러 남자와 어울려 사랑을 즐겼다. 사랑하는 것이 본업인 여신이니, 그녀는 자기 임무에 충실했던 셈이다(제우스 역시 우주 최대, 최고의 난봉꾼이었다. 세상을 풍성하게 만드는 게 최고신의 본업이니, 그 역시 자기 임무에 충실했다고 말해야 한다). 유재원은 『그리스 신화의 세계』에서 다음과 같이 이 결합들을 설명했다. 아프로디테와 남편 헤파이스토스의 결합은 "생명의 근원인 축축한 흙과 인공적 생산물을 만들어내는 불의 결합이다". 아레스와의 결합은 관능과 야만성의 결합이다. 그녀는 해신(海神) 포세이돈과도 사랑을 나누었는데, 이는 "왕성한 생식력과 모든 생명의 근원인 물의 결합"이다. 그녀는 또한 디오니소스, 아도니스와도 결합했다. 이것은 "생식력의 여신과 식물의 정령과의 결합"을 상징한다. 여기서 엄청난 남근을 가진 생식력의 신 프리아포스가 태어났다. 그녀는 헤르메스와도 어울려 남녀추니인 헤르마프로디토스를 낳았는데, 여기에 관해서는 앞 장에서 설명한 바 있다.

아들 이야기로 넘어가보자. 에로스의 어머니가 아프로디테임은 분명하지만(사랑이 사랑을 낳는다), 아버지가 누구인지는 정확하지 않다. 아프로디테의 남편 헤파이스토스라는 말도 있고 정부 아레스라는 말도 있고 심지어 조카 제우스(그는 크로노스의 아들이다)라는 말도 있다(사랑은 아무 데서나 생긴다). 천진하고 장난기 많은 에로스는 욕망을 상징하는 화살을 가지고 다니며 맘 내키는 대로 화살을 날렸다. 화살에 맞은 자는 모두 사랑에 빠졌으니, 사랑은 우연히 생기는 것이다. 우연히 만난 만남을 돌이킬 수 없으니 이 우연을 필연이라 불러야 할지도 모르겠다. 단 한 번 에로스가 사랑에 빠진 적이 있다. 자기 화살촉에 찔려 아름다운 여성 프시케에게 빠졌던 것이다. 그는 프시케를 궁에 데려다 놓고는 밤마다 찾아와 사랑을 즐겼다. 어둠 속에서 신분을 감추고 찾아오는 정인을 보고 싶은 나머지, 프시케는 얼굴을 보아선 안 된다는 금기를 어겨 궁에서 쫓겨났다. 그녀는 온갖 시련을 겪은 후에야 사랑하는 이를 다시 만날 수 있었다. 사랑은 스스로 세운 금기이자 금기에 대한 위반이다. 사랑은 좋아해선 안 되는 것만을 좋아한다. 프시케는 '영혼'이란 뜻이다. 영혼까지 고양된 사랑을 갖기 위해서는 여러 단계를 거쳐야 한다는 것을 그녀의 고행이 일러준다.

에로스에서 에로티시즘이란 말이 나왔다. 에로티시즘과 관련된 몇몇 명제를 적어두자.

첫째, 에로티시즘은 삶과 죽음의 동시적인 체험이다. 에로티시즘은 삶의 한 정점이지만 그 자체의 정점은 죽음에 있다. 사정 이후에 급락하는 오르가슴의 곡선만을 이야기하는 것은 아니다. 성애의 대상은 한

그림 4-7(왼쪽) 크라나흐가 그린 〈비너스와 아모르〉. 아프로디테는 늘 미의 기준점이 되어왔다. 16세기의 이 그림 역시 당대의 미적 기준이 어떠한지를 보여준다.(뮌헨, 알테 피나코테크)

그림 4-8(오른쪽) 레이턴 경이 그린 〈프시케의 목욕〉. 순결하고 아름답다. 이 그림의 종선(縱線)은 신의 경지로 상승해가는 영혼의 움직임을, 횡선(橫線)을 이루는 계단들은 그 각각의 단계를 암시한다.(런던, 테이트 미술관)

사람일 수도 있고, 책이나 TV, 심지어 그냥 상상일 수도 있다. 상대방을 존중하지 않는다는 점에서 에로티시즘은 폭력적이며, 그래서 그것의 극단적인 형식은 시간(屍姦)이다. 사드(D. Sade)는 "죽음과 친숙해지려면 죽음과 방탕을 결합해야 한다"고 말했다.

둘째, 에로티시즘은 금기와 위반이라는 이중화된 작용이다. 앞에서도 말한 바 있지만, 위반을 통해서만 금기는 현존한다. 바타유(G. Bataille)는 이를 가리켜 "금기는 범해지기 위해서만 있"으며, 그래서 "금기와 위반은 시소 게임과 같다"고 적었다. 그는 "금기를 어기려는 충동과 금기의 아래에 있는 고뇌를 동시에 느낄 때 비로소 에로티시즘의 내적 체험이 가능해진다"고 믿었다. 그것의 극단적인 형식은 근친상간이다. 사실 죄의식은 유혹에 대한 의식이다. 아담과 하와는 지혜의 나무 열매를 따먹기 이전에도, 유혹을 받았다는 점에서 이미 죄를 저질렀다. 유혹은 위반을 저지르기 전까지는 끝나지 않는다.

셋째, 에로티시즘은 미추(美醜)의 범주를 동시에 포괄한다. 에로티시즘의 영역에서, 저 사람이 아름답다는 말은 내가 저 사람을 욕망한다는 말이다. 에로티시즘을 성취하기 위해서는 먼저 그 사람을 발가벗겨야 한다. 에로티시즘은, 그 사람의 아름다운 얼굴에서 그 사람의 흉칙한 성기로 옮아간다. 입맞춤은 성기 접촉의 반영일 뿐이다. 나를 받아들이는 그 사람의 입 속에는, 아랫도리와 똑같은 공간이 있다. 그것이 극단적인 형식에 이르렀을 때, 사람들은 똥과 오줌을 먹는다.

넷째, 에로티시즘은 고양된, 다시 말해 극화된 시공간 의식이다. 에로티시즘은 단 한순간에 고착되는데 그것은 하나의 이미지이며, 이 이미지가 바로 크로노토프(chronotope)의 스냅사진이다. 그것은 현존만을 유일한 크로노토프의 체험으로 만든다. 사람들은 에로티시즘을 생각할 때마다, 그(그녀)와 교접하던 바로 그 순간으로 돌아간다. 바르트(R. Barthes)는 젊은 베르테르를 고통스럽게 한 것이 로테가 다른 이와 약혼했다는 사실이 아니라, 그녀가 다른 이의 품에 안겨 있는 이미지였다고 말한다. "나는 로테가 내게 속하지 않는다는 것을 잘 알고 있어, 라고 베르테르의 이성은 말하고, 하지만 그래도 알베르트는 내게서 그녀를 훔쳐간 거야, 라고 눈앞의 이미지는 말한다." 절시증(竊視症) 혹은 노출증이 이런 에로티시즘의 극단적인 형식이다.

다섯째, 에로티시즘은 주객의 변증법을 무화시킨다. 에로티시즘은 두 개의 성기가 결합되었을 때에만 완성된다. 결합의 순간에 나는 너의 거울이며 너는 나의 거울이다. 상대방의 표정과 신음과 몸짓이 나를 흥분시키고 나는 그걸 따라 한다. 둘은 마주 세운 이중의 거울 속에서 끊임없이 서로를 비추며 탐닉해들어간다. 그러나 이중 거울은 삼중, 사중 거울일 수도 있다. 쿤데라(M. Kundera)는 파트너의 고백에 대경실색한 한 남자에 대해 다음과 같이 말한다. "어느 날 한 여자가 정사 도중에 그에게 문장 하나를 속삭였는데, 지나치게 꾸며져 말도 안 되는 문구였으므로 루벤스는 즉각 그것이 친구의 고약한 작품임을 알아챘고 터져나오는 웃음을 자제할 수 없었다. (……) 그녀가 세번째로 그 문장을 외치는 순간 루벤스는 성교중인 그들의 두 육신 위로 가가대소하고 있는 친구의 환영을 보았다." 이 사슬에서, 나는 너이고 그이고 그녀이다. 너와 나의 자리바꿈을 보여주는 에로티시즘의 극단적 형식은 사디

그림 4-9 바르톨로메오 만프레디가 그린 〈매 맞는 큐피드〉. 전쟁의 신 마르스(아레스)가 큐피드를 매질하고 있다. 큐피드의 화살에 맞아 비너스를 탐했고, 그 때문에 헤파이스토스의 그물에 걸려 신들에게 망신을 당했기 때문이다. 불화(아레스)가 사랑(에로스)을 두들겨대고, 다른 사랑(아프로디테)이 그 장면을 말리고 있다. 불화의 입장에서는 두들겨패는 것도 사랑이다. 사디즘과 마조히즘이 그렇듯이. 재미있는 것은 미의 여신인 아프로디테의 얼굴이다. 영락없는 시골 아낙네의 모습이다. 애비가 아이를 때리고, 어미가 뜯어 말리는 여염집의 범상한 풍경이라고나 해야 할 것이다.(시카고, 시카고 아트 인스티튜트)

즘과 마조히즘의 역할 교대에서 발견된다.

여섯째, 에로티시즘은 영육(靈肉)과 성속의 경계 역시 무화시킨다. 에로티시즘은 육체로 정신을 초월하는 것이다. 에로티시즘의 문법에 의하면, 사랑한다는 것은 욕망한다는 것이다. 키냐르(P. Quignard)는 사랑이 젖가슴에서 나온 말임을 지적했다. "사랑(amor)은 젖꼭지(amma), 유방(mamma), 유두(mamilla)에서 유래된 단어다. (……)

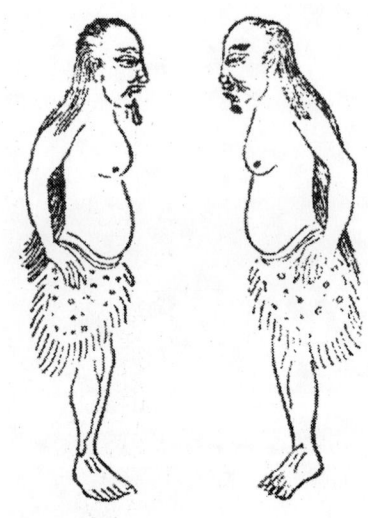

그림 4-10 「산해경」에 나오는 일비민(一臂民). 팔이 하나란 뜻이지만, 온몸이 다 반쪽인 사람이다. 이들은 둘이 합쳐야 한 사람이 된다. 사랑의 신화로 읽을 때, 플라톤의 완전인(完全人)과 몽쌍씨가 사랑하는 이들이 함께하는 아이콘이라면, 일비민은 사랑하는 이를 잃은 이들의 아이콘일 것이다. 그 사람을 잃으면 나는 글자 그대로 반쪽이 된다.(위앤커(袁珂)의 「산해경교주山海經校注」에 실린 삽화)

아무르(amour)는 말을 하는 입이라기보다는, 배가 고파 입술을 앞으로 내밀어 본능적으로 젖을 빠는 입 모양에 가까운 단어다." 사랑에 빠진 이는 사랑의 지고한 가치를 믿지만, 그걸 달성하는 방법이 육체 바깥에는 없다. 정신은 체계와 구조를 갖고 있는데, 이 구조와 체계는 정신이 부여한 질서의 소산, 곧 정신의 자기 반영이다. 구분하고 구별하지 않으면 정신이 있을 수 없기 때문이다. 하지만 일단 성기가 솟거나 벌어진 이후에 모든 질서는 한순간에 허물어져버린다. 정신과 육체의 이분법, 성스러운 것과 속된 것의 이분법은 이 육체의 그림자에 삼켜져버린다. 에로티시즘은 유한한 나의 육신과 영혼이 너와 융합하는 접신(接神) 혹은 접신(接身)의 체험이다. 강신하는 자들이 짓는 지극한 법열의 표정에는 늘 엑스터시의 순간이 아로새겨져 있다. 신학과 생물학

그림 4-11 카를 반 루의 그림 〈앙키세스를 들어올리는 아이네이아스〉. 아이네이아스는 아프로디테와 앙키세스의 아들이며, 후에 로마를 세우게 되는 시조다. 아프로디테는 양치기 앙키세스에게 반해서, 화려하게 단장한 후에 그에게 나타났다. 앙키세스가 자신이 여신이 아닐까 의심하자, 아프로디테는 자신이 프리기아의 왕녀라고 거짓말을 하기까지 했다. 한바탕 격렬한 사랑을 나눈 후에 아프로디테는 자신의 정체를 밝히고, 그에게 입단속을 시켰다. 입이 근질거리는 걸 못 참은 앙키세스는 자신이 여신과 사랑을 나누었노라 떠벌렸고, 그 벌로 벼락을 맞아 죽었다. 대지모신이었던 아프로디테가 정욕에 몸을 내준 여자의 역할을 하고 있었던 것이다. (파리, 루브르 박물관)

의 대상을 뒤섞었다고 비난해서는 안 된다. 우리는 성찬식 때마다, 영성체 의식 때마다 신의 살과 피를 먹고 마시지 않는가? 정신과 육체, 영혼이 깃든 육체와 영혼이 떠나간 사물에 대한 무분별이라는 점에서, 이것의 극단적 형식은 물신숭배(fetish)다.

성애는 다른 이의 몸에 대한 탐닉이다. 플라톤의 『향연Symposium』
에 나오는 유명한 얘기는 다른 이의 몸을 그리워하는 것이 우리의 본성
임을 알려준다.

먼 옛날, 인간은 둥근 몸에 얼굴이 둘, 손이 넷, 발이 넷이었다. 여덟 개의
손발을 써서 움직였기에 걸음도 빨랐고 힘도 장사였다. 남자가 태양의 자손
이고 여자가 땅의 자손이라면 남녀를 함께 갖춘 이들은 달의 자손이었다.
이들의 힘을 두려워한 제우스는 이들의 몸을 두 쪽으로 갈라놓았다. 몸이
갈라진 후에는 아폴론이 앞쪽에서 사방 가죽을 끌어다 꿰맸다. 이 자리가
지금의 배꼽이다. 그후 인간은 잃어버린 반쪽을 그리워하여 합치려고 했다.
지금도 남녀가 서로 끌어안고 교접하려는 것은 이 때문이다.

이 '잃어버린 반쪽', 혹은 아담이 말했다는 "내 뼈 중의 뼈요, 살 중
의 살"이라는 지칭은 사랑이 육체의 영역에 속해 있음을 강력하게 말한
다. 사랑은 일종의 카니발이다. 우리는 사랑을 하면서 서로 먹고 먹힌
다(15장에서 자세히 살피기로 한다). 중국에도 비슷한 이야기가 있다.

어떤 오누이가 서로를 너무나 사랑한 나머지 부부의 연을 맺었다. 천제
(天帝) 전욱(顓頊)이 분노해서 이들을 공동산(空洞山) 깊은 곳에 유배 보냈
다. 추위와 굶주림에 지친 오누이는 산속에서 서로 끌어안고 죽었다. 신조
(神鳥) 한 마리가 이들에게 불사의 풀을 물어다주었다. 칠 년 만에 이들이
부활했는데, 몸이 한데 붙어서 두 개의 머리에 네 개의 팔이 달렸다. 이들의

후손이 몽쌍씨(蒙雙氏)이다.

이 신화에서는 너무 사랑해서 한 몸이 되었다는 말이 비유가 아니다. 그들은 한 몸에서 나서(이것이 오누이란 말의 비밀이다. 사랑하는 이들은 자신들이 특별한 인연을 통해 맺어졌다고 느낀다) 다시 한 몸이 되었다(이것이 연인의 모습이다. 끌어안고 있는 두 사람을 어떻게 갈라놓고 말할 수 있겠는가?). 지극한 사랑이 만들어낸 신화적 아이콘이 아닐 수 없다. 헤르마프로디토스가 양성구유 인간이 된 것도 비슷한 이유에서였다. 『변신 이야기』에서 옮겼다.

헤르마프로디토스는 프리기아 지방의 이데 숲에서 자랐다. 님프들이 그를 길렀다. 그는 아주 아름다운 청년으로 자랐다. 열다섯 살이 되자, 그는 세상 구경에 나섰다. 카리아 지방의 한 호수에 도착했을 때, 호수의 요정이 그에게 반했다. 살마키스란 이름의 이 요정이 그에게 구애했다.

"당신은 혹시 신이 아닌가요? 신이라면 쿠피도(에로스) 신이겠죠? 만일 당신이 인간이라면 당신의 부모형제는 복받은 사람들이지요. 당신에게 유모가 있었다면 그분도 복을 받은 거예요. 하지만 가장 큰 복을 받은 사람은 당신과 약혼한 처녀일 겁니다. 그런 처녀가 있다면, 그녀 몰래 저를 만나 사랑해주세요. 그런 이가 없다면 저를 애인 삼아주세요. 아, 저를 사랑해주세요."

하지만 소년은 아직 사랑이 뭔지 몰랐다. 그는 그녀를 거들떠보지도 않았다. 그녀가 소년의 뺨에 입 맞추기 위해 다가가 목을 껴안자, 소년은 비명을 질렀다.

"나를 놓아주세요!"

그녀는 그에게서 물러났으나 불타오르는 정욕을 감출 수 없어서, 몰래 숲에 몸을 숨기고 그를 지켜보았다. 헤르마프로디토스는 숲을 거닐다가, 맑고 시원한 호수를 보고 옷을 벗고 들어갔다. 그녀는 몰래 옷을 벗고 소년에게로 다가왔다. 요정은 소년을 잡고 입을 맞추었다. 손으로 그의 가슴과 등을 쓰다듬으며 안았다. 헤르마프로디토스는 있는 힘껏 그녀에게 저항하며 사랑의 쾌감을 거절했다. 마침내 그녀는 그를 껴안은 채 외쳤다.

"이런 바보! 빠져나갈 수 있으면 그렇게 해봐. 마음대로 안 될걸? 신들이시여, 이대로 있게 해주소서. 이 남자가 제게서, 제가 이 남자에게서 영원히 떨어지지 않게 하소서!"

신들이 그녀의 소원을 들어주었다. 둘은 한 몸이 되었다. 한 몸에 남성과 여성을 모두 갖추게 된 것이다. 이후로 이 호수에서 목욕을 하는 이들은 모두 반남반녀(半男半女)가 되었다고 한다.

몽쌍씨와 마찬가지로 헤르마프로디토스도 지극한 성애의 결과물이다. 성애가 절정에 달한 그 한순간, 사랑하는 이들은 한 몸이 되었다고 느낀다. 그/그녀는 그렇게 상대방을 제 몸의 일부로 삼은 이들의 아이콘이다.

에로티시즘이 다양한 사회일수록 건강한 사회이며, 죽음을 두려워하지 않는 사회이다. 에로티시즘이 생식에 대한 욕망이며 죽음에 대한 순치(馴致)이기 때문이다. 아프로디테에게는 여러 이름이 있나. 아포스트로피아(Apostrophia, 등을 돌리는 여자)나 아노시아(Anosia, 부정한 여자)와 같은 이름은 사랑의 변개(變改)되기 쉬운 속성을 지시하고, 안드로포노스(Androphnos, 남자를 죽이는 자)나 에피튐비디아(Epitymbidia, 무덤 위에 선 여자), 튐보리코스(Tymborychos, 무덤 파는 사람), 파시파이사(Pasiphaessa, 지하세계에서 빛나는 여왕)와 같은 이름은 성애와 죽음의 관계를 일러주며, 칼리퓌고스(Kallipygos, 아름다운 엉덩이를 가진 여자)나 모르포(Morpho, 균형 잡힌 여자)는 사랑의 아름다움을 드러내고, 암볼로게라(Ambologera, 늙음을 지연시키는 여자)는 사랑이 가진 불로불사의 성격을 보여준다. 사랑이 죽음을 넘어서거나 죽음을 지배한다는 말은 사랑이 죽음보다 힘이 세다는 말이 아니다. 사랑은 죽음을 품에 안는다. 죽음은 유한한 몸을 벗고 저 무한의 영역에 든 자들에게 포함된다는 말이다. 에로티시즘도 유한한 몸을 타자에게로 확장한다는 점에서 동일한 체험이다. 그녀는 또한 필로메이데스, 필로메데스라는 별명으로 불렸는데, 전자는 웃음, 후자는 생식기를 이르는 이름이다. 사랑이 가진 즐거움과 탐닉이 이 별명에 숨었다.

아프로디테는 본래 대지모신이었다. 그녀는 자연의 생명력 자체를 나타내는 최강의 여신이었는데, 점차 성애와 관련된 여신으로 그 힘과 역할이 축소되고 말았다. 작게 말하자면 우리는 모두 성애의 자식이지만, 크게 말하자면 우리는 저 거대한 자연의 자식이다.

05

유혹

유혹은 사랑을 취하기 위한 적극적이고 능동적인 기술이다. 유혹과 호기심은 주고받는 마음 사

이에서 일어나는 두 개의 동인(動因)이다. 신화는 세상의 처음부터 유혹이 있었다고 말한다. 반

드시 유혹이 죄(罪)를 낳는다고 생각해서는 안 된다. 죄는 잘못된 유혹의 결과가 아니라, 유혹의

잘못된 결과다. 유혹 자체가 잘못이 아니라, 유혹에 촉발된 마음이 그릇된 결과를 낳는 게 죄라

는 뜻이다.

태초에 유혹이 있었다. 유혹 역시 사랑의 기술이다. 에덴동산에서 이야기를 시작하자.

하느님이 지으신 동물 중에서 뱀이 가장 교활했다. 어느 날 뱀이 여자에게 물었다.

"하느님이 정말 너희에게 동산에 있는 모든 과일을 먹지 말라고 했느냐?"

여자가 대답했다.

"우리가 동산의 과일을 다 먹을 수 있지만, 동산 중앙에 있는 과일은 하느님이 '먹지도 말고 만지지도 말아라. 혹 너희가 죽을까 걱정된다' 라고 말씀하셨다."

뱀이 그녀에게 말했다.

"너희는 절대로 죽지 않을 거다. 하느님이 너희에게 그렇게 말한 것은, 너희가 그걸 먹으면 눈이 밝아져서 하느님과 같이 되어 선악을 분별하게 될

그림 5-1 할례(남성의 음경 껍질을 잘라내는 의식)가 뱀에서 비롯되었다는 사실은 잘 알려져 있지 않다. 뱀이 허물을 벗고 새롭게 태어나듯, 사내아이들은 제 몸에 달고 있는 뱀허물을 벗고 어른이 된다. 12세기에 그려진 시칠리아 몬레알레 수도원의 모자이크 장식. 뱀이 아담과 하와의 맞잡은 손을 가로질러, 째고 나온다. 저 뱀 때문에 둘의 사랑이 깨진 것일까, 사랑이 깨진 결과가 저 뱀일까?

것을 그분이 아셨기 때문이다."

여자가 그 나무 과일을 보니 먹음직스럽기도 하고 보기에도 아름다우며 지혜롭게 할 만큼 탐스럽기도 했다. 그래서 여자가 과일을 따서 먹고 남편에게도 주니 남편도 그걸 먹었다. 그러자 갑자기 눈이 밝아져서 자기들이 벌거벗은 걸 알게 되었다. 그래서 그들은 무화과나무 잎을 엮어서 치마를 만들어 몸을 가렸다.

그날 저녁 서늘할 때에 아담과 아내는 야웨 하느님이 동산에서 거니는 소리를 듣고 그분의 낯을 피하여 동산 나무 사이에 숨었다.

하느님이 아담을 불러 물었다.

"아담아, 너는 어디 있느냐?"

그림 5-2 미켈란젤로가 그린 시스티나 성당 벽화(일부). 하와를 유혹하는 사탄은 상반신이 사람이고, 하반신이 뱀이다. 나무를 감고 오르는 모양새가 잔뜩 물이 오른 남근을 닮았다(선악을 알게 하는 나무가 또다른 의미의 남근임을 9장에서 살필 것이다). 하와를 유혹하는 뱀이 여성으로 그려진 것은, 여성에 대한 천시의 결과다. 남성(아담)을 유혹하는 여성(하와), 다시 그 여성을 유혹하는 여성(뱀)이라니!(로마, 시스티나 성당 천장)

"제가 동산에서 하느님이 거니시는 소릴 듣고, 벗었기에 두려워 숨었습니다."

"네가 벗은 걸 누가 말해주었느냐? 내가 먹지 말라고 한 과일을 먹었구나!"

"하느님이 나와 함께 있으라고 주신 여자가 과일을 주어서 제가 먹었습니다."

하느님이 여자에게 "네가 어째서 이렇게 했느냐?" 묻자, 여자가 "뱀이 꾀어서 제가 먹었습니다" 라고 대답하였다.(「창세기」 3장 1~13절)

그 다음에는 무시무시한 형벌이 이어진다. 뱀은 다리를 잃고 배로 기

그림 5-3 루벤스가 그린 〈아담과 하와〉. 원래는 티치아노의 그림인데, 루벤스가 따라 그린 것이다. 이 그림에서 뱀은 어린아이의 모습을 하고 있다. 아마도 유혹의 아기 신, 에로스에게서 영향을 받은 것일 게다. 하나 더. 여기서도 하와는 과일을 따고, 아담은 말리려 든다. 잘못은 여전히 여자에게만 있다는 거다.

어다녀야 했고 흙을 먹으며 여자의 발에 밟히게 되었다. 여자는 아이 낳는 고통을 받았고 남편에게 복종해야 했으며, 남자는 평생토록 땀 흘려 일해야 했고, 그들 모두가 죽어 흙으로 돌아가게 되었다. 왜 처음부터 이런 무시무시한 시험이 주어졌을까? 어쩌면 이 이야기는 역사가 시작된 지점을 설명하기 위한 장치인지도 모른다. 범해지기 전까지 금기는 완성되지 않는다. 우리는 그들이 금기를 어기기까지 낙원에서 시간이 얼마나 흘렀는지 알지 못한다. 낙원에는 시간이 없다. 역사는 낙원 추방 이후에야 비로소 시작된다.

이 이야기에서 뱀은 유혹자이다. 우리는 첫 장에서, 뱀이 유혹자 계보의 들머리에 자리하고 있음을 보았다. 어떻게 유혹했는가? 먼저 뱀이 묻는다. 정말로, 동산에 있는 '모든' 과일을 먹지 말라고 그랬니? 하느님이 먹지 못하게 것은 단 한 가지, 선악을 알게 하는 나무 열매였다. 그걸 모든 나무로 확대함으로써 뱀은 여자의 욕망을 부추겼다. 어, 내가 못 먹는 게 있었네. 여자가 대답한다. 다 먹을 수 있지만, 하나는 먹지 말라고 하셨어. 하느님이 우리가 '혹시' 죽을까 걱정된다고 하셨어. 이미 여자는 '모든'이란 지칭 속에 든 유혹에 넘어갔다. 하느님은 처음에 "그것을 먹으면 네가 반드시 죽을 것이다"라고 명령했기 때문이다(「창세기」 2장 17절). '반드시'에서 '혹시'로의 심리적인 이동, 이것이 욕망의 미끄러짐이다. 뱀은 바로 그 '혹시'를 파고든다. 웃기네, 죽기는 왜 죽어. 그걸 먹으면 너는 하느님과 맞먹는 거야. 하느님만 먹을 수 있는 걸 네가 먹었으니까. 넌 똑똑해질 거야. 그래서 여자와 남자가 과일을 먹었고, 그 말대로 똑똑해졌다. 문제는 그게 헛똑똑이였다는 것이

그림 5-4 프란츠 폰 슈투크의 〈죄〉. 한 여자가 뱀으로 몸을 감쌌다. 뱀은 마치 외투처럼 보인다. 여자는 그늘 속에서 강렬한 눈빛을 쏘아보내고 있다. 시커먼 뱀과 눈이 부실 정도로 하얀 몸이 여자의 얼굴에 드리운 그늘에서 만나고 있는 것이다. 저 눈빛은 우리를 유혹한다. 그 유혹이 죄일까? 유혹을 받아들인 것이 죄일까?(뮌헨, 노이에 피나코테크)

다. 그들의 눈은 밝아졌지만, 그 밝은 눈으로 알아본 건 자기들이 벌거벗었다는 것이었다. 서문에서 말했듯, 그게 그들의 부끄러움이 되었다는 사실 자체가 문제이다. 그들에게서 증발한 건 서로에 대한 믿음이었다. 그들은 하느님의 추궁에, 서로가 잘못했다고 손가락질을 해댄다.

맨 처음 손가락질한 사람은 아담이다. 아담이 먼저 책임을 전가했고, 그래서 먼저 사랑을 저버렸다. 신의 질문은, 네가 "사과를 먹었느냐, 안 먹었느냐" 하는 단순한 사실 판단을 목적으로 하고 있었다.

그 판단 후에 징벌이 뒤따른다. 아담은 허둥지둥하며, 이야기를 뒤집으려 애쓴다. 범죄의 책임은 뱀과 여자에게 있으며, 자기는 그 판단의 희생자라는 것이다. 결국 남자는 징벌을 받았으며, 거기에 더하여 사랑마저 잃었다. 여자 역시 책임을 전가했다. 뱀이 저를 꾀어 금단의 열매를 먹게 했고, 그래서 제가 벌거벗은 걸 알았어요. 이제 잘못을 **고백히오**

니, 제 잘못은 뱀 때문입니다. 그러나 잘못은 원인에 있는 것이 아니라, 결과에 있다. 잘못의 맨 처음에는 뱀의 유혹이 있었으나, 죄의 사슬은 뱀에게서 여자에게로, 다시 여자에게서 남자에게로 이어졌다. 여자는 죄악을 뱀에게서 남자에게로 실어 나르고, 징벌을 남자에게서 뱀에게로 실어 날랐을 따름이다.

서로를 향해 벗은 두 몸은 사실 얼마나 아름다운가? 그러나 서로 남남인 이들이 벗은 몸을 들키는 것은 얼마나 부끄러운가? 이제 그들은 부끄러움 없이는 서로의 몸을 볼 수 없을 것이다. 이 책임의 향방, 손가락질의 방향을 따라 가장 큰 저주를 받은 것은 물론 뱀이다. 그는 유혹자였으며, 그에게는 책임을 면할 수 있는 아무 변명도 주어지지 않았다. 그 다음이 여자다. 여자는 평생 남자를 섬기고 해산하는 고통을 받았다. 여기에는 물론 고대의 남존여비 사상이 스며 있다. 성을 혐오하고 여자를 열등한 종족으로 간주하는 서구의 전통이 이미 여기서 시작된 것이다. 2세기 후반에 활동했던 기독교 사제 테르툴리아누스(Tertullianus)는 여자에 대해 이런 악담을 퍼부었다.

그림 5-5 인도에서 발견된 1~2세기경의 야크시 상. 야크시는 다산의 여신이다. 표정과 자세로 보아 그녀는 이미 뱀의 유혹에 넘어간 것처럼 보인다.(개인 소장)

너희는 모두가 한 사람의 하와란 사실을 모르느냐? 너희 여자들의 죄가 분명히 남았기에, 너희의 성

(sex)에 신께서 내린 형벌의 심판이 오늘날에도 남아 있다. 너희는 사탄의 출입구이고 금지된 나무의 침입자이며 신이 내린 율법을 범한 최초의 죄인 이다. 너희는 사탄 홀로는 도저히 무너뜨릴 수 없었던 남자를 유혹하고 설 득해, 신의 형상을 지닌 남자를 분별없이 망가뜨린 여자이다. 너희의 불순 종 때문에 신의 아들마저 죽음에 이르게 되었던 것이다.

남자들의 죄악은 창세의 첫 장면부터 지금까지 이렇게 구석구석 스 며들어 있었던 것이다. 우리는 이 얘기에서 잘 알려진 판도라의 상자를 떠올리게 된다. 신화의 형성 시기로 놓고 보면 판도라 얘기가 더 오래 되었다. 잠시 읽고 넘어가자.

프로메테우스가 천상의 불을 훔쳐 인간에게 가져다준 걸 안 제우스는 길 길이 뛰었다. 코카서스 산정에 프로메테우스를 묶어놓고, 날마다 독수리로 간을 쪼아먹게 만들고서도 그의 분노는 그치지 않았다. 이제 그는 복수의 칼날을 인간들에게 돌렸다. 제우스는 올림포스의 장인 헤파이스토스를 시 켜 진흙을 물로 개어 아름다운 처녀를 빚게 만들었다. 직분에 따라 신들이 그녀에게 한 가지씩 재능을 주었다. 아프로디테는 생명력과 여자의 관능적 인 매력을, 아테나는 천 짜는 기술과 아름다운 옷을, 헤르메스는 머리에 개 의 영혼과 교활함을, 가슴에 거짓과 헛된 꿈을, 목에 감미로운 목소리를 불 어넣었다. 그녀는 프로메테우스의 형제인 에피메테우스에게 보내졌다. 프 로메테우스가 '먼저 깨달은 자'라면 에피메테우스는 '늦게 깨닫는 자'이 다. 경솔한 에피메테우스는 선물을 덥석 받았다. 판도라는 온갖 불행과 재앙이 가득 든 단지를 선물로 갖고 내려왔다. 신들은 이 단지를 절대로 열어서는 안 된다고 누누이 당부했다. 어리석고 호기심 많은 판도라가 그 금기를 어길 것은 불문가지, 그가 뚜껑을 열자 우리가 아는 모든 불행과 재앙이 세상으로 퍼져나갔다. 놀란 그녀가 황급히 뚜껑을 닫자, 맨 밑에 헛된 희망만이 남았다. 우리가 이 고통스런 세상을 그래도 버리지 못하는 것은 이 희망 때문이라고 한다.

두 얘기가 많이 닮았다는 것을 눈치챘을 것이다. 신들은 인간에게 금기를 주었고, 인간은 금기를 범해서 호기심을 채우고 대신 형벌(불행)을 받았다. 남성은 금지하고 여성은 어긴다. 이 가부장적인 얘기는 이후에도 수없이 변형되고 반복된다. 두 얘기를 겹쳐 읽으면, 아담 역시 에피메테우스처럼 '늦게 깨닫는 자'란 게 확인된다. 그저 예쁜 것만 좋아하는 멍청하고 순진한 남자에 대한 비난이 여기에 섞여 있다. 『하가다Haggadah』는 유대교에서 입으로 전해지는 이야기와 성서에 대한 주석을 모은 글인데, 아담에게 첫번째 부인이 있었다고 말한다.

동물들이 아담에게 쌍쌍으로 이름을 받으러 오자, 아담은 소외감을 느꼈다. 하느님은 아담에게 짝을 주기로 결심했다. 아담에게 먼저 주어진 여자는 릴리트였다. 릴리트는 아담과 마찬가지로 흙에서 창조되었다. 릴리트는 부끄러움도 모르고 고집도 센 여자였다. 그녀는 잠자리를 할 때 아담의 밑에 누워야 한다는 데 동의하지 않았다. 자기도 흙으로 지어진 존재이므로 아담과 동등한 권리를 갖고 있다는 것이다. 결국 그녀는 아담을 버리고 홍해로 달아났다. 천사들이 그녀를 찾아서는, 만일 돌아가지 않으면 릴리트의 악마 자녀가 매일 백 명씩 죽을 거라고 위협했다. 그녀는 아담과 사느니 그런 처벌을 받겠다고 했다. 그녀는 태어난 지 하루도 안 된 사내아이들을 그 자리에서 죽이고, 계집아이들은 태어난 지 이십 일 만에 죽였다. 그래서 두 번째 만든 여자는 아담의 몸에서 나왔다. 하느님은 결심했다.

"여자가 남자 위에서 건방을 떨지 못하도록 남자의 머리에서 여자를 만들지 않겠다. 음탕한 눈을 가지지 못하도록 눈에서도 만들지 않겠다. 남의 말을 엿듣지 못하도록 귀에서도 만들지 않겠다. 뻣뻣하게 굴지 못하도록 목에서도 만들지 않겠다. 참견하지 못하도록 손에서도 만들지 않겠다. 쓸데없이 돌아다니면 안 되니까 발에서도 만들지 않겠다."

그래서 하와는 옆구리에서 태어났다. 대단한 정성을 들였지만, 여자는 그 모든 결점을 다 갖고 말았다.

릴리트는 「이사야」 34장 14절에 "도깨비"(공동번역 성경), "밤 동물"(NIV판 성경), "부엉이(KJV판 성경)"로 번역된 바로 그 괴물이다. 하지만 요즘 말로 하자면 릴리트는 페미니스트라고 해야 할 것이다. 그녀에게 씌워진 모든 부정어들을 바보같이 생각한 남자의 머리에, 형편없는 안목을 지닌 남자의 눈에, 못난 말을 내뱉은 남자의 입에, 거짓말을 지어낸 남자의 손에, 그걸 갖고 다니면서 퍼뜨린 남자의 발에 대신 씌워야 할지도 모르겠다. 옛날 남자들의 상상력, 정말 대단하다. 여자는 잠자리에서도 깔고 뭉개야 한다니, 체위 때문에 여자를 잃다니, 어떻게 이런 옹졸함을 신화적 역사의 최초에 박아넣고 거듭해서, 벌거벗은 채,

그림 5-6 페르시아의 부적에 그려진 릴리트.(예루살렘, 이스라엘 박물관)

망신을 당할까?

뱀이 유혹자였다는 사실로 돌아오자. 후백제를 세운 견훤의 출생담 역시 비슷한 유혹의 기술을 보여준다.

광주(光州) 북촌 땅에 한 부자가 살았다. 그에게는 딸이 있었는데 대단히 아름다웠고 행실도 흠잡을 데가 없었다. 그런데 그녀에게 이상한 일이 생겼다. 밤마다 자줏빛 옷을 입은 사내가 그녀를 찾아와서 동침하고는 새벽에 어디론가 사라지곤 했던 것이다. 여자가 사실을 아버지에게 말하자 아버지가 계교를 가르쳐주었다.

"오늘밤에도 그 남자가 나타나거든 바늘에 실을 꿰어두었다가 몰래 옷자락에 찔러두어라."

여자가 그 말대로 했다. 이튿날 그 실을 따라 갔더니 커다란 지렁이 허리에 바늘이 꽂혀 있었다고 한다. 사내는 지렁이의 화신이었던 것이다. 이 일로 여자가 임신해서 아이를 낳았다. 이 아이가 바로 견훤(甄萱)이다.

영웅의 출생을 신이하게 만들려는 욕망이 가계 신화를 만드는 법이다. 이런 얘기는 전 세계에 퍼져 있다. 알렉산더 대왕의 어머니 올림피아는 뱀과 엉겨붙었고, 아우구스투스의 어머니 역시 아폴론의 신전에서 뱀과 어울려 그를 낳았다고 한다. 한나라 고조의 어머니도 교룡(蛟龍)과 어울려 고조를 낳았다. 큰 지렁이가 아버지였다니, 이 역시 대단한 생각이다. 용과 거북이, 뱀에 이제는 지렁이를 유혹자의 모습에 추가해야겠다. 그것들은 모두 붉고 크고 징그러운 육봉(肉棒)으로 상징된다. 온몸이 성기인 짐승들, 이보다 더 큰 유혹이 어디 있겠는가? 내가 유혹을 받아들이면 뱀은 남자가 되고, 내가 책임을 전가시키면 남자는 뱀이 된다. 「미녀와 야수」의 창세기 버전인 셈이다. 내가 거들떠보지 않았을 때엔 괴물이던 남자가, 내가 주목해서 보자 왕자 혹은 아담이 되었다.

간보(干寶)가 지은 『수신기搜神記』에는 다음과 같은 이야기가 전한다.

동월국(東越國)의 민중군(閩中郡)에 용령(庸嶺)이란 재가 있는데, 높이가 수십 길에 이른다. 이 재 서북쪽의 동굴에 큰 뱀이 사는데, 길이가 7~8길이

나 되고 굵기가 여남은 아름이나 되었다. 동야도위(東冶都尉) 및 현의 관리들이 이 뱀에게 피해를 많이 입어, 고장 사람들이 늘 두려워했다. 소와 양을 제물로 바쳐 제사를 지내도 뱀은 여전히 사람들을 해쳤다. 뱀은 사람들의 꿈에 나타나거나 무당의 몸을 빌려서 열두세 살 먹은 소녀를 바치라고 요구했다. 도위와 군현의 장관들이 고민했으나, 돌림병이 기승을 부렸기 때문에 어쩔 수 없이 여염집의 계집종이나 범죄자의 딸을 잡아다 바쳤다. 아이들을 팔월 초하루까지 잘 먹인 후에 제사를 지내고 동굴 입구까지 데려다놓으면, 뱀이 굴에서 나와 아이들을 잡아먹었다. 해마다 이런 일이 되풀이되어 아홉이나 희생되었다.

십 년째 되는 해에 계집아이를 찾았으나 마땅한 아이를 구할 수가 없었다. 장락현(將樂縣)에 사는 이연(李誕)에게는 딸만 여섯이 있었는데, 그중에 기(寄)라는 막내딸이 뱀의 제물이 되겠다고 자원하고 나섰다. 부모가 허락하지 않자, 이기가 부모를 설득했다.

"부모님은 자식 복이 없어 딸만 여섯을 낳으시고 대를 이을 아들을 낳지 못하셨으니, 이는 자식이 없는 것과 마찬가지입니다. 저는 저 제영(緹縈, 관비가 되어 죄인인 아버지를 구한 한나라 때 효녀)처럼 두 분을 구할 공을 세울 수도 없고, 공양도 못 한 채 옷과 음식만 축낼 뿐입니다. 살아 있어야 아무 쓸모가 없으니 일찍 죽는 편이 낫습니다. 이 몸을 팔아 몇 푼 안 되는 돈이나마 마련할 수 있다면 얼마나 즐거운 일이겠습니까?"

딸을 가여워한 양친이 끝내 승낙하지 않았지만, 그녀는 만류도 뿌리치고 몰래 집을 나갔다. 이기가 관리에게 예리한 칼과 무는 개 한 마리를 요구했다. 팔월 초하루가 되자, 이기는 칼을 품에 감추고 개를 데리고 큰 뱀이 있는 사당으로 가서 제물이 놓일 자리에 앉았다. 그녀는 먼저 찐 보릿가루를 꿀에 버무린 인절미를 동굴 입구에 두었다. 그러자 큰 뱀이 모습을 드러냈다. 머리는 곳집만하고 눈은 지름이 두 자나 되는 큰 구리거울만한 뱀이 냄새를 맡고는 굴에서 나오더니 인절미를 먹기 시작했다. 그녀가 기회를 놓치지 않고 개를 풀었다. 개가 달려들어 뱀을 물어뜯자, 자신은 뒤쪽에서 뱀을 공격했다. 뱀이 고통스러워하며 굴을 빠져나와 사당의 뜰까지 도망쳤으나 거기서 죽고 말았다. 기가 굴 안에 들어가 보니 죽은 아홉 소녀들의 유골이 있었다. 그녀가 유골을 거두어 나와서 슬피 울며 말했다.

"너희는 겁이 많고 나약해서 뱀의 제물이 되고 말았구나. 참으로 딱한 일이다."

말을 마치고는 천천히 집으로 갔다. 월왕이 소식을 듣고는 그녀를 왕후로 삼고, 부친을 장락현의 현령에 제수했으며, 어머니와 언니들에게도 후한 상을 내렸다. 그후로 동야 지방에는 다시 요괴들이 나타나는 일이 없었다.

동녀(童女)를 요구한 이 뱀 역시 육봉으로 자기 전 존재를 대신한 무시무시한 남성이다. 아홉 소녀는 뱀에게 삼켜져 동녀로서의 삶을 마감했을 것이다. 이기는 동굴에서 뱀을 유인한 뒤에 앞뒤로 뱀을 공격했다. 동굴에 들어간 뱀은 여자의 몸에 든 남성의 상징이다(동굴에 관해서는 8장에서 자세히 이야기할 것이다). 동굴에서 나온 뱀은, 다르게 말해서 여성의 몸에서 나온 남성은 금세 풀이 죽어버린다. 그녀는 뱀을 죽이고 그 상으로 왕후가 되었다. 다르게 말해서 유혹자를 물리치고 사랑하는 이의 아내가 되었다. 겉으로 드러난 그녀의 미덕은 용기지만, 속

에 숨은 미덕은 정절(貞節)이었던 셈이다. 『수신기』에는 뱀이 남성임을
보여주는 다른 얘기도 있다. 진나라 때에 임곡(任谷)이라는 사람이 밭
을 갈다가 나무 아래서 쉬는데 깃옷을 입은 사람이 와서 그에게 음란한
짓을 했다. 그 일로 임곡이 임신을 했다. 달이 차서 아이를 낳을 때가
되자 깃옷을 입은 사내가 다시 찾아와서는 칼로 아랫도리를 찔러 새끼
뱀을 끄집어내더니 가버렸다. 이 일로 임곡은 고자가 되었다고 한다.
이 얘기에는 동성애에 대한 비난이 깔려 있다. 사내들끼리 부끄러운
짓을 했으니, 뱀 대가리(1장에서 말한 거북이 머리와 같다. 게다가 풀이 죽
은 새끼 뱀이다)를 뽑아버려라. 임곡, 너는 고자가 되어야 마땅한 놈이
다. 임곡은 그 길로 궁중에 찾아가 사정을 이야기하고 환관이 되었다
고 한다.

당금애기 이야기로 장을 마치자. 이 이야기는 유명한 서사무가로 제
석(帝釋)본풀이라고도 부른다. 당금애기의 세 아들이 3불 제석이 되고
당금애기는 삼신할미가 되는 과정을 설명하는 이야기다. 앞부분만 소
개하기로 한다.

도승(道僧) 하나가 제석님의 집에 동냥을 갔다. 제석에게는 당금애기란
외동딸이 있었는데, 아름답고 재주 많고 고운 심성을 가졌기에 사모하는 이
들이 많았다. 중이 그 집을 찾아갔을 때, 부모와 아들들은 마침 출타중이었
고, 당금애기만 꼭꼭 잠긴 열두 대문 안쪽에 있었다. 중은 첫째 대문에서 목
탁을 치며 사람을 찾았으나 인기척이 없었다. 그는 도술로 첫째 대문을 열
고 들어갔다. 여전히 대답이 없어서 차례로 열두 대문 앞까지 갔다. 목탁 소

리를 들은 당금애기는 아버지 뒤주에서 쌀을 퍼다주었다. 하지만 중이 내민 자루는 밑이 터져 있어서 시주한 쌀이 바닥에 흩어지고 말았다.

"스님! 동냥 다니시려면 성한 자루를 지니셔야지, 이를 어째요. 비로 쓸어 모아 키로 까불어드릴게요."

"애기씨, 우리 절의 부처님은 영험한 분이라 비로 쓸어담으면 수수 냄새 가 나서 공양을 못 드립니다. 뒷동산에 올라가 싸리나무로 젓가락을 만들어 한 알씩 주워담아야 합니다."

당금애기가 하는 수 없어 시키는 대로 했다. 중은 날이 저물어 하룻밤 자 고 가야겠다고 우겼다.

"그럼 헛간에서 주무셔요." 중은 안 된다고 했다.

"그럼 봉당에서 주무셔요." 중은 또 안 된다고 했다.

"아버지 방에서 주무셔요." 중은 또 안 된다고 했다.

"당금애기씨, 애기씨가 주무시는 별당 한가운데 물을 가득 담은 은대야 를 놓고, 내 육환장(六環杖)을 가로놓아 방을 나누고, 아랫목에서는 당금애 기씨가 자고 윗목에서는 내가 자겠습니다."

당금애기는 할 수 없어서 말을 따랐다. 밤이 깊어 당금애기가 잠이 들었 는데, 초경(初更)에 구슬 세 개를 안은 꿈을 꾸고 이경(二更)에 쌀농사 짓는 꿈을 꾸고, 삼경(三更)에 청학(靑鶴), 백학(白鶴)이 나는 꿈을 꾸었다.

아침이 되어 당금애기가 꿈 얘기를 하자, 중이 대답했다.

"구슬 셋을 안은 것은 세 아들을 낳을 꿈이요, 쌀농사 짓는 것은 모든 사 람을 먹여 살릴 만큼 재복(財福)이 있을 꿈이요, 청학과 백학이 나는 꿈은 굶어 죽지 않게 먹을 것을 날라다주는 꿈입니다."

과연 당금애기에게 태기가 있어, 아들 셋을 낳았다.

　인용한 부분에서 도승은 기막힌 유혹자다. 하나씩 살펴보자. 꼭꼭 닫힌 열두 대문은 당금애기의 몸과 마음이다. 도승은 그 문들을 차례대로 하나씩 열어젖힌다. 겹겹이 입은 그녀의 옷을 풀어헤친다고 보아도 좋고 경계하는 그녀 마음을 조금씩 열어간다고 보아도 좋다. 다음에는 밑 빠진 자루에 쌀을 담게 한다. 넣어도 넣어도 채워지지 않는 것, 그게 욕망이 아니고 무엇이겠는가? 당금애기는 이미 반쯤 무장해제된 상태다. 그 다음에는 싸리나무 가지로 쌀알을 줍게 한다. 싸리나무는 잔가지가 많이 갈라졌고 가늘고 길고 짙은 갈색 턱잎이 오 밀리미터쯤 자란다. 여성의 몸에 난 터럭과 닮았다. 쏟아진 쌀알은 남자가 쏟아놓은 정액과 닮았다(그러니까 밑 빠진 자루는 중에게 관통당하고야 말, 그녀의 성기를 가리킨다). 도승이 거듭해서 가르치는 성교육 현장인 셈이다. 쌀알을 젓가락으로 줍기 위해서는 쪼그려앉아야 한다. 필경 가슴 앞섶이 벌어지거나 둔부의 곡선이 드러났을 것이다. 그 다음에 중은 대담하게도 그녀 방에서 자고 가겠다고 우긴다. 그는 대야에 물을 담고 지팡이를 가로놓는다. 물이 담긴 대야가 당금애기의 몸이라면 그걸 질러가는 지팡이는 도승의 몸이다. 도승의 속내를 시쳇말로 풀면 이렇다. 너는 나로 인해 젖을 것이고, 나는 딱딱해져서 너를 관통할 거야. 방을 나누겠다고 하지만, 실제로 그걸 믿는 사람은 바보처럼 순진한 당금애기뿐이다. 동해안 지역에 전승되는 이야기에서는 도승이 노골적으로 당금애기를 끌어안는다. 이 동침 장면을 잠깐 읽자. 신동흔의 『살아 있는 우리 신화』에서 재인용했다(여기서 도승의 이름은 시준, 곧 석가세존이다).

　　당금아가씨 원 같은 방 안에 누워 있는데

　　얼굴은 돋아오는 반달이요

　　어찌 곱게도 어여쁘게 맵짜게 잘도 생겼는지

　　백옥 같은 젖퉁을 내놓고 누웠으니

　　시준님이 난데없이 상사병이 일어난다.

　　얼굴이 붉으락 희락 붉으락

　　시준님 도술로 피우더니만

　　난데없이 왕거미가 되어가지고

　　병풍으로 굼실굼실 기어간다.

　　아가씨 머리맡에 쪼그리고 앉더니

　　아가씨를 폭으로 내려다보고 있더니만

　　아가씨 자는데 단침 이불 속으로 굼실굼실 기어들어가더니

　　아가씨 가는 허리를 아드답싹 끌안고

　　죽을지 살지 살지 죽을지

　　바꿈 줄여 끌안고 입을 쪽쪽 맞춘다.

　그 다음에 꾼 꿈은 태몽(胎夢)이 아니라 접몽(接夢)이다. 이 꿈 역시 성행위의 은유적 표현이다. 그녀의 정신은 꿈속에 있었지만, 그녀의 몸은 남자와 있었다. 그녀가 감싼 구슬, 이건 고환 외에 다른 것일 수가 없다(그런데 왜 세 개일까? 눈 밝은 당신의 판단에 맡긴다). 논에서 일하

기 위해선 여러 번 몸을 굽혔다 폈다 해야 한다. 남녀가 교합할 때의 동작인 셈이다. 그 다음에는 새가 날았다. 그녀는 너무 좋아 붕붕 떠다녔다. 당금애기는 아무것도 몰랐으나, 이미 그녀의 몸은 그 모든 걸 수용했던 것이다.

도승이 유혹자였다는 사실을 비난할 필요는 없다. 그가 그녀의 남편이 되었기 때문이다. 마찬가지로 뱀이 유혹자였다는 추론을 거절할 필요도 없다. 내가 받아들인 이가 내 짝이요, 내친 이가 뱀이었기 때문이다. 신화는 유혹에 마음 흔들리는 일을 이미 일어난, 특별한 사건인 것처럼 취급한다. 사단이 났건 안 났건 그 유혹에 의해 촉발되었던 마음만은 어쩔 수가 없을 것이다.

06

홍수

홍수 신화는 전 세계에 퍼져 있다. 큰비가 내려 세상이 멸망하고, 선택받은 몇몇에 의해 인류가
다시 후손을 퍼뜨렸다는 얘기다. 어째서 홍수 이야기가 그토록 인기를 끌었던 걸까? 물론 농경
사회에서 자연의 위력을 경험하는 데 홍수만 한 게 없을 것이다. 하늘에서 떨어지는 물이 그치
지 않는다면? 그래서 온 천지가 비에 잠긴다면? 이런 무시무시한 상상이 인류의 공포가 되었을
거라는 건 분명한 일이다. 하지만 이것만으로는 홍수 이야기의 광범위한 분포를 두루 설명하기
어렵다. 실은 홍수 얘기에도 사랑의 테마가 숨어 있다. 두 가지로 나누어 홍수 신화를 살핀다. 첫
째, 홍수가 만들어낸 광범위한 인류 멸망과 선택받은 소수의 생존은 무얼 뜻하는가? 미리 말해
서 그것은 극단적인 유아론적(唯我論的) 상상의 결과는 아닌가? 둘째, 홍수는 우리 모두가 아주
어렸을 때에 겪었던 어떤 상태를 말하는 것은 아닌가? 미리 말해서 개체 발생이 계통 발생 이야
기에 투영된 것은 아닌가?

우리나라 홍수 이야기부터 살펴보자.

옛날에 큰물이 져서 온 세상이 물에 잠겼다. 남매 두 사람만이 겨우 살아남았다. 물이 걷힌 뒤에 보니 세상에 인적이 없었다. 가만있자니 사람의 씨가 끊어질 것이고, 자손을 잇자니 남매간에 윤리를 끊어야 하니 난감한 노릇이었다. 남매는 하늘에 뜻을 묻기로 하고, 마주 선 두 산봉우리에 올라가 누이는 암망(아래쪽, 구멍 뚫린 맷돌)을 굴리고, 오라비는 수망(위쪽, 암망과 짝을 이룬 맷돌)을 굴렸다. 두 돌은 골짜기에서 만나 포개졌다. 남매는 이것이 하늘의 뜻이라고 믿고 결혼을 했다. 이들이 인류의 조상이다.

"홍수가 나서 두 사람이 살아남았다"에 이 얘기의 강조점이 놓인 것이 아니다. 중요한 것은 살아남은 남매이다. "세상에 우리 두 사람만 살아남는다면?" 이런 질문이 이 이야기의 전제가 된다. 이들이 남매이며,

이들의 만남이 근친상간이라는 게 중요한 것도 아니다. 이들이 낳은 아들딸이 또한 근친상간을 할 수밖에 없을 것이기 때문이다. 이들이 남매라는 것은, 그만큼 둘의 사랑이 오래고 강렬했다는 뜻이다. 살아남은 둘의 눈으로 사정을 살펴볼 필요가 있다. 이들의 마음은 이런 것이다. "세상에는 사랑하는 너와 나만 있고, 우리의 만남은 하늘의 뜻이다." 사랑에 빠진 이들은 다른 이를 곁눈질하지 않는다(세상에 우리 말고는 아무도 없다). 사랑하는 이들은 자신의 사랑이 운명적이라고 생각한다(우리가 만난 건 굴러간 맷돌이 자리를 잡은 것만큼이나 필연적인 일이다). 맷돌은 위아래 짝을 이루어 무언가를 생산한다. 우리는 모두 위아래 짝을 이룬 부모가 낳은 생산물이다. 중국 소수민족의 홍수 신화에도 홍수 뒤 오누이를 맺어주는 매개물로 이 맷돌이 흔히 등장한다. 한족(漢族)은 물론이고, 율속족, 백족, 요족, 아창족 등의 홍수 신화에도 맷돌이 나온다. 짝을 이룬 생산이 무엇보다도 중요한 시절이었기 때문이다.

나무도령 이야기는 좀더 복잡한데, 여기에는 경쟁자가 등장한다.

아득한 옛날, 큰 계수나무 한 그루가 있었다. 어느 날 선녀가 이 나무에 내려왔다가 나무에 안겨 잉태를 했다. 선녀는 사내아이를 낳은 후에 하늘로 올라갔다. 어느 날 무시무시한 폭우가 쏟아졌다. 세상이 잠겨들자 나무도 곧 자신이 쓰러질 것을 알았다. 나무가 아들에게 말했다.

"아들아, 이제 곧 나도 뿌리가 뽑힐 모양이다. 너는 내 등에 올라타거라."

나무도령은 나무에 올라 물 위를 떠내려갔다. 흰침을 가는데, 개미떼들이 물에서 살려달라고 호소했다.

"아버지, 저 개미들을 살려줄까요?"

"그래라."

아들은 개미들을 나무 위에 태웠다. 다시 떠내려가는데, 이번에는 모기떼가 날면서 살려달라고 앵앵거렸다.

"아버지, 저 모기들을 살려줄까요?"

"그래라."

아들은 모기들도 나무 위에 태웠다. 다시 떠내려가는데, 이번에는 나무도령만한 아이가 살려달라고 소리쳤다.

"아버지, 저 아이를 살려줄까요?"

"안 된다. 안 돼!"

이번에는 나무가 거절했다. 아이는 나무 뒤에서 허우적거리며 목숨을 구걸했다. 나무도령은 불쌍해서 차마 볼 수가 없어, 아버지에게 간청했다.

"아버지, 저 아이 좀 살려주세요."

"정 그렇다면 네 뜻대로 하거라."

아버지도 어쩔 수 없이 승낙했다. 이들은 마침내 어떤 산 위에 도착했다. 조그만 초가집에 할머니가 두 딸을 데리고 살고 있었다. 하나는 친딸이고 하나는 양딸이었는데, 친딸은 착하고 예뻤고 양딸은 악하고 못났다. 두 아이는 이 집에서 열심히 일했다. 세상에 아무도 없었으므로, 할머니는 두 아이 가운데 똑똑하고 영리한 아이를 친딸과 짝 지워주려고 작정했다. 할머니 마음을 눈치챈 아이가 나무도령이 밉보이게 하기 위해 꾀를 냈다.

"할머니, 나무도령은 좁쌀을 모래밭에 뿌려놓아도 금세 골라낸답니다.

시험해보세요."

할머니가 나무도령을 불러 그 일을 시켰다. 나무도령이 망연자실하게 있는데, 개미들이 와서 좁쌀 골라내는 일을 거들어주었다. 하지만 할머니는 여전히 두 아이 모두를 맘에 들어해서, 누구에게 친딸을 주어야 할지 결정하지 못했다. 할머니는 두 딸을 방에 들게 한 후에, 두 아이를 불렀다.

"이제 너희는 결혼을 해야 한다. 너희 중 누구와 딸아이를 짝 지워야 할지 모르겠으니, 너희들이 마음에 드는 방에 들어가렴."

둘 다 친딸과 맺어지기를 원했으나, 친딸이 어느 방에 있는지 알 수가 없었다. 나무도령이 고민하고 있는데, 모기가 날아와 귓전에 대고 속삭였다.

"동쪽 방으로 가세요, 앵앵."

모기 말을 따른 나무도령이 친딸을 얻었다. 이렇게 해서 두 쌍의 부부가 세상에 있게 되었는데, 나무도령의 후손은 오늘날에도 남을 돕기 좋아하고 선한 일을 하지만, 은혜를 모르는 아이의 후손은 지금도 남을 속이고 악한 일을 한다고 한다.

나무도령이 타고 다닌 나무가 바로 아버지였다. 나무 덕분에 새 목숨을 얻었으니, 나무가 아버지였다는 걸 이해할 만하다. 또다른 아이가 등장하는 까닭은 무엇일까? 먼저 인용한 얘기를 생각해보자. 세상에 홍수가 나서 모두가 사라지고 없었다는 것은, 내가 아는 세상에 나와 사랑하는 이만이 남는다면 어떨까 하는 상상에서 비롯된 것이라고 말했다. 내 상상의 중심에는 사랑하는 나와 사랑의 대상인 너밖에 없다. 그런데 내가 사랑하는 사람을 탐내는 경쟁자가 ㅣ디ㄴ나. 감히 내 상상의 지도를 훼손하는 사람이라니. 경쟁자의 출현 역시 내 상상 속의 출현이다. 나는 내 상상의 지도에 그가 들어오는 걸 허락했다. 다르게 말해서 내가 그를 물에서 건져냈다! 개미떼, 모기떼는 너무 작아서 보이지 않는 다른 사람들이다. 나는 세상에 있는 자잘한 사람들까지 꼼꼼하게 살펴볼 여유가 없다. 온통 사랑하는 이에게 신경이 집중되어 있는 탓이다. 어쨌거나 그들 역시 내 상상의 결과로 등장했으니, 내가 건져낸 존재들이다. 그러니 모두가 내 편이다.

물에서 건져낸 아이는 이상한 방법으로 날 위험에 빠뜨린다. 내가 모래와 좁쌀을 골라내는 능력이 있으니 그 능력을 보여달라는 것이다. 나무도령은 멋지게 시험을 이긴다. 사실 이 시험은 내가 경쟁자보다 더 자격이 있다는 걸 증명하는 데 활용되었다. 경쟁자마저 내 능력을 돋보이게 하는 기능을 하고 말았을 뿐이다. 그런데도 할머니는 곧바로 나를 선택하지 않는다. 이 이야기에는 인과 판단이 결락되었다. 사건의 결과로 다른 사건이 일어나야 온전한 서사가 된다. 그런데 이 이야기에서는 내가 시험에 통과했는데도 아무 일도 일어나지 않는다. 그건 결국 이 남편 자격시험이 수많은 자잘한 사건 가운데 하나였을 뿐이라는 걸 암시한다. 내가 경쟁자보다 더 잘 보인 일도 있었을 것이고, 더 밉보인 일도 있었을 것이다. 할머니도, 친딸도 내가 구한 사람이 아니다. 그들은 내 능력 밖에서, 어느 날 갑자기 나타난 사람들이다. 그러니 할머니는 내 편이 아니다. 내가 유능한 사람임을 과시했는데도 할머니는 여전히 망설인다. 세상이 내 상상만으로 움직이지는 않기에, 이는 당연한 결과다.

그림 6-1 안드레아 델 밍가가 그린 데우칼리온과 피라. 가이아에서 아프로디테에 이르는 모든 대지모신이 바로 어머니다. 화가는 실제로 눈을 가리고 허리띠를 풀어헤친 모습으로 둘을 그렸으나, 제우스의 말을 제대로 실천하려면, 저 그림이 배경은 흩데어야 했을 것이다.

어쨌든 나는 두번째 시험을 이겨 친딸을 차지했고, 경쟁자인 그는 시험에 져서 양딸을 차지했다. 친딸/양딸이라는 구분은 친어머니/계모의 구분에 상응한다. 나를 괴롭히고 못살게 굴 때 어머니가 어머니의 가면을 쓴 다른 사람 곧 가짜 어머니가 되듯, 내가 사랑한 바로 그 사람이 친딸이고 내가 사랑하지 않은 사람이 양딸이다. 신화의 논리에서는 예쁘고 착해서 사랑한다고 말하지만, 그것은 마음의 움직임을 눈에 보이는 것으로 바꾸어 설명할 때 드러나는 역전일 뿐이다. 사랑의 논리에서, 이 말은 고쳐 쓰여야 한다. 내가 사랑했기 때문에 그녀는 예쁘고 착하다. 내 사랑을 받는 자, 그가 정통이고 적자(嫡子)고 친딸이다.

이야기는 마지막으로 세상에 착한 사람, 악한 사람이 있게 된 연유가 이 부부 때문이라고 말한다. 다르게 말해서 세상에는 내게 선하고 호의적이어서 내가 아름답게 여기는 이들이 있고, 내게 악하고 악의적이어서 내가 밉게 여기는 이들이 있다. 사랑에 잠겼을 때, 여전히 세상에서는 큰물이 나곤 하는 것이다.

그리스 신화의 홍수 이야기가 전하는 교훈 역시 나무도령 이야기의 교훈과 다르지 않다.

인간의 교만을 보다 못한 제우스는 홍수로 인간을 멸하기로 결심했다. 프로메테우스가 이를 예견하고 아들 데우칼리온에게 배와 식량을 준비할 것을 가르쳤다. 아흐레 밤낮으로 비가 내려 모든 뭍이 잠겼다. 데우칼리온은 아내 피라와 함께 목숨을 건졌다. 둘은 드넓은 세상에 둘만 남은 게 무서워 제우스에게 다른 인간을 달라고 기도했다. 제우스는 이들에게 얼굴을 가리고 허리띠를 푼 채 등뒤로 어머니의 뼈를 던지면 다른 인간이 생겨날 거라고 일러주었다. 어머니의 뼈란 무엇인가? 대지가 모든 생명을 기르는 존재이므로 어머니는 대지를 말한다. 그러니 뼈란 땅에 있는 딱딱한 것, 돌멩이다. 둘은 그 말에 따라 돌을 등뒤로 던졌다. 데우칼리온이 던진 돌에서는 남자가 생겨나고 피라가 던진 돌에서는 여자가 생겨났다. 인간이 돌처럼 단단한 의지와 인내력을, 혹은 냉혹하고 잔인한 인간성을 가진 것은 그들이 돌에서 났기 때문이다. 한편 데우칼리온과 피라 역시 아이들을 낳았는데, 이들이 그리스인의 조상이다.

우리 그리스인은 인간의 자손이어서 너희 이방인들이 돌의 자손인 것과는 다르다. 이 선택의 논리가 왜곡된 사랑의 논리임은 금세 눈치챌 수 있을 것이다. 사랑하는 사람 사이에서 일어나는 홍수는 모든 관심이 둘로만 집중된 결과다. 그건 다른 이들을 열등한 존재로 보거나 멸망해 마땅한 존재로 보아서 생긴 게 아니다. 그런데 이게 민족 전체의 논리로 확산되면, 일종의 인종학이 되고 만다. 상상의 지도에서는 상상하는 바로 그 사람이 언제나 세계의 중심이다. 내가 불러일으킨 상상의 홍수는 다른 이를 몰살시키는 게 아니라 잠시 잊게 만드는 것이다. 그게 사랑의 물이라면 말이다. 하지만 그게 집단의 논리가 되면 노예제도와 홀로코스트의 논리가 되는 것이다. 경계하고 경계할 일이다.

제우스는 다른 인간들을 생겨나게 할 때 얼굴을 가리고 허리띠를 풀라고 일렀다. 이것은 잠자리의 은유다. 잠자리에서는 옷을 벗고(허리띠를 풀고) 불을 끈다(캄캄해져서 잘 보이지 않는다). 남편이 던진 돌이 남자가 되고 여자가 던진 돌이 여자가 되었다는 것은, 나무도령 이야기에서 계수나무가 아버지였다는 상상과 그리 다르지 않다. 그건 그냥, 사내아이는 아버지를 닮았고 계집아이는 어머니를 닮았다는 말일 뿐이다. 그러니 돌에서 생겨난 이들이 다른 민족이고, 부부가 낳은 이들이 그리스인이라는 췌언은 신화의 본뜻을 훼손한, 어리석은 해석이다. 인간은 모두가 잠자리의 결과로 태어났으며 모두가 대지의 자식이다.

홍수가 나서 세상이 덮였을 때에는 방주가 곧 세상이다. 다른 이를 다 잊었을 때에는, 우리가 주목하는 바로 그곳이 전 세상이다. 크리 족 인디언의 홍수 이야기에서는 사랑하는 사람이 등장하지 않는다. 인디언 판 로빈슨 크루소 이야기인 셈이다.

장난꾸러기 요정 위사가트칵이 거대한 비버를 잡으려고 개울에 댐을 쌓았다. 위사가트칵의 창을 간신히 피한 비버가 복수를 결심했다. 물을 가두어 땅을 집어삼키려고 했던 것이다. 댐을 허물었는데도 수위가 올라가는 데 놀란 위사가트칵이 뗏목을 만들어 동물들을 태우고 자기도 탔다. 물은 이 주일이나 차올랐다. 마른 땅을 찾으러 간 사향쥐가 익사했고, 날려 보낸 까마귀가 되돌아왔다. 마침내 위사가트칵은 늑대의 도움을 받아 마술을 부렸다. 뗏목에 이끼가 돋으며 넓어져 마침내 큰 땅덩어리가 되었던 것이다. 지금도 이 땅의 곳곳에서 물이 나오는 것은 뗏목에 새는 곳이 있어서다.

모든 이를 잊고, 겨우 제 목숨 부지하는 걸로 살아가는 이에게는 제 있는 곳이 세상이다. 그곳이 골방이든 궁궐이든 뗏목이든 말이다.

우리가 잘 아는 노아의 방주 이야기에서는 좀더 규모가 커졌다. 이제 구원받는 이들은 사랑하는 그와 나만이 아니라, 한 집안의 가족 전체다. 얘기가 길어 요점만 추린다.

하느님이 인간의 죄악이 온 땅에 가득한 것과 그 마음이 항상 악한 것을 보고 사람 만든 것을 후회하며 탄식했다.

"내가 창조한 사람을 지상에서 쓸어버리겠다."

하지만 노아만은 하느님의 은총을 입은 사람이었다. 그는 의롭고 흠이 없으며 하느님의 뜻대로 사는 사람이었다. 하느님은 노아에게 큰 방주를 지어 아내와 아들과 며느리들, 그리고 지상의 모든 짐승들을 실을 것을 명했다. 노아가 준비를 마치자 큰비가 사십 일 동안 내려 온 땅이 물에 잠겨, 지상의 모든 사람과 짐승이 죽었다. 홍수가 난 지 백오십 일 만에 물이 빠졌다. 노아가 물이 빠졌는지 보려고 처음에 까마귀와 비둘기를 날렸는데, 모두 배로 돌아왔다. 두번째로 날린 비둘기는 부리에 감람나무 잎사귀를 물어왔다. 세번째 날린 비둘기는 나가서 돌아오지 않았다. 그제야 노아는 땅에 물이 줄어든 걸 알았다. 노아의 가족들이 배에서 내려 지상에 퍼졌으니, 이들이 온 인류의 조상이다.

배에서 나온 노아의 아들들은 셈과 함과 야벳이었고, 그중 함은 가나안의 아버지였다. 노아가 농사를 지어 포도나무를 심었다. 하루는 그가 포도주를 마시고 취해서 벌거벗은 채 누워 있었다. 가나안의 아버지인 함이 그걸 보고 밖에 나가 두 형제에게 말했다. 셈과 야벳이 옷을 가져다가 뒷걸음질로 아버지의 나체를 덮었다. 술에서 깬 후에 노아는 함이 자기에게 한 짓을 알

그림 6-2 성서의 기록을 토대로 방주 모형을 만들면, 직육면체 모양의 옛 교회 형태의 건물이 나온다. 이 건물이 어머니 몸 속에 새로 짓는 신생아의 몸을 은유하는 게 아닐까 싶다. 메소포타미아의 홍수 신화(이 신화가 노아 이야기의 원형이다)에 등장하는 우트나피쉬팀은 신들에게서, 당장 하던 일을 멈추고 집을 산산이 부순 다음 그걸로 방주를 지으라는 말을 들었다. 위 그림은 중세의 기도서에 그려진 노아의 방주 삽화이다. 방주의 모양이 집이라는 데 주목하라. 온갖 살아 있는 것들이 깃드는 최초의 집이 바로 자궁이다. (대영 도서관)

고 이렇게 말했다.

"가나안은 저주를 받아 셈의 종이 될 것이다. 셈은 축복을 받을 것이며, 야벳은 셈과 함께 복을 누리기를 바라노라." (「창세기」 6~9장)

이때 노아의 배〔舟〕는 사람의 배〔腹〕와 다르지 않다. 성경에는 노아가 육백 세 되던 해에 큰비가 시작되었고(「창세기」 7장 6절) 육백일 세

되던 해에 완전히 물이 빠졌다고 말한다(「창세기」8장 13~14절). 물이 완전히 차올랐다가 빠지는 데 걸린 기간이 일 년이다. 이것은 임신 기간을 말하는 게 아닐는지. 노아 일가는 이 배에서 나와 새 삶을 얻었다. 그들이 떠다녔던 물은 신생(新生)을 가능케 한 물, 곧 양수(羊水)였던 셈이다. 홍수에서 목숨을 구해 새로운 세상에 나타난 사람들은 새 삶을 얻었다는 점에서 신생아들이다. 나무도령 이야기에서 방주가 아버지 구실을 했다는 점을 기억하자. 그들이 떠다녔던 곳이, 아버지의 힘을 빌려, 비로소 항해할 수 있게 된 어머니의 몸 속이었던 것이 아닐까?

「창세기」에서는 노아의 홍수에 뒤이어 이상한 저주 얘기가 나온다. 노아가 포도주를 마시고 취해서 벌거벗은 채 잠들었다. 마야인들의 신화에서도 홍수에서 살아남은 사백 명의 아들들(이들은 물고기로 변해서 살아남았다)이 홍수가 지나간 다음 용설란주를 담갔다고 전한다. 그들은 술에 만취한 다음 하늘로 올라가 별자리가 되었다. 홍수와 술은 깊은 관련이 있는 듯하다. 왜 그들은 홍수에서 놓여난 다음 그렇게 술에 취했을까? 취해서 벗은 채 잠든 노아의 행동을 취객의 주정이라 생각해도 그만이지만, 그것만으로는 얘기가 다 설명되지 않는다. 노아는 의로운 사람, 흠이 없는 사람이었기 때문이다. 이건 또다른 의미에서 여성의 몸에 대한 이야기다. 포도주는 붉다. 포도주는 물 가운데서 핏물이다. 그러니 노아가 어머니 몸에서 나와 아이를 낳은 적이 없는 또다른 여성과의 잠자리를 찾았다고 보는 것이 옳다. 그가 벗었다는 게 그 증거다. 술에 취한다는 말은 그 술에 잠겨든다는 말이다. 한 물(홍수 혹은 어머니의 몸)에서 나와 다른 물(포도주 혹은 아내의 몸)로 잠겨드는 것. 우리는 늘 그렇게 산다.

인도 신화에 나오는 홍수 이야기를 잠깐 살펴보자. 현자 마누는 만년 동안의 고행 수도로 영예로운 존재가 되었다. 어느 날 그는 물고기한 마리를 구했는데, 이 물고기가 다름아닌 브라흐마 신이었다. 물고기는 마누에게 홍수로 인한 재앙을 경고하고, 방주를 만들어 현자 일곱명과 모든 것들의 씨앗을 넣어두게 했다. 마침내 홍수가 모든 것을 쓸어버렸고, 홍수가 물러간 뒤에 방주에서 나온 마누는 우유와 버터, 응유(凝乳), 유장(乳漿) 등으로 신에게 감사의 제사를 드렸다. 이때 바친제물들이 일 년 후에 여자가 되어 마누를 찾아왔다. 이 여자들은 1장에서 살펴본 바 있는 (감로수를 낳는) 그 우윳빛 바다의 딸들이다. 여자의몸에서 또다른 여자들이 생겨났던 것이다.

심청이 뛰어든 인당수(印塘水) 또한 양수일 것이다. 인(印)은 도장을 찍는다는 뜻이니 여자를 취한다는 속어에서나온 말이며, 당(塘)은 못이니여성의 몸 속에서 출렁이는 물을 뜻하는 말이다. 심청은 그물에 뛰어들어 죽었으며(효녀심청은 이때 죽었다), 연꽃에 담겨 떠올라 왕비가 되었다(벌어

그림 6-3 샤갈이 그린 일련의 성서 그림 가운데 하나인 〈갈대숲에서 구원받는 모세〉. 그림 전면을 가득 채운 채 환하게 흐르는 강물이 바로 양수다.

진 연꽃은 만개한 여성이다. 아프로디테가 조개에서 태어난 것과 비교해보라. 이제 심청은 성숙한 여성이 되었다). 죽음과 재생의 이 드라마는 여러 곳에서 반복된다.

모세의 탄생 이야기에도 동일한 모티프가 숨어 있다. 히브리 아이들을 모두 죽이라고 이집트 파라오가 명령했다. 한 히브리 산모가 아이를 낳아 석 달을 숨겼다가 더 숨길 수 없어서, 나무 상자에 아이를 실어 물에 띄워 보냈다. 마침 목욕 나온 파라오의 딸이 그 아이를 건져 자신의 아들로 삼았다. 공주는 내가 이 아이를 물에서 건져냈다(mashah)는 뜻으로 아이의 이름을 모세(mosheh, Moses)라고 지었다. 이 이야기는 바빌로니아 왕 사르곤 1세의 출생 이야기와 거의 같다. 유프라테스 강가에 살던 한 여인이 아들을 낳고는 키울 수가 없어서, 나무 상자에 담아 띄워 보냈다. 그 아이를 황제의 정원사가 구해냈는데, 자라서 왕이 되었다. 아이는 죽었고 새로 태어났다. 침례(浸禮) 혹은 세례(洗禮)가 가진 상징적 의미가 다 이와 같다. 물에 잠겨들어 죽고, 그 물을 어머니 몸 속의 물로 삼아 새로 태어나는 것이다.

김재용과 이종주 역시 홍수를 양수 이야기로 해석했다.『왜 우리 신화인가』란 책에서 인용한다.

어머니의 자궁에서 나온 아이는 혼자 나오지 않는다. 많은 물, 이른바 양수와 함께 탄생한다. 그 양수의 터짐이 홍수로 인식되지 않았을까? 생명의 탄생은 물과 함께한다. 그러기에 창조 신화의 맨 처음은 태초의 어두운 물로 설정된 것이 아닐까?『성서』에서도 태초에 어둠에 뒤덮인 물이 있었다고 했다. 그리고 그 위를 하느님의 성령이 휘돌고 있었다고 했다. 상상력이 허용된다면, 그러한 표현은 남성의 성과 여성의 성이 최초로 만나는 상황을 상징적으로 보여주는 것이 아닐까 한다.

이들의 추론에는 분명 설득력이 있다. 성경의 천지창조 기사는 메소포타미아의 영향을 받은 것이다. 메소포타미아의 서사시 「에누마 엘리쉬」에서는 태초에 신들이 무정형의 질퍽질퍽한 황무지에서 짝을 이루어 생겨났다고 말한다. 이 원초적인 물질은 홍수가 주기적으로 습격하곤 했던 메소포타미아의 황무지를 말하는 것인데, 그 무질서(카오스)에서 질서(코스모스)가 생겨났다. 신들이 짝을 이루어 출현했다는 데 주목하자. 인간이 배우자를 얻어 아이를 낳듯, 신들도 짝을 이루어 다른 신을 생산한다. 또 인간이 무질서(알아볼 아무것도 없는 것)에서 질서(아기)를 낳듯 신들도 그렇게 한다. 이 찐득찐득한 무정형의 혼돈이 바로 자궁이다. 큰물이 터졌고, 우리가 비로소 모습을 나타냈다. 『왜 우리 신화인가』에서 소개한 에벵키 족의 신화를 요약해 적는다.

태초에 세상은 망망대해였다. 두 형제가 살았는데 보이는 곳이 물뿐이라, 쉴 곳을 마련하고 싶었다. 동생 에크셰리는 아비새와 황금 눈을 가진 오리를 키우고 있었다. 동생이 아비새에게 물 속에 들어가 바닥의 흙을 가져오라고 보냈다. 새는 명령을 잘 지키지 못했고, 동생은 벌로 새의 다리를 부러뜨렸다. 아비새가 지금도 잘 걷지 못하는 이유다. 에크셰리는 다시 오리를 물 속에 보냈다. 오리가 흙을 가져오자 동생은 오리 머리에 입을 맞춰주었

그림 6-3 앵그르가 그린 〈샘〉. 항아리와 여성의 아랫배가 보여주는 유사성에 주의하라. 자궁은 저처럼 마르지 않는 샘이다.(파리, 오르세 미술관)

다. 오리가 지금도 머리에 흰 점을 가진 이유다. 하지만 흙이 많지 않아, 쉬기가 어려웠다. 형이 그 흙을 탐내 뺏으려들었다. 두 형제가 실랑이하면서 밀고 당기는 과정에서 땅이 점차 늘어나 오늘날과 같은 육지가 되었다.

저자들은 이 얘기에서 오리가 물 속으로 자맥질해 들어가는 일이 "남성과 여성의 성적 접촉을 연상시킨다"고 말했다. 그럴듯한 얘기다. 처음 수태되었을 때 아기는 아주 작다. 그러다 시간이 지나면서 아기는 점점 커지는데, 그런 과정이 땅이 늘어나는 과정으로 설명되었다는 것이다. "이는 자궁 안의 아이가 시간이 지남에 따라 형체를 갖게 되는 것과 깊은 은유적 유대를 맺음을 유추할 수 있다. (……) 양수의 터짐에 의해 아기가 탄생하듯, 대지도 대홍수 이후에 비로소 인간의 참다운 거주지가 된다." 이로쿼이족 인디언들의 이야기에서도 사정은 비슷하다. 태초에는 바다밖에 없었는데 늙은 두꺼비가 바다 밑바닥에 내려가서 진흙을 한 입 물어왔다. 이 한 줌의 흙이 육지가 되었다. 인도 신화에서도 비슈누가 우주의 바다에서 세계를 창조하기 위해서 멧돼지로 변신하여 바다 속으로 들어간다. 비슈누의 화신(avatar)인 이 멧돼지는 땅 속에서 육지를 발견하고는 흙 한 조각을 물고 물 밖으로 나왔다. 이 한 줌의 흙이 대지가 되었다. 한 줌밖에 안 나가는 아기가 그렇게 크는 것은 놀라운 일이다.

『수신기』에는 다음과 같은 이야기가 전한다. 유권현(由拳縣)은 진나라 때의 장수현(長水縣)이다. 진시황시대에 다음과 같은 동요가 불렸다.

성문에 피가 묻어 있으면 성이 가라앉아 호수가 될 것이다

城門有血, 城當陷沒爲湖

한 노부인이 노래를 듣고는 아침마다 성문 앞에 가서 몰래 확인하곤 했다. 성문을 지키는 수문장이 이를 수상하게 여겨 결박하려 하자 부인이 까닭을 말했다. 그후에 수문장이 일부러 개의 피를 성문에 칠해놓았는데, 노부인이 그걸 보고는 곧 마을을 떠났다. 노부인이 떠난 뒤에 갑자기 홍수가 닥쳐 현 전체가 물에 잠기려고 했다. 주부(主簿)가 간(幹, 군의 관리 가운데 우두머리)을 시켜 현령에게 보고하게 했다. 간이 현청에 들어오는 걸 본 현령이 물었다.

"그대는 어째서 갑자기 물고기가 되었는가?"

간이 대답했다.

"부군께서도 저처럼 물고기가 되셨습니다."

현성이 결국 가라앉아 호수가 되고 말았다.

국지적인 홍수 이야기 역시 전 세계에 많이 전해지는데, 이 현성 이야기는 특별하다. 이 이야기의 재미는 말미에 있다. 현령과 간이 서로 물고기가 된 걸 보고 얘기를 나눈다. 이것은 홍수가 한 세계의 멸망과는 다른 맥락에서도 읽힐 수 있다는 걸 암시하는 게 아닐는지. 현성에 사는 이들은 모두들 물고기로 변해서 물고기의 삶을 살아가게 될 것이다. 현성의 홍수는 다른 세계를 가리키는 것이다. 어머니 몸 속의 양수가 정확히 그렇다. 새로운 생명은 새로운 세상을 필요로 한다.

우리나라에서 여러 경로로 전해지는 오줌 꿈은 홍수가 몸 안의 물이라는 유력한 증거다. 『삼국유사』에 나오는 문희의 꿈도 그렇다.

29대 태종의 이름이 김춘추이며, 비는 문명황후 문희이니, 김유신의 막내 누이다. 처음에 문희의 언니 보희가 꿈에 서산에 올라 오줌을 누었는데, 오줌이 시내에 가득 찼다. 아침에 꿈 얘기를 하자 문희가 나섰다.

"내가 그 꿈을 살게."

"뭘 주고 사려고?"

"비단 치마를 줄게."

언니가 좋다고 했다. 문희는 비단 치마를 주고 입고 있던 치마를 펼쳐 보희가 준 꿈을 받는 시늉을 했다.

열흘 후에 김유신이 춘추공과 함께 집 앞에서 축국(蹴鞠, 공놀이)을 하다가 일부러 공의 옷고름을 밟아 떨어지게 하고는 집에 가서 꿰매자고 했다. 김유신이 보희를 불러 심부름을 시키니 "이런 하찮은 일로 어떻게 외간남자를 만나겠어요?" 하며 거절했다. 할 수 없이 문희를 불러 옷을 꿰매게 했는데, 이 일로 문희와 춘추공이 가까워져 마침내 임신하게 되었다. 임신한 것을 김유신이 알고 "부모님도 모르게 임신을 하다니!" 하고 짐짓 노여워하며 태워 죽이겠다고 온 나라에 소문을 냈다. 하루는 선덕여왕이 남산으로 행차를 했는데, 김유신이 그걸 알고 뜰에다 불을 피워놓았다. 왕이 그걸 보고 무슨 연기냐고 물으니 신하들이 대답했다.

"김유신이 누이를 불태워 죽이려나봅니다."

"무슨 일 때문에 그러는가?"

"그 누이가 남편 없이 임신을 했습니다."

"누구 소행인가?"

마침 춘추공이 앞에서 모시고 있다가 얼굴빛이 크게 변했다. 여왕이 보고 알아차렸다.

"네가 그랬구나. 빨리 가서 구해주렴."

공이 말을 타고 달려가 왕명을 들어 중지시키고 뒤에 혼례를 치렀다.

오줌 꿈 이야기는 고려의 신화에서도 나온다. 왕건의 선조인 보육이 오줌 꿈을 꾸었고, 고려 현종의 어머니 헌정왕후가 또 오줌 꿈을 꾸었다. 오줌을 누었더니 온 천지가 잠겼다고 했으니, 이 꿈이 홍수 이야기의 변형임이 분명하다. 몸 안의 물로 온 천지를 잠기게 했다는 것, 그래서 낳은 아이가 왕가의 혈통이었다는 것—세상을 덮을 만큼 큰물이었으니, 여기서 태어난 아이가 신이한 것은 당연한 일이다.

우리는 큰물이 져 온 세상이 잠긴다는 생각이 사랑하는 이들의 상상임을 보았다. 나아가 큰물 자체가 생명의 잉태이며, 몸 밖의 물만이 아니라 몸 안의 물도 동일한 역할을 한다는 것을 보았다. 세상에 충만한 것이나 내 안에 충만한 것이 다 사랑이었던 것이다. 세상을 가득 채우는 것, 그것은 한편으로는 몸 밖의 홍수이거나 몸 안의 양수(혹은 오줌)이고 다른 한편으로는 사랑이다.

07 첫날밤

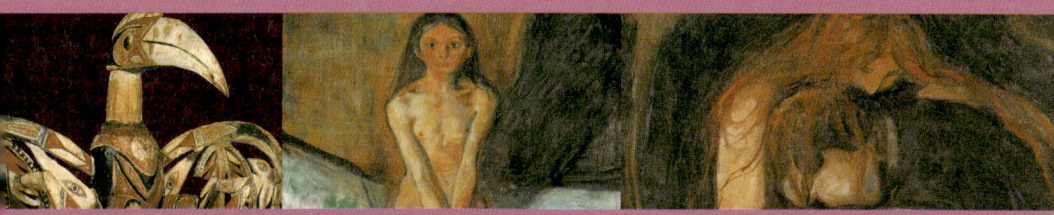

아무리 많은 정인을 만났다고 해도 첫날밤을 잊어버리는 사람은 없을 것이다. 신화에도 첫날밤
에 관한 얘기는 무수하게 변형되어 등장한다. 홍수 신화를 이야기하면서, 나는 노아가 포도주에
취한 것이 첫날밤의 모티프를 숨기고 있는 것이라고 해석했다. 당금애기 이야기에도 첫날밤이
숨어 있었다. 그 밖의 다른 이야기에 숨은 초야(初夜)를 살펴보자.

다음 이야기는 『삼국유사』에서 인용한 것이며, 이야기의 주인공은 비형랑이다.

　제25대 사륜왕(舍輪王)의 시호는 진지대왕(眞智大王)이다. 사 년 동안 나라를 다스렸는데, 정치가 어지러워지고 음란하여 나라 사람들이 폐위시켰다. 이보다 앞서 사량부(沙梁部)의 서녀(庶女)가 용모가 아름다워 도화랑(桃花娘)이라 불렸다. 왕이 소문을 듣고는 궁궐에 불러다 간통하려 하였다. 도화녀가 거절했다.

　"두 남편을 섬기지 않는 게 여자가 할 일입니다. 남편이 있는데 다른 사람에게로 가는 것은, 임금님의 위엄으로도 빼앗을 수 없는 것입니다."

　왕이 말했다.

　"널 죽인다면 어떻게 하겠느냐?"

　"차라리 죽임을 당할지언정 다른 마음을 가질 수는 없습니다."

왕이 희롱했다.

"네 남편이 없으면 되겠느냐?"

"그렇습니다."

왕이 그녀를 놓아 보냈다.

이 해에 왕이 폐위되어 죽고, 그후 이 년 만에 도화녀의 남편도 역시 죽었다. 십여 일이 지난 밤중에 왕이 살아 있을 때와 똑같은 모습으로 도화녀의 방을 찾아왔다.

"지난번 그대가 약속하였다. 네 남편이 없어졌으니 이제는 되겠지?"

도화녀가 부모에게 아뢰니 부모가 "임금의 명령을 어찌 피하겠느냐?" 하고는 딸을 방으로 들여보냈다.

임금이 칠 일 동안 그곳에 머물렀는데, 항상 오색구름이 지붕을 감싸고 향기가 방 안에 가득하더니, 칠 일 후 갑자기 왕의 자취가 없어졌다. 그녀가 이 일로 임신하여 사내아이를 낳아, 이름을 비형(鼻荊)이라 했다.

진평대왕(眞平大王)이 그가 비상하다는 말을 듣고는 거두어 궁중에서 길렀다. 나이 십오 세가 되자 집사(執事)로 임명했다. 비형이 매일 밤이면 달아나 멀리 가서 놀았으므로, 왕이 용사 오십 명으로 하여금 지키게 했으나 번번이 월성을 넘어 날아 서쪽으로 황천(荒川) 언덕 위로 가서 귀신떼를 거느리고 놀았다. 용사들이 숲속에 숨어서 엿보니, 귀신떼가 여러 절의 새벽 종소리를 듣고는 각기 흩어지고 비형랑 역시 돌아오는 것이었다. 군사들이 이런 일을 와서 아뢰니, 왕이 비형을 불러 물었다.

"네가 귀신떼를 거느리고 논다고 하는데 사실이냐?"

"네."

"그렇다면 네가 귀신떼를 부려 신원사(神元寺) 북쪽 시내(혹은 황천 동쪽의 깊은 시내라고도 한다)에 다리를 놓아라."

비형이 왕명을 받고는 귀신 무리에게 돌을 다듬게 하여 하룻밤 사이에 큰 다리를 놓았기 때문에 이름을 귀교(鬼橋)라고 했다.

왕이 또 물었다.

"귀신떼 가운데 세상에 나와서 정치를 보좌할 만한 자가 있느냐?"

"길달(吉達)이란 이가 있어 정사를 보좌할 만합니다."

왕이 데려오라고 시켰다. 이튿날 비형이 데리고 오자 집사로 임명했는데, 과연 충직하기 짝이 없었다.

각간(角干) 임종(林宗)이 자식이 없었으므로 왕이 길달로 양아들을 삼게 했다. 임종이 길달에게 명하여 흥륜사 남쪽에 누문(樓門)을 짓게 하자 길달이 매일 밤 그 문 위에 가서 잤다. 이로 인해 그 문을 길달문이라 불렀다. 하루는 길달이 여우로 둔갑해 도망치자 비형이 귀신을 시켜 잡다 죽였기 때문에, 귀신 무리가 비형의 이름만 듣고도 도망했다. 사람들이 이 얘기를 노래로 지어 불렀다. 노래는 다음과 같다.

"성스러운 임금의 넋이 아들을 낳으니, 비형랑의 집이로세. 날뛰는 귀신들아, 이곳에 머물지 말아라."

향속(鄕俗)에 이 가사를 써붙여 귀신을 쫓는다.

비형의 이야기는 사륜왕과 도화녀 이야기의 후속편이다(로맨스는 대를 이어 계속된다). 실제로 이 이야기의 주인공들은 반어적인 이름을 갖고 있다. 음탕했던 왕 이름이 진지(진리를 깨달은 지혜란 뜻)이며, 정숙

했던 여자 이름이 도화다. 비형은 그렇게 도화살의 운명을 진지하게 타고났다. 다른 말로 코가 꿰였다. 비형은 밤마다 밖에 나가서 놀았다. 그러니까 야유(野遊)를 즐겼던 것이다. 또하나의 증거가 기록에 보인다. 비형의 부하 가운데 하나인 길달은 여우였다. 여우가 달아나자 비형은 부하를 시켜 길달을 잡아 죽였고, 그래서 다른 이들이 무서워했다. 그건 변심한 애인(여우 같은 것!)과 그를 용서하지 않는 무서운 연인의 관계를 보여주는 것이 아닐는지.

비형이 밤마다 그럴 수밖에 없었던 것은, 그것이 비형의 운명이었기 때문이다. 얘기를 확장하면, 그것은 사랑에 빠진 모든 이의 운명이기도 하다. 있으면서 없는 것, 그게 사랑의 속성이다. 손에 잡히지 않으나 내 손가락은 그의 살결을 기억하고 있고, 눈에 보이지 않으나 내 눈은 그의 모습을 선하게 떠올린다. 있으면서 없는 것, 그건 비형의 속성이기도 하다. 비형은 귀신과 사람의 자식이었으니 실제로는 없으면서 있고 있으면서 없는 것이다. 비형은, 귀신(진지왕)의 입장에서 말하자면 죽음을 초월한 사랑의 소산이며, 사람(도화녀)의 입장에서 말하자면 간절한 그리움이 낳은 환상의 결과다. 비형의 역사는 늘 밤에 이루어졌다. 예를 들어 비형은 다리를 놓으라는 왕의 명령을 하룻밤 만에 수행했다. 하룻밤에 만리장성을 쌓는 방법은 사랑하는 일밖에 없다. 우리가 이 장에서 말하고자 하는 첫날밤의 테마가 여기에 있다. 이 사람과 저 사람 사이에 밤 동안 큰 다리를 놓는 일[成大橋一夜], 그게 사랑의 위대한 힘이다! 이 얘기에서 다리가 놓인 곳은 신원사 북쪽 시내 혹은 황천(荒川) 동쪽의 시내이다. 신령함의 으뜸[神元]은 합환(合歡)에 있으며, 메마른 시내〔荒川; 이건 '사랑을 잃은 여성' 외에 다른 비유일 수 없다〕를 건너갈 수 있는 힘 역시 거기에 있다. 메마른 시내에 물이 흐르고 신령함이 모인다, 그런 뜻이 아닐까.

신데렐라 이야기 역시 드러난 연애담 속에 초야(初夜)의 모티프를 숨기고 있다. 신데렐라 이야기는 전 세계에 걸쳐 발견되는데, 이 얘기의 가장 핵심적인 모티프는 신발로 주인공의 정체를 알아본다는 것이다. 우리가 잘 아는 신데렐라 이야기는 프랑스의 샤를 페로(Charles Perrault)가 지은 동화집에 든 이야기다. 페로는 원래 전하는 민담을 궁정 사람들이 읽기 좋도록 고상하게 다듬었다. 하지만 실제 신데렐라 이야기에는 잔혹함이 묻어 있다. 그림 형제가 모은 동화집이 원래 민담에 훨씬 가깝다. 파티에 나가는 장면부터 살펴보기로 하자.

왕자가 신붓감을 고를 때가 되자, 임금님이 사흘 동안 성대한 파티를 열어 나라 안의 아가씨들을 초대했다. 두 언니가 들떠 파티 준비에 부산하자, 신데렐라도 가고 싶다고 졸라댔다. 계모가 말했다.

"너같이 온몸에 재를 뒤집어쓴 애가 어디를 간다는 말이냐? 좋다, 만일 가겠다면 아까 재 안에 엎은 콩을 전부 주워담아라."

그녀가 밖으로 나가 산비둘기를 불렀다. 비둘기가 날아와서 재 속에 든 콩을 주워담았다. 그런데 계모는 여전히 허락하지 않았다.

"안 된다. 너는 옷도 없고 춤도 못 추지 않니?"

계모는 자기 두 딸만 데리고 가버렸다.

신화에서는 지연(遲延)의 모티프가 아주 흔하다. 신데렐라는 계모의 시험을 통과하는데, 합격과는 상관없이 파티에 참석해도 좋다는 허락은 떨어지지 않는다. 이야기는 단절되고, 원인은 결과와 이어지지 않는다. 신데렐라에게는 처음부터 미인선발에 참여할 기회가 주어지지 않는다. 왜 그럴까? 신화가 처음부터 욕망의 드라마라는 점을 기억하자. 신화적인 논리는 세상과 부딪치며 개척해가는 서사의 논리가 아니다. 그것은 몸의 논리를 따라간다. 몸에 내재해 있는 아래의 '나'(그것은 우리가 생각하고 의식하고 판단하는 위의 '나'와 다르다)가 그 논리의 중심에 있다. 그것은 정신분석에서 부르는 무의식의 논리와 가깝지만, 신화는 그것을 어쨌든 하나의 이야기로 다듬어낸다. 거기에서 일탈과 모순, 혹은 비약과 지연으로 가득 찬 이야기가 만들어지는 것이다. 지연의 모티프는 일차적으로, 자신에게 자격이 있음에도 불구하고 기회가 주어지지 않는다는 생각이 만들어낸 것이다. 앞에서 살펴본 나무도령과 홍수 이야기를 기억하자. 나무도령 역시 신데렐라처럼 자격시험을 멋지게 통과했다. 그런데도 사정은 전혀 나아지지 않았다.

계모와 경쟁자인 이복형제에 관한 이야기는 아주 많다. 이를 애오라지 일부다처 사회가 가진 갈등이 반영된 것이라고 간주하기는 어렵다. 적어도 그것은 부분적으로만 진실이다. 아이들은 어느 날 어머니가 다른 사람이라는 걸 깨닫게 된다. 내 모든 말을 들어주고 모든 일을 처리해주던 어머니가 어느 날부턴가 나를 비난하고 헐뜯고 심지어 때리기까지 한다. 어머니 자리에 어머니 모습을 한 다른 사람이 있는 것이다. 그 사람이 계모다. 아이는 다른 형제들이 자신이 받아야 할 사랑을 빼앗아가는 경쟁자라는 걸 알게 된다. 그들이 이복형제다. 그러니까 계모와 이복형제들은 특별한 가족 형태가 아니라 친모와 친형제의 감각적 변형인 셈이다. 신데렐라의 다른 판본인 제졸라(Zezola) 얘기가 이를 분명히 보여준다. 계모에게 괴롭힘을 당하던 제졸라가 가정교사와 상의한다. 가정교사가 일러준 계교에 따라 제졸라는 계모에게 큰 옷상자 안까지 팔이 닿지 않으니, 고개를 숙여 옷을 꺼내달라고 부탁한다. 계모가 옷을 꺼내려고 고개를 숙이자, 그녀가 재빨리 뚜껑을 덮어 그녀의 목을 부러뜨려 죽인다. 그 다음에 가정교사가 새 계모로 왔는데, 알고 보니 이 여자가 진짜로 무서운 계모였다! 그러니까 가정교사는 역할에 따라 친어머니도 되고 의붓어머니도 되었던 것이다. 내게 잘해주면 친모이고 내게 못된 짓을 하면 계모라는 생각이 여기에 있다.

프로이트가 전한 얘기다. 한 아이가 아기가 어떻게 생기냐는 질문을 했다. 독일의 관습에 따라 부모는 황새가 아이를 물어다준다고 대답했다. 우리라면 다리 밑에서 주워왔다고 했을 것이다. 부모의 관심이 온통 아기에게 쏠린 걸 알게 된 아이는 부모에게 말했다. "황새가 다시 쟤를 물어갔으면 좋겠어." 아이는 동생이 죽었으면 좋겠다고 말하고 있는 것이다. 물론 아이에게는 죽음이 갖는 무서운 공포와 음습한 이미지가 없다. 아이는 다만 자신에게 주어질 사랑을 회복할 생각만을 하고 있을 뿐이다. 신화에 숨은 잔인함이 실제의 처형과 징벌은 아니라는 점을 기억하면 된다. 이제 잔인한 장면이 나온다. 드디어 왕자가 신발을 갖고 다니며 주인공을 찾는다.

셋째 날도 그녀는 밤이 늦자 파티장에서 서둘러 빠져나왔다. 왕자가 미리 계단에 송진을 묻혀두었기 때문에 신데렐라의 왼쪽 구두가 거기에 걸려 벗어지고 말았다. 왕자는 그 황금구두를 갖고 신발 주인을 찾아다녔다.

"내 아내가 될 사람은 이 구두에 딱 맞는 발을 가진 사람이오."

두 언니에게도 기회가 왔다. 큰언니가 신어보았더니 발끝이 너무 커서 들어가지 않았다. 계모가 말했다.

"발가락을 잘라내렴. 왕비가 되면 걷지 않아도 되니까."

언니는 발가락을 잘라버리고 신을 신고는, 아픔을 꾹 참고 왕자에게 갔다. 왕자가 발에 맞은 걸 보고 기뻐 궁중으로 데려가려고 길을 나섰다. 두 사람이 무덤 옆을 지나가는데, 개암나무에 앉아 있던 새들이 소리쳤다.

"잘 봐요, 잘 봐요!

구두 안은 피투성이!

구두가 너무 작아요!

진짜 신붓감은 아직 집에 있지!"

왕자가 발끝을 보니 피가 배어나오고 있었다. 왕자는 말을 되돌려 가짜 신부를 집으로 데려갔다. 이번엔 작은언니가 신어보았는데, 발뒤꿈치가 커서 들어가지 않았다. 계모가 말했다.

"발뒤꿈치를 잘라내렴. 왕비가 되면 걷지 않아도 되니까."

작은언니는 발뒤꿈치를 잘라버리고 신을 신고는 역시 아픔을 꾹 참고 왕자에게 갔다. 왕자가 발에 맞은 걸 보고 다시 길을 나섰는데, 무덤 옆에서 다시 새들이 소리쳤다.

"잘 봐요, 잘 봐요!

구두 안은 피투성이!

구두가 너무 작아요!

진짜 신붓감은 아직 집에 있지!"

왕자가 발뒤꿈치를 보니 피가 배어나오고 있었다. 왕자는 말을 되돌려 가짜 신부를 집으로 데려가서는 말했다.

"다른 딸은 없나요?"

"전처의 딸이 있긴 하지만 재투성이로 지저분하기 때문에 절대로 왕자님의 배필이 못 된답니다."

왕자가 만나겠다고 우겼다. 신데렐라가 얼굴과 손을 씻고 나와서, 왕자가 건넨 신발을 신어보았더니 딱 맞았다. 왕자가 그제야 얼굴을 자세히 보고는 그녀를 알아보았다. 왕자는 기뻐 그녀를 데리고 궁중으로 돌아갔다. 무덤 옆을 지나는데 새들이 소리쳤다.

"잘 봐요, 잘 봐요!

구두에 피 같은 건 안 나요!

구두 크기도 딱 맞네!

데리고 가는 사람이 진짜 신붓감이야!"

왕자와 그녀가 결혼식을 올리기 위해 교회에 갔다. 의붓언니 둘이 부러워 따라왔는데, 새들이 양쪽에서 언니들의 눈을 하나씩 쪼았다. 교회에서 나올 때는 반대편 눈을 쪼았다. 그래서 두 언니는 평생을 장님으로 지내야 했고, 신데렐라는 행복하게 살았다.

어떤가? 매우 잔인하지 않은가? 우리나라의 콩쥐팥쥐 이야기 역시

그림 7-1 파푸아뉴기니의 새 조각상. 한 사냥꾼이 새에게 화살을 쏘아 다치게 했다. 사냥꾼은 다친 새를 쫓아가다가 하늘로 이어지는 통로에 이른다. 새는 거기서 사람의 모습으로 살고 있었다. 이 새는 지상과 천상을 연결하는 존재로, 신데렐라 이야기에 등장하는 새이자, (9장에서 살필) 솟대 위에 앉은 바로 그 새다.(런던, 대영 박물관)

실제로는 매우 잔인한 이야기다. 예를 들어 콩쥐팥쥐 얘기에서는 왕이 못된 계모를 벌하기 위해 친딸 팥쥐를 죽여 젓을 담가 어미에게 먹인다. 이런 잔인함이 실제의 형벌이 아니라, 착한(?) 신데렐라의 마음에서 일어난 것임을 생각해두면 그만이다. 인용한 이야기에 나오는 무덤은 친어머니의 무덤이다. 개암나무는 아버지에게 받은 나뭇가지가 자란 것이다. 신데렐라는 이 나무에 빌어 파티에 입고 갈 드레스와 신발을 얻었다. 새들 역시 이 나무에 날아와 앉았다. 그러므로 새들이, 하늘나라에 간 어머니의 분신임을 쉽게 눈치챌 수 있다.

어쨌거나 이제 본격적인 주인공 찾기가 시작된다. 그런데 왜 하필이면 신발일까? 나카자와 신이치(中澤新一)가 『신화, 인류 최고(最古)의 철학』에서 신데렐라 이야기를 다루었다. 그는 이 책에서 신발이 이승과 저승(망자의 세계)을 잇는 기능을 한다고 보았다. 그에 따르면 신데렐라(이 이름은 재투성이 소녀란 뜻이다)가 거처하는 아궁이도 현실과 다른 세상을 잇는 출입구이며, 그래서 신데렐라는 두 세계를 중개하는 일종의 샤먼이다. 하지만 나는 여기에 숨은 이야기로서의 매력이 그의 풀이만으로는 다 해명되지 않는다고 생각한다. 얼굴이 아니라 신발로 제

주인을 찾는다는 것, 이야기의 핵심은 여기에 있다. 일종의 속궁합이라고 해야 할 것이다. 우리는 긴 우회로를 거치지 않고서도 신발에 담긴 성적인 메시지를 찾을 수 있다. 신발을 신는 행동이 성교를 대신하는 것이다. 신발은 여성의 질(膣)이다. 두 언니는 신을 신으며 피를 흘렸다. 두 언니는 처녀성을 잃었으며 그래서 더이상 순결하지 않다. 반면 신데렐라는 피를 흘리지 않았다. 그녀는 왕자의 짝이 될 만큼 순결하고 정숙하다. 그래서 그녀만이 왕자와 결혼식을 올리러 간다. 두 언니는 결혼식 때에 두 눈을 잃었다. 두 눈을 잃는다는 말은 볼 수 없다는 말의 다른 표현이다. 결혼식 이후에 신데렐라는 처녀성을 바칠 것이며, 그속 결혼 때에는 다른 이가 보는 것이 허락되지 않는다.

이게 신데렐라 이야기에 담긴 초야의 모티프다. 물론 이 이야기에 담긴 남성 위주의 사고방식은 비판받아 마땅한 일이다. 데리다(J. Derrida)는 자신의 철학 체계를 드러내는 비유어 가운데 하나로 처녀막을 들었다. 처녀막은 찢어짐으로써 단 한 번, 제 존재를 드러낸다. 처녀막은 처녀의 상징이면서, 동시에 처녀의 파괴이다. 그건 있으면서 없다. 아니, 없어져야 있다. 그러니 그런 데 집착하는 건 사실 얼마나 못난 일인가?

중국의 소수민족인 장족(壯族)에게서 전해오는 신데렐라 얘기를 읽어보자. 순서가 조금 다를 뿐, 우리가 읽은 신데렐라 얘기와 거의 똑같은 모티프를 품은 얘기다. 김선자가 지은 『중국 변형 신화의 세계』에서 옮겼다.

달가(達稼)가 세 살 때 어머니를 여의었다. 아버지가 재혼하여 딸 달륜(達侖)을 낳고는 곧 죽었다. 계모가 달가를 몹시 학대했다. 어느 날 계모는 잔치에 달륜만 데려가면서, 달가가 새옷을 장만하면 데리고 가겠다고 했다. 달가가 뒤뜰에서 울고 있는데, 죽은 어머니가 까마귀로 변해서 복숭아나무 아래를 파면 새옷과 꽃신이 있을 거라고 말해주었다.

달가가 그것을 입고 돌다리를 지나가다가 실수로 꽃신 한 짝을 다리 아래에 떨어뜨렸다. 마침 수재(秀才)가 그곳을 지나가다가 꽃신을 주워서는, 발에 맞는 여자를 아내로 삼겠다고 했다. 마침내 꽃신의 주인을 찾은 수재는 달가와 결혼하여 아들을 낳았다. 삼 년 만에 달가가 아들을 데리고 친정에 왔다. 계모는 달가를 우물에 밀어넣어 죽이고는, 달륜을 대신해서 보냈다.

어느 날 수재가 마을에서 돌아오는데 달가의 혼이 비둘기로 변하여 나무 위에서 울며 이야기했다.

"수재님, 예쁜 아내를 곰보 마누라와 바꾸었군요."

수재가 이상하게 여겨 새를 데려와 새장에 넣어두었다. 새가 달륜을 욕하니, 달륜이 새를 삶아 뒤뜰에 뿌렸다. 그곳에서 대숲이 생겼다. 수재와 달륜이 대숲에서 쉬는데, 대나무가 달륜의 머리를 잡아당겼다. 달륜이 나무를 베어버렸는데, 동네 노파가 그것을 얻어다가 베틀의 실통으로 삼았다. 노파가 집에 와보면 베가 다 짜여 있곤 했다. 실통이 달가로 변하여 한 일이었다.

되살아난 달가는 노파의 도움으로 수재를 만났다. 달가가 예뻐진 것을 보고 달륜이 비결을 묻자, 달가는 "네 엄마가 나를 절구에 넣고 찧어서 이렇게 되었다"라고 대답했다. 친정으로 간 달륜이 어머니에게, 자신을 절구에 넣고 찧어달라고 졸랐다. 어머니가 달륜의 말대로 하니, 달륜은 머리가 깨져 죽었다. 어머니가 슬픔을 못 이겨 따라 죽으니, 모녀가 모두 추명조(秋鳴鳥)로 변했다. 그 새는 지금도 "해인해기(害人害己, 남을 해치면 자기도 죽는다는 뜻)"라는 소리를 내며 운다.

죽은 어머니의 도움, 신발, 악인의 징벌 등에서 둘이 똑같은 얘기라는 걸 금세 눈치챘을 것이다. 북유럽 신화에도 발로 정인(情人)을 찾는 얘기가 있다.

서리로 된 거인 트야찌(Thjazi)가 죽은 후에 딸인 여신 스카디(Skadi)가 절망에 빠졌다. 그녀는 평생을 같이할 남편을 소망했다. 신들은 자기들 중에 한 명을 남편으로 고를 수 있도록 했다. 여기에는 한 가지 조건이 있었다. 스카디는 발만 보고 남편을 선택해야 했던 것이다. 신들은 발만 내놓고 커튼 뒤에 섰다. 스카디는 속으로는 발더(Balder, 오딘의 둘째아들로 빼어난 외모를 가졌으며, 아도니스, 아티스, 타무즈, 아도니스, 그리스도처럼 죽은 후에 부활하는 신이다)와 결혼하고 싶었으나, 그녀가 선택한 발의 주인은 니외르트(Njord)였다. 그들은 결혼했으나, 전혀 맞지 않았다. 스카디는 산과 사냥의 여신이었고 니외르트는 바다와 항해의 남신이었기 때문이다. 그들은 번갈아 아흐레씩 서로의 집에 머물면서 잘 지내보려 애썼지만 결국 갈라서고 말았다. 스카디는 아버지의 집으로 돌아와서, 자신의 짝인 눈 신발의 신 울을 만났다.

신데렐라 얘기에서는 속궁합이 겉궁합을 감쌌으나, 스카디 얘기에서는 두 궁합이 따로 논다. 스카디와 니외르트는 잠자리에서는 잘 맞았지만, 다른 점에서는 그렇지 못했다. 스카디는 눈 신발(Snow-shoe)의 여신이다. 신과 신발이 서로를 찾듯, 진정한 짝은 따로 있었다.

그리스 신화의 영웅 이아손과 테세우스 역시 신발로 자신의 정체성을 증명했다. 이아손은 신발 하나를 잃어버려 외짝 신발의 사나이, 모노산달로스가 되었으며, 테세우스는 아버지 아이게우스가 남기고 간 칼과 가죽신을 아버지에게 보여 아들임을 증명받았다. 외짝 신은 또다른 신발을 필요로 하는 것이니 부절(符節)의 역할을 하는 것이며, 칼과 가죽신은 남녀의 상징이니 둘을 합쳐 완전함을 표상하는 것이다. 신발 덕분에 이아손은 이올코스의 왕이 되었고, 테세우스는 아테네의 왕이 되었다.

농사 신의 내력을 설명하는 우리 신화 세경본풀이는 다채롭고 정교한 서사로 엮인 흥미로운 신화인데, 여주인공 자청비가 문도령의 천생배필임을 증명하는 부분에서 신데렐라 이야기와 비슷한 모티프가 나온다.

자청비가 물가에서 빨래를 하다가 지상에 글공부하러 내려온 하늘나라 옥황 문선왕의 아들 문곡성 문도령을 만났다. 서로가 서로에게 마음이 있음을 눈치챘으나, 문도령은 글을 배우러 떠나려 했다. 자청비가 남장을 하고 그를 따라나섰는데, 삼 년 동안 같은 방에서 자고 같은 솥의 밥을 먹으며 지냈다. 삼 년이 지난 어느 날 하늘에서 문도령에게 서수왕아기를 색싯감으로 정해놓았으니 어서 돌아오라는 편지를 보냈다. 자청비가 버들잎에 편지를 써서 자신이 자청비임을 일러주었다. 사정을 눈치챈 문도령과 자청비가 마침내 한 방에 들어 사랑을 나누었다. 그러나 옥황의 분부는 지엄한 법, 문도령은 하릴없이 하늘나라로 떠나고 말았다.

혼자 남은 자청비는 자신을 겁탈하려 한 남자 하인 정수남을 죽였다가 살려내고, 이 일로 집에서 쫓겨났다. 방황하던 그녀는 주모산 주모할미를 만나 옷감을 짜다가 그 옷감이 문도령의 혼인식에 쓸 옷감임을 알았다. 옷감에 사연을 적어 보내자, 이를 보고 문도령이 주모산을 찾아왔다. 문 밖에서 문도령이 온 것을 안 자청비는 원망스런 마음에 창구멍에 손가락을 내밀라하고는 바늘로 살짝 찔렀다. 피가 떨어지자 놀란 문도령이 하늘로 돌아가버렸다.

주모할미 집을 나온 자청비는 길을 헤매다가 우는 선녀들을 만났다. 문도령이 예전 글공부할 때 자청비와 함께 목욕했던 물맛을 보아야겠다고 자신들을 보낸 것인데, 그 물이 어디에 있는지 몰라 울고 있다는 것이었다. 자청비는 선녀들 물 뜨는 것을 돕고, 그녀들을 따라 하늘에 올라가 마침내 문도령을 만났다. 문도령이 그녀와 함께할 결심을 하고 부모님께 아뢰자, 문선왕 부부가 말했다.

"내 며느리는 아무나 될 수 없다. 쉰 자 되는 구덩이에 쉰 섬 되는 숯을 묻어 불을 피우고, 불 위에 날 선 칼로 다리를 놓은 후에 그 다리를 건너야 한다."

그러고는 자청비와 서수왕아기를 불러 다리를 건너게 했는데, 서수왕아기는 울며 건너지 못하겠노라 했다. 마침내 자청비가 나섰다. 그녀가 옥황상제에게 축수했더니 먹구름이 몰려와 비를 내려 불을 껐다. 하지만 날 선

칼은 도리 없이 건너야 하는 법, 그녀는 버선을 벗고 칼 다리에 올랐다. 발뒤꿈치에 피가 나자 치맛자락으로 닦으니 이것이 월경의 시초다.

"기특하다. 네가 우리 며느리로다."

그들은 마침내 부부의 연을 맺었다.

우유부단하고 겁 많은 문도령과의 사랑을 이뤄낸 이가 자청비다. 다른 나라 신화에서 비슷한 예를 찾기 어려운 여성이다. 그녀는 적극적이고 진취적으로 자신의 운명을 개척해나간다. 잠시 스칠 뻔한 인연을 붙잡아두고, 깨닫지 못한 정인을 깨우치고, 원망스러울 때에는 바늘로 찌르기도 하고, 멀고먼 하늘 길을 찾아 나서고, 자신과 맺어질 방책을 가르치고(문도령이 자청비와 결혼하겠노라고 부모님을 설득한 논리도 그녀가 일러준 것이었다), 마침내 가혹한 시련을 이기고 사랑을 쟁취했다.

이 얘기의 마지막 부분 또한 첫날밤의 은유다. 발에서 피가 난 것을 월경과 관련지어 설명했으니, 옛사람들도 여기에 성적인 의미가 담겼음을 알았음에 틀림없다. 뜨거운 불이야 사랑의 물로 끄면 되지만(그녀에게서 물이 솟지 않으면 교접은 몹시 아플 것이다), 칼이 삐죽이 솟은 다리는 건너야 한다. 그 다리(이는 곧 여성의 몸 안에 들어올 남자의 몸이다)를 건너지 않으면, 다시 말해서 아픈 첫날밤을 치르지 않으면 사랑하는 남자를 만날 수가 없다. 서수왕아기는 그것을 거절했으며, 그래서 신성한 혼인식의 여주인이 될 수 없었다.

흡혈귀 이야기가 그토록 매력을 끄는 이유도, 이 자체가 성적인 매력으로 가득 차 있어서다. 흡혈귀 드라큘라 백작은 아일랜드 작가 브램

스토커(B. Stoker)가 지은 소설의 주인공이지만, 사실 흡혈귀 전설은 매우 오래된 것이다. 그리스 작가 필로스트라토스는 가난했지만 잘 생긴 메니포스란 청년의 애기를 했다. 어느 귀부인이 그에게 반해 결혼을 청했는데, 아폴로니우스란 사람이 그 여자를 의심해서 뒤를 조사했다. 그 여자는 메니포스를 먹기 위해서 살을 찌우고 있었다. 고대 바빌로니아 사람들은 에킴무(Ekimmu)라

그림 7-2 뭉크가 그린 〈사춘기〉. 오른쪽 그림자는 사춘기 소녀의 불안을 반영하듯 위태로워 보인다. 초경(初經)과 첫날밤이 그 불안의 정체다.(오슬로, 국립 미술관)

는 흡혈귀가 있다고 믿었다. 에킴무는 비명횡사한 이후에 사람의 살을 먹고 피를 빨기 위해 무덤에서 나온 죽은 자를 이르는 이름이다. 1345년 독일에 출몰한 마녀는 작은 동물로 변해서 밤에 돌아다녔다. 사람들이 그녀를 잡아 도랑에 버리자, 오히려 추하고 거대한 짐승으로 변해 사람들을 죽였다. 사람들이 다시 그녀의 가슴에 말뚝을 박아 죽였는데, 이번에는 그 말뚝으로 사람들을 죽이고 다녔다. 사람들이 무덤에서 시체를 파서 불태운 후에야 흡혈귀가 출몰하지 않게 되었다고 한다. 앞장에서 살펴본 아담의 첫째 부인 릴리트 역시 흡혈귀가 되었다. 그녀는

그림 7-3 뭉크가 그린 〈흡혈귀〉. 남자의 머리 위로 흘러내리는 것은 핏물이기도 하고, 여자의 붉은 머리카락이기도 하다. 이 그림에는 전통적인 도상을 뒤집는 화가의 창조적인 해석이 있다. 보라, 저 흡혈귀는 고민하는 남자를 위로하는 여자가 아닌가?(오슬로, 국립 미술관)

돌아오라는 천사의 명령을 거절한 후에, 어린이나 남자들을 물어 죽인 다음 피를 빨았다고 한다. 포송령(蒲松齡)이 중국의 신이한 이야기를 모은 『요재지이』에는 섭소천(聶小倩) 얘기가 있다. 영화 〈천녀유혼〉의 저본을 이루는 이야기다. 여주인공 섭소천은 남자를 유혹하여 관계를 가질 때에 송곳으로 발바닥을 뚫었다. 그러고는 남자가 정신을 잃고 혼미해지면 요괴들이 달려들어 피를 뽑아먹게 만들었다. 한나라 때 정기(鄭奇)란 사람이 길에서 한 부인을 만나 부탁을 받고 수레에 태웠다.

서문정(西門亭)이라는 곳에 이르러, 그 여인과 이층에 올라가 즐긴 후에 이튿날 떠났는데, 다음날 하인들이 이층에 올라가보니 그 여인이 죽어 있었다. 수소문을 해보니, 그 여인은 서문정에서 북서쪽으로 8리 정도 떨어진 곳에 사는 오씨 부인이었는데, 전날 밤 죽어서 시신을 안치하려는데, 홀연히 사라졌다는 것이다. 가족들이 시신을 가지고 돌아간 후에, 길을 떠났던 정기는 복통을 일으켜 죽고 말았다. 『수신기』에 나오는 이야기다. 그녀는 서문정에 숙박한 나그네들의 정기를 빨아먹는 흡혈귀였던 셈이다.

흡혈귀 얘기가 실제의 사정을 반영하는 것은 물론 아니다. 흡혈귀가 실존한다면 희생자의 수가 기하급수적으로 증가했을 테니, 이미 세상은 흡혈귀 천지였을 것이다. 이 얘기가 인기를 끌었던 것은 성적인 모티프 때문이다. 흡혈귀는 밤에만 돌아다니며 희생자의 피를 찾는다. 이 피 역시 초야에서만 발견되는 그 혈흔이다. 순결한 처녀가 흔히 그 제물이 되고, 희생자는 다시 흡혈귀로 변해서 다른 희생자를 찾는다. 성적인 욕망이 정확히 그렇다. 낮에는 잠들어 있다가도 밤이면 발동해서 순결한 영혼을 찾고, 급기야 다른 이를 전염시키는 것이다. 그것도 은밀히 말이다. 흡혈귀 얘기에서 남자 흡혈귀가 호색한으로, 여자 흡혈귀가 창녀로 그려지는 것은 이런 사정 때문이다.

삼각관계를 다룬 극적인 신화를 소개하고 이 장을 맺기로 하자. 제주도 서귀포의 당신(堂神)인 바람운과 지산국, 고산국 이야기다.

제주 설매국에 일문관(日紋官) 바람운이 났다. 봉의 눈에 삼각 수염을 나

부끄며 한번 활을 쏘면 삼천 군마가 솟아나고 다시 한번 활을 쏘면 삼천 군마가 사라진다는 희대의 영장(英將)이었다. 그가 하루는 만 리 밖 천리(千里) 홍토(紅土) 나라 홍토 천리에 고산국(高山國)이란 미인이 있다는 소식을 들었다. 바람운은 그녀를 찾아가 부부의 연을 맺었다. 그런데 며칠이 지나서 또하나의 미인이 나타났다. 고산국의 동생이었다. 셋은 한데 살았는데, 형부와 처제 사이에 애틋한 마음이 생겼다. 바람운은 마침내 둘이 도망가기를 몰래 약속하고, 캄캄한 밤을 이용해 제주도 한라산으로 달아났다.

고산국이 일어나 남편과 동생이 함께 없어진 것을 알았다. 화가 머리끝까지 치민 그녀는 무쇠 활에 붕게 살을 둘러메고 그들을 쫓아 한라산에 왔다. 동생이 언니가 온 것을 알고 산에 온통 안개를 퍼뜨려 어둡게 만들었다. 언니가 살을 먹여 둘을 쏘려 하였으나 사방이 캄캄하여 뜻을 이룰 수가 없었다. 그녀는 마침내 활을 거두고 소리쳤다.

"이 잔인하고 몰인정한 년아. 내가 활을 들었다고 어찌 널 쏠 수 있겠느냐. 어서 안개나 거두어라."

바람운이 이 말을 듣고 구상나무로 닭 모양을 만들어 절벽에 두었다. 닭이 울자 동이 터 안개가 흩어졌다. 고산국이 말했다.

"금수만도 못한 연놈들아. 너희를 죽여야 분이 풀리겠다만 차마 그럴 수 없구나. 너는 이제 내 동생이 아니다. 성을 지가로 바꾸어라. 난 너희와 다른 곳에 가서 살겠다."

그래서 길을 나누어 고산국은 서홍리를 차지하고 바람운과 지산국은 동홍리에 자리를 잡았다. 이후로 두 마을은 내왕을 끊고 살았다고 한다.

두 마을이 단절된 내력을 설명하는 데 이런 사랑 얘기를 덧입힌 조상들의 상상력이 놀랍다. 고산국은 신격이 정확하지 않은 여신이고, 바람운은 풍신(風神)이며 지산국은 무신(霧神)이다. 미인을 얻기 위해 바람운은 만 리 밖에 있는, 비가 내리고 붉은 땅이 있는 곳에 간다. 이 천 리에 걸친 빗발과 붉은 흙 또한 초야의 그녀를 상징할 것이다. 인연이 된, 어떤 바람이 불 때 그녀는 붉은 몸을 열고 비 곧 땀과 피를 쏟아낼 것이다.

고산국이 남편을 빼앗겼고, 지산국이 안개를 피웠으며, 바람운이 그 안개를 흩었으니 신들의 내력을 이해할 만하다. 이들의 이름 역시 그 내력을 품었다. 고산국은 하늘의 이치를 상징한다. 천리(天理)를 어긴 것은 남편과 여동생이다. 남편은 바람을 피웠으므로 바람운이며, 여동생은 윤리가 땅에 떨어졌으므로 지산운이다(이 세상에 윤리와 정의가 가득하지 않다는 뜻이다. 있는 것이라곤 욕망뿐이어서 세상이 오리무중이 되었다). 고산국은 몹시 분노했으나 배우자와 친동생을 죽이는 짓은 불륜보다 더한 패륜이므로 차마 그럴 수 없었다. 그녀는 고결했으며, 끝내 분노를 안으로 다스려 하늘의 이치를 저버리지 않았다. 그녀가 사랑과 가족을 함께 잃은 것은 그녀의 잘못이 아니다. 다만 신으로서도 어쩌지 못하는 사랑의 이치 때문이었을 뿐이다.

구멍

땅 아래에도 여러 세상이 있다. 땅에 난 구멍들은 저 아래 세상에 들어가기 위한 통로다. 반대로 말한다면, 구멍은 땅 아래 세상에서 지금 세상으로 나오기 위한 통로다. 구멍은 결국 산도(産道)의 입구인 셈이다. 이 장에서는 땅에 난 구멍 얘기에서 상징적인 구멍까지 살핀다. 상징적인 구멍은, 우리가 언약의 증표로 주고받는 반지나 시계가 품고 있는 바로 그 구멍이다.

신화는 우리가 발 디디고 있는 땅 아래에 또다른 세상이 있다고 말한다. 대개는 죽은 자들이 가는 곳이다. 메소포타미아 신화에서 여신 인안나가 간 곳이 그렇고, 십자가에서 죽은 그리스도가 부활하기 전에 내려갔다고 하는 지옥 얘기가 그렇고(위경인 「바돌로매 복음」과 「니고데모 복음」에 이 얘기가 실렸다), 페르세포네를 끌고 간 하데스의 나라가 그렇다. 하지만 땅 아래 세상이 반드시 죽은 자들의 거처는 아니다. 우리는 땅에서 나와서 땅으로 돌아간다. 땅 속은 우리가 몸 받아 이 세상에 나기 전에 거하는 곳이며, 몸을 버려 이 세상을 떠난 후에 거하는 곳이다.

땅에 들기 위해서는 땅의 입구에 들어야 한다. 이 입구에 관해서 이야기해보자. 먼저 사복이란 인물 얘기다. 『삼국유사』에 나오는 얘기다.

신라의 서울 경주에 사는 한 과부가 남편도 없이 아이를 낳았다. 아이가

열두 살이 되어서도 말을 못 하고 일어서지도 못해서 뱀아이[蛇濮]라 불렀다.

어느 날 그 어머니가 죽었다. 그때에 원효가 고산사(高山寺)에 있었다. 원효가 사복을 맞아 예를 올렸으나 사복은 답례도 없이 말했다.

"그대와 내가 옛날에 경전을 싣고 다니던 암소가 지금 죽었다. 함께 가서 장사지내자."

"예."

원효가 그와 집에 갔다. 사복이 원효에게 포살수계(布薩授戒)를 하도록 했다. 원효가 시체 앞에 가서 빌었다.

"나지 말아라, 죽는 것이 고통이로다. 죽지 말아라, 나는 것이 고통이로

160

다."

사복이 너무 번거롭다고 하니 다시 고쳐 불렀다.

"나고 죽는 게 모두 고통이로다."

둘이 상여를 메고, 활리산 동쪽 기슭에 갔다.

원효가 말했다.

"지혜 있는 호랑이를 지혜의 숲에 장사지내는 것이 마땅한 일이다."

사복이 이에 게송(偈頌)을 지어 불렀다.

"옛날 석가모니 부처께서

사리수 아래에서 열반에 들었는데

오늘 그와 같은 자가 있어

연화장 세계(蓮華藏世界)에 들어가려 하네."

노래를 마치고 띠풀을 뽑으니, 그 속에 시원하고 맑고 고요한 세계가 있어, 칠보(七寶)로 장식한 난간에 누각이 장엄하여 사람 사는 세상이 아니었다. 사복이 시체를 업고 그리로 들어가자 땅이 합쳐졌고 원효만이 돌아왔다.

신라에는 이름 없는 도승이 많았다. 향가 「원왕생가」를 이루는 배경 이야기의 주인공 광덕과 엄장 역시 신기료 장수와 농사꾼이었다. 천출에, 말도 잘 못하고 제대로 서지도 못했던 인물이 당대의 고승 원효를 능가했다는 것도 그런 예다. 먼저 설명이 필요할 것 같다. 원효와 사복은 전생에 동문수학하던 사이다. 암소로 하여금 경전을 싣고 다니게 했으므로, 그 업보로 사복이 암소(지금의 어머니)의 아들로 태어나 업을 씻었다. 그래서 이들이 암소를 연화장 세계에 보내려 한 것이다. 연화장 세계는 아미타불(阿彌陀佛)의 정토(淨土)로, 본원(本願)을 성취한 지극한 깨달음, 지극한 즐거움이 있는 곳이다. 그곳은 서방으로 십만 억이나 되는 불국토를 지나서 있지만, 동시에 청정한 법열의 경지를 구체화한 이름이기도 하다. 포살(布薩)은 출가한 이들이 보름에 한 번 계경(戒經)을 풀어, 그 동안의 죄를 씻는 불교의식의 하나다. 호랑이란 불가에서 무상(無常)을 비유하는 짐승이니, 암소(어머니)를 그렇게 부른 건 암소가 무상을 깨쳤다는 뜻이다.

사복은 말을 제대로 못 했다. 사실은 그가 말을 못 한 게 아니라 안 한 거라는 걸 위 얘기가 보여준다. 장님이나 벙어리는 세속의 기준으로는 불구일 뿐이지만, 신화의 기준으로는 다른 세상에 속했다는 징표다. 보지 못하는 자는 우리가 못 보는 다른 것을 보고, 말하지 못하는 자는 우리가 모르는 다른 것을 말한다. 그리스 신화에서 티레시아스(Tiresias)는 서로 엉긴 두 마리 뱀을 때린 후에 남자에서 여자로 변했다. 그는 그렇게 칠 년을 살다가 다시 그 두 마리 뱀을 때려 남자로 돌아왔다. 남자나 여자는 어느 한쪽의 세상만을 본다. 그는 이 특이한 성전환 수술로 인해 남녀 양쪽의 세상을 두루 통찰하는 지혜를 얻게 되었다. 티레시아스가 신들의 분쟁에서 제우스 편을 들자 화가 난 헤라가 그의 시력을 빼앗아버렸다. 하지만 그는 장님이 된 후에 오히려 예언의 능력을 부여받았다. 호메로스처럼 그 역시 이 세계를 보는 능력을 잃은 대신, 다른 세계를 보게 된 것이다. 사복 역시 신이한 인물이었다.

사복이 띠풀을 뽑으니 그곳에 연화장 세계가 있었다. 연화장 세계는 먼 데 있는 게 아니었다. 우리가 디디고 선 바로 이곳에 연화장 세계가 숨어 있었다. 띠풀을 뽑은 자리 아래가 바로 극락이다. 여기에 숨은 성적인 이미지를 생각해보자. 사복은 제대로 서지 못해서 팔다리가 없는 짐승, 곧 뱀의 아이라 불렸다. 뱀아이인 사복이 구멍을 찾아가자 그곳에서 새로운 세상이 열렸다. 여자는 과부로 남편도 없이 사복을 낳았다. 이것은 사생아의 출생을 이르는 것일 수도 있고, 처녀 출산을 이르는 것일 수도 있다. 전자라면 사복의 비천한 가계를 이르는 말이겠지만, 후자라면 아티스, 아도니스, 디오니소스, 예수에서 주몽과 혁거세에 이르는 신이한 탄생의 예를 이르는 말일 수도 있다(13장에서 이를 자세히 살필 것이다).

한 세상에서 다른 세상으로 넘어간다는 사실을 보여주는 신화에서 그 신비로운 표현을 걷어내고 보면, 탄생과 재탄생은 사실 그냥 몸에 관한 얘기다. 북아메리카 만단 수 족의 신화를 보자.

처음에 사람들은 호수 아래, 땅 밑에서 살았다. 집 위에 엄청나게 큰 포도나무가 있었는데, 뿌리가 땅 밑 사람들이 사는 마을로 파고들었다. 몇몇 사람이 뿌리를 타고 올라가 세상에 나왔다. 그들은 마을로 돌아가 땅 위 세상이 매우 아름답다고 말했다. 그곳은 물고기와 짐승과 꽃이 가득하고, 밝은 빛이 비치는 곳이었다. 마을 사람들이 이 얘기를 듣고 나무뿌리를 잡고 기어올라왔다. 그런데 한 뚱뚱한 여자가 포도나무 뿌리를 타고 오르다가 뿌리가 부러지고 말았다. 그래서 땅 아래 남은 마을 사람들은 오늘날도 거기에 산다. 우리가 죽으면 땅 밑에서 그들과 다시 만나게 될 것이다.

대지모신은 어머니의 상징적 표현이다. 어머니가 아이를 낳듯 대지
는 동식물을 낳는다. 포도나무 뿌리를 잡고 올라와 지상에 이른 이들이
바로 처음 세상에 모습을 드러낸 신생아들이다. 이들이 처음 호수 아래
땅 밑에 산 것은 아기가 처음에 어머니 몸 속의 호수, 곧 양수에 잠겨
있었기 때문이다. 그러므로 나무뿌리는 처음 어머니 몸 속에 들어온 아
버지의 양물(陽物)이었을 것이다. 이들은 어머니 몸 속에 있다가, 아버
지를 만나 세상에 나온다. 이렇게 바깥세상을 구경한 이들은 살아 있고
여전히 몸 속에(혹은 땅 밑에) 숨은 이들은 죽어 있다. 우리가 죽어 땅
에 묻히면 그들을 다시 만날 수 있을 것이다.

그림 8-2 11세기 필사본에 그려진 땅의 여신. 대지모신으로서의 여성이 살아 있는 모든 것에 젖줄을 대주고 있다.

나바호 족 인디언들의 신화에서는 그
런 상승이 다섯 번이나 일어난다. 사람
들은 첫번째 세상이 좁고 어두워 두번째
세상으로 올라왔으며, 그런 일을 거듭해서
지금 세상에 살게 되었다. 지금 세상은 다섯
번째. 아이가 태어나면 그 아이에게는 새
로운 세상이 열린다. 개벽은 아이가 세상에서
처음 눈을 뜰 때마다 일어난다. 대를 이어 거
듭되는 삶이, 혈통을 잇는 출산이 반복되는 세
상을 통해 얘기되고 있다고 하겠다.

블랙푸트 인디언의 신화에서는 지하/지상
을 잇는 구멍이 지상/천상으로 바뀌어 있다
는 점에서 흥미롭다. '깃털여인' 이라는 이름
을 가진 아름다운 여성이 있었다. 어느 날 한
청년이 그녀에게 반해서 사랑을 고백했다. 그는
새벽별이었다. 그는 그녀를 데리고 하늘나라
로 올라갔다. '깃털여인' 은 하늘나라에서 시
부모를 모시고 '별소년' 을 낳았다. 새벽별
의 부모님이 그에게 순무 파는 일을 시켰는
데, '거미인간' 의 집 근처에 있는 큰 순무는
파지 말라고 단단히 주의를 주었다. 금기는
호기심을 낳는 법, 그녀는 궁금증을 못 이겨

그림 8-3 서아프리카 부르키나파소 족
이 사용하던 북. 앉은 자세는 이 여신의
권위를 상징하는 것이다. 여신이 들고
있는 북에는 온갖 것이 새겨져 있다. 그
녀가 바로 세상을 떠받치는 궁극적인 힘
이다.(시카고, 시카고 아트 인스티튜트)

그 순무를 파냈다. 큰 순무를 뽑아낸 자리가 바로 새벽별이 하늘나라에 올라올 때 사용한 통로였다. 그녀가 구멍을 통해 내려다보니 인디언의 마을이 보였다. 그녀는 향수에 잠겨 돌아가고 싶기도 했지만 실제로 금기를 어겨 하늘나라에서 살 수도 없었다. 거미인간이 거미줄을 내려 그녀를 지상에 돌려보냈다. 지하세계가 죽은 자의 세계인 것과 마찬가지로 천상세계도 죽은 자의 세계다. 그녀는 죽음 이후의 세상을 미리 맛보았던 것이다.

노자의 『도덕경』에 나오는 계곡의 신 현빈(玄牝) 역시 몸에 난 구멍으로 대표되는 여신이다.

계곡의 신(谷神)은 죽지 않으니 이를 일컬어 현빈이라 한다. 현빈의 문이 하늘과 땅의 뿌리이며, 이어지고 이어져 영원히 있으니 아무리 써도 마르지 않는다.

현빈에 관해서는 여러 설명이 있었다. 기존의 설명들은 대개 현빈을 '텅 비어 있음'과 '무궁한 변화'라는 두 개념으로 풀어, 현빈에서 노자 철학의 형이상학적 원천을 찾으려 했다. 하지만 현빈은 신화시대의 신이다. 계곡에서 여성의 음부를 발견하는 과정은 상징적이고도 상식적인 것이다. 계곡은 구멍을 숨기고 있으며, 모든 물이 흘러들고 흘러나간다는 점에서 만물을 낳되 영원히 낳는(마르지 않는) 대지모신의 상징이다. 소병 역시 『노자와 성』에서, '현빈'을 '검은 암컷'이라 읽고, 이를 여성의 음부를 형용한 것이라 풀었다. "'곡신'의 의미는 '계곡의 신'이 마땅하다. 그러나 계곡(특히 물이 있는 곳)은 항상 여성이나 그 성 기관을 대표하는 것으로 사용된다. (……) 이것은 곡신이 위대한 암 컷의 본성 및 그 생식기관을 통일시킬 수 있음을 설명한 것이다. '죽지 않는' 계곡의 신과 여성의 음부로서 '검은 암컷'은 '여성(陰)'에 속한 다고 하는 점에서 공통된 것이고 서로 전환될 수 있는 것이다." 현묘(玄 妙), 공(空)과 허(虛), 생생지변(生生之變), 불사(不死)의 개념이 모두 여성의 몸에서 파생된 개념이었던 셈이다.

라오스의 라드 족들은 인근에 사는 모이 족이 다음과 같은 기원을 갖 고 있다고 믿었다.

모이 족 사람들은 땅 속에서 살았다. 어느 날 몇 사람이 크반드 푸리그네 (Kband Prigne)라는 구멍을 통해 지상으로 나왔다. 그들은 지상이 살기 좋 은 것을 알고는 돌아가 사람들에게 알렸다. 사람들이 이삿짐을 싸들고 지상 으로 가기로 결정했는데, 꾸미기 좋아하는 미녀들은 화장을 하느라 지체했 다. 여자들이 구멍으로 나가려는 순간, 물소 한 마리가 구멍에 머리를 들이 밀었다. 물소는 뿔 때문에 머리를 빼지 못하고 거기서 죽었고, 그래서 구멍 이 영원히 막혀버렸다. 지금도 모이 족 사람들 가운데 미인이 드문 것은 이 때문이다.

라드 족 사람들이 보기에 모이 족 사람들 가운데에는 미인이 드물다. 이 내력을 설명하는 해학적인 이야기다. 저 나서기 좋아하는 물소는 만 단 수 족의 나무뿌리처럼 제 일을 완수하지 못한 양물을 상징할 것이다. 이 때문에 모이 족의 대지모신은 제 생산성을 다 발휘하지 못했다.

솟아나는 이 구멍들과는 반대로, 중국인들의 구멍은 꺼져들어가는 구멍이다. 노신(魯迅)이 편찬한 『고소설구침古小說鉤沈』에 나오는 얘기다.

숭고산(嵩古山) 북쪽에 큰 구멍이 있는데, 얼마나 깊은지 재본 사람이 없었다. 마을 사람들이 해마다 산에 올라가 구멍 근처에서 놀았다.

진(晉)나라 초에 어떤 남자가 실수로 그 구멍 속으로 떨어졌다. 다행히도 함께 있던 친구가 살아 있기를 바라며 구멍 속으로 음식을 던져주어, 그걸로 식량을 삼을 수 있었다. 남자가 어두컴컴한 동굴을 따라 열흘쯤 걸어가자, 갑자기 주위가 밝아지며 시야가 열렸다. 허름한 집이 있는데, 두 사람이 마주 앉아 바둑을 두고 있었다. 그들 옆에 마실 것이 놓여 있었는데, 갈증을 느낀 남자가 마실 것을 부탁하자 그들이 그릇을 건네주었다. 남자가 그것을 마시니 기운이 열 배나 솟구쳤다. 바둑을 두던 사람이 남자에게 물었다.

"자네, 여기서 살고 싶은가?"

남자가 대답했다.

"아닙니다."

"그렇다면 서쪽으로 걸어가게. 몇십 걸음 가면 우물이 있네. 그 안에는 괴물이 많지만, 절대로 무서워하지 말고 그 안으로 뛰어들게. 배가 고프면 우물 안에 있는 것을 먹도록 하게."

남자가 우물을 찾아가니, 그 안에는 이무기들이 많이 살고 있었다. 남자가 이무기를 피해 내려갔는데, 배가 고파지자 우물 벽에 돋은 푸른 흙 같은

것을 뜯어먹었다. 반 년 쯤 지
나서 남자는 촉(蜀) 지방으로
탈출할 수 있었고, 무사히 낙양
으로 돌아왔다. 그후에 박식한
것으로 알려진 장화(張華)에게
묻자, 장화가 다음과 같이 일러
주었다.

"그곳은 선인들의 저택이라
네. 자네가 받아먹은 것은 옥장
(玉漿)이라는 선인들의 음료이
고, 뜯어먹은 것은 용혈석수
(龍穴石髓)라는 선약이라네."

세상에 나기 전의 어머니 몸
은 신생의 터전이자 죽음의 장
소다. 그곳에는 이계(異界)의
사람들이 살고 있는데, 이들은
죽은 이들이거나 아직 나지 않
은 이들이다. 이무기들은, 앞
에서 살핀 대로, 어머니의 몸
속에 든(혹은 들 만한) 남성들
의 상징일 것이다. 그들이 모

그림 8-4 정선이 그린 〈박연폭朴淵暴〉. 왜 계곡의 신 현빈이 여성성을
구현하고 있는지 이해할 수 있을 것이다. 폭포 위에 놓인 바위가 음핵
(clitoris)을 닮았다. 문희가 꾼 오줌 꿈이 저와 같았을 것이다. 이 그림
에는 시점이 뒤섞여 있다. 폭포를 둘러싼 바위는 아래에서 위를 보고
그렸는데, 오른쪽 위와 오른쪽 아래 건물은 내려다보고 그렸다. 처음 여
성을 접한 남성의 혼란스런 정신을 반영하는 것만 같다.(이우복 소장)

두 신생을 가능케 한 것은 아니므로, 용이 아닌 이무기가 적당한 지칭이다(이무기는 아직 용이 못 된 뱀이다). 땅에 들고나는 구멍은 결국 우리를 낳은, 우리가 나온, 시원(始原)의 출입구다.

동굴이나 무덤, 우물, 지각의 갈라진 틈, 계곡이 모두 어머니 몸으로 들어가는, 혹은 몸에서 나오는 출입구다. 제주도의 삼성혈(三姓穴) 신화에서도 세 명의 신인(神人)이 땅의 구멍에서 나온다. 『고려사高麗史』에 나오는 말이다. "고기(古記)에 이르기를, 태초에는 사람이 없더니 세 신인(神人)이 땅에서 솟아났다. 첫째를 양을나(良乙那), 둘째를 고을나(高乙那), 셋째를 부을나(夫乙那)라고 했다." 제주도 구좌읍에 있는 궤네깃당 당신본풀이에서, 주인공 궤네깃또의 부모는 땅에서 솟아난다. 그의 아버지 소천국은 알손당(下松堂里) 고부니마들에서 솟아나고, 어머니 백주또는 강남 천자국 백모래밭에서 솟아났다. 이들 역시 대지의 구멍에서 솟아났다.

단군 신화에서 곰이 들어갔던 동굴도 그렇다. 곰은 그곳에서 쑥과 마늘을 먹고 삼칠일(三七日)을 근신하여 여자가 되었다. 어머니 대지가 자기 몸을 통해 그녀를 출산했던 것이다. 신라 4대 임금 석탈해(昔脫解)는 바다를 건너왔다. 어느 날 배 한 척이 포구에 이르러, 한 노파가 가보았더니 배에 궤짝이 실려 있었고, 궤짝을 여니 한 남자아이가 들어 있었다. 이 아이가 탈해다. 칠 일 동안 먹여주니 그제야 기운을 차린 아이가 말하기를 자신은 바다 건너 용왕의 나라에서 왔는데 부왕이 아들 낳기를 빌어 칠 년 만에 큰 알을 낳고는 불길하다고 해서 배에 실어 띄워 보냈다고 했다. 말을 마치고 나서 탈해는 토함산에 올라 돌무덤을 만들고는 거기서 칠 일을 지낸 후에야 비로소·활동을 시작했다. 두 이야기에서 거듭되는 일곱이란 숫자는 하나의 주기를 말하는 것이다. 웅녀가 근신한 삼칠일(3×7)과 탈해 이야기에 나오는 칠 년, 칠 일, 칠 일(3×7)은 모두 이들이 한 삶에서 다른 삶으로, 한 세상에서 다른 세상으로 건너가기 위해 필요했던 기간이다. 탈해가 돌무덤을 만들어, 그 안에서 칠 일을 난 것은, 상징적인 탄생(죽음과 재생)을 위한 것이다. 만단 수 족의 신화와 마찬가지로, 어머니 자궁이 무덤이며 무덤이 자궁이었던 셈이다.

신라의 혁거세(赫居世)의 탄생 신화에서도 우물이 나온다. 신라 6부의 족장들이 임금을 찾고 있을 때, 양산(楊山)의 나정(蘿井) 옆에서 신이한 기운이 뻗치고 눈부신 백마(白馬)가 꿇어앉아 절을 하는 모습을 보았다. 그들이 가보니 자색(姿色)을 띤 알이 있었는데, 알을 깨자 사내아이가 나왔다. 이 이가 혁거세다. 나정(蘿井)은 덩굴로 덮인 우물이니, 터럭이 자란 여성의 음부를 말하는 게 분명하다. 부여의 왕 금와(金蛙)의 탄생도 크게 다르지 않다. 부여 왕 해부루(解夫婁)가 말을 타고 곤연(鯤淵)에 이르렀는데, 말이 큰 돌을 보고 눈물을 흘렸다. 왕이 이상하게 생각해서 돌을 옮기니, 금빛 개구리 모양을 한 아이가 있었다. 왕이 그를 금와라 하고 태자로 삼았다. 금와 역시 큰 돌이 있던 곳, 곧 움푹하게 파인 곳에서 출생했다.

신약성경에서도 나사로와 예수는 바위굴에 묻혔다가 부활한다. 아도니스 역시 동굴에서 태어났다. 이 굴들 역시 분명 자궁의 상징이다. 병든 아이를 땅의 갈라진 틈이나 바위 구멍, 나무 구멍에 넣는 세계 여러

나라의 풍습도 대지의 구멍을 어머니 몸으로 들어가는 출구로 인식한 결과다.

파남군(巴南郡)에 사는 만 족(蠻族)은 본래 파성(巴姓), 번성(樊姓), 심성(瞫姓), 상성(相姓), 정성(鄭姓) 등의 다섯 씨족으로 이루어져 있었는데, 모두가 무락종리산(武落鍾離山) 출신이다. 이 산에는 붉은 구멍과 검은 구멍이 있는데, 파성은 붉은 구멍에서 태어나고 나머지 네 성은 검은 구멍에서 태어났다. 이 지방에는 수장이 없었다. 다섯 씨족은 모두 귀신을 믿으며 제사를 지냈는데, 신 앞에서 각자가 검을 돌구멍 속에 던지고 이것이 잘 들어가는 자를 수장으로 삼기로 맹세했다. 다른 이들이 모두 실패하고, 파성의 무상(務相)이란 인물이 던진 검만이 구멍에 들어갔다. 그래서 그가 수장이 되었다.

『후한서』에 실린 이야기다. 1장에서 읽은 김수로왕 건국 신화와 비교할 만한 글이다. 다섯 씨족이 출현한 구멍 역시 인간을 낳은 대지모신의 그 구멍임이 분명하다. 그 구멍에 검을 가장 잘 넣는 인물, 곧 어머니 대지에 가장 잘 부합하는 인물이 가장 빼어난 인물이다.

중국의 모소 족에게는 모해(母海)라는 이름의 호수가 있었다. 모소족의 조상이 처음 이곳에 왔을 때 이곳은 연못이었다고 한다. 연못에 커다란 물고기가 살았는데, 모소 족 사람들은 내내 이 물고기를 조금씩 뜯어먹으며 살았다. 물고기가 금세 원래대로 회복되었기 때문이다. 어느 날 한 남자가 소떼를 부려 이 물고기를 끌어냈다. 그러자 물이 넘쳐서 호수가 되고 말았다. 물고기가 물이 나오는 구멍을 막고 있었던 것이다. 이 호수는 여신(감무라 부른다)의 자궁이며, 호수를 가득 채운 물은 여신의 몸 속에서 출렁이던 그 물이었다. 물고기들이 그녀의 구멍을 들고났다. 6장에서 읽은 몸 안의 물과 구멍을 연관지은 신화라 하겠다.

일본의 『고사기』에서는, 진무(神武) 천황이 야마토를 평정하러 가는 가운데 지방신들을 복속시키는 이야기가 나온다. 비슷한 이야기가 반복되는데, 그 일부를 읽는다.

천황이 그곳을 떠나 길을 가는데, 꼬리가 달린 사람이 우물에서 나왔다. 샘에서 신이한 빛이 나왔다. 천황이 "너는 누구냐?"고 묻자, 그가 대답했다. "저는 이곳의 신으로 이히카(井氷鹿)라 합니다." 그가 요시노(吉野)의 오비토(首)들의 조상이다. 천황이 산으로 가자 또다른 꼬리 달린 사람이 바위를 가르고 나왔다. 천황이 "너는 누구냐?"고 묻자, 그가 대답했다. "저는 이곳의 신으로 이와오시와쿠노코(石押分之子)라 합니다. 천손이 오신다는 말을 듣고 마중 나왔습니다." 그가 요시노의 구니스(國巢)의 조상이다.

여기서도 신들이 샘과 바위로 상징되는 어머니 몸을 열고 나온다. 그들에게 달린 꼬리는 아마도 탯줄일 것이다.

자궁에 드는 것은 일차적으로, 죽음에 드는 일이다. 부활을 위해서는 죽음을 먼저 겪어야 하기 때문이다. 우리 이야기 가운데 지하국(地下國)에 사는 도적을 퇴치하는 얘기를 읽어보자. 길지만 무척 재미있는 얘기다. 서정오가 쓴 『우리가 정말 알아야 할 우리 옛이야기 백 가지』

에서 내용을 추렸다.

어떤 신랑이 신행길을 차려 가는데, 도적이 나타나 색시를 태운 가마와 몸종을 채갔다. 신랑이 도적이 남긴 흔적을 쫓아가다가 석수장이를 만났다.

"어디를 그리 바삐 가시오?"

"색시를 도둑맞아서 색시 찾으러 갑니다."

"나도 얼마 전에 마누라를 도둑맞았소. 같이 갑시다."

신랑과 석수장이가 길을 가다가 이번에는 칡을 캐는 나무꾼을 만났다.

"어디를 그리 바삐 가시오?"

"색시를 도둑맞아서 색시 찾으러 갑니다."

"나도 얼마 전에 딸을 도둑맞았소. 같이 갑시다."

셋이서 길을 가다가 고리백정(버들가지로 고리짝을 만드는 장인)을 만났다.

"어디를 그리 바삐 가시오?"

"색시를 도둑맞은 사람은 색시 찾으러 가고, 딸을 도둑맞은 사람은 딸 찾으러 갑니다."

"나도 얼마 전에 누이동생을 도둑맞았소. 같이 갑시다."

넷이 도둑의 길을 찾아갔는데, 큰 바위 앞에서 발자국이 끊겼다. 넷이 바위를 밀어보았으나 꿈쩍도 하지 않았다. 석수장이가 사흘 밤낮을 쪼아서 바위를 깼다. 돌 아래에 큰 굴이 뚫려 있었다. 내려다보니 끝이 안 보이는 깊은 굴이었다. 이번에는 나무꾼이 사흘 동안 칡을 꼬아 동아줄을 만들고, 고리백정이 사흘 동안 버들가지로 광주리를 만들었다. 줄을 타고 내려가려는데,

굴이 깊고 무서워 석수장이, 나무꾼, 고리백정이 모두 고개를 절레절레 저었다. 신랑이 용기를 내어 광주리를 타고 내려갔다.

한참을 타고 내려가니 드디어 바닥에 닿았다. 고래등 같은 기와집이 늘어선 곳이었다. 한 처녀가 물을 길러 나왔는데, 자세히 보니 납치되었던 몸종이었다. 몸종이 말하기를 도적놈은 석 달 열흘을 도적질하러 나가고, 석 달 열흘을 집에 돌아와 잠을 자는데, 도적질하러 간 지 열흘이 되었다는 것이었다. 몸종을 앞세워 기와집에 들어갔더니, 색시가 그를 붙잡아 바위굴에 가두어버렸다. 이미 도적의 아내가 되어 있었던 것이다.

신랑이 굴에 갇혀 절망하고 있었는데, 몸종이 찾아와 도적이 올 때까지 몰래 힘을 기르라고 충고했다. 몸종은 식사를 가져올 때마다 동삼 달인 물을 가져왔다. 몸종이 큰 바위를 가리키며 말했다.

"도적놈은 저 바위로 공기놀이를 합니다. 서방님도 그만큼 힘을 기르세요."

처음 들어보았을 땐 꿈쩍도 않았으나, 동삼 달인 물을 먹으며 애를 썼더니 한 달 만에 바위로 공기놀이를 할 수 있게 되었다.

그러자 몸종이 삼십 층 돌탑을 가리키며 말했다.

"도적놈은 한 번 펄쩍 뛰어 탑 꼭대기까지 오른답니다. 서방님도 그만큼 힘을 기르세요."

처음에는 한 층도 오르기 어려웠으나, 동삼 달인 물을 먹으며 애를 썼더니 한 달 후에는 삼십 층까지 뛰어오를 수 있게 되었다.

그 다음에는 몸종이 큰 무쇠칼을 가리키며 말했다.

"도적놈이 쓰는 칼입니다. 저 칼을 마음대로 휘두를 수 있도록 서방님도 힘을 기르세요."

처음에는 들기도 어려웠으나, 동삼 달인 물을 먹으며 애를 썼더니 한 달 뒤에 큰 칼을 마음대로 휘두를 수 있게 되었다.

마침내 도적이 돌아왔다. 둘은 칼을 빼들고 싸우기 시작했다. 어찌나 빠르고 날랜지, 공중에서 칼날 부딪치는 소리만 들릴 뿐이었다. 한참 후에 공중에서 도적의 팔이 떨어졌는데, 떨어지자마자 하늘로 올라가 도적의 몸에 도로 가 붙는 것이었다. 조금 뒤에는 도적의 다리가 떨어졌는데, 마찬가지로 다시 붙었다. 조금 뒤에는 도적의 머리가 떨어졌다. 몸종이 이것을 보고 있다가, 치마폭에 매운 재를 담아와 떨어진 도적의 머리에 뿌렸다. 머리가 도로 붙지 못해서, 마침내 도적이 죽었다. 신랑이 재물을 챙기고 사람들을 구해서 굴로 돌아왔더니, 아직도 동아줄과 광주리가 그대로 있었다. 광주리에 재물과 사람들을 차례로 태워 올려보냈는데, 마지막 동아줄이 내려오지 않았다. 세 사람이 보물을 차지하려고 배신했던 것이다.

신랑이 몸종과 함께 도적의 마을에 돌아왔더니 한 노인이 두루미를 불러 태워가게 했다. 둘은 두루미를 타고 지상에 올라왔고, 세 사람을 벌한 다음에 몸종을 아내로 맞아 행복하게 살았다.

마지막에 "세 사람을 벌했다"는 대목은 인용한 책에는 없는 내용이지만, 손진태가 1928년에 춘천에서 채록한 이야기에 실렸다(손진태의 얘기에서는 신랑과 색시가 무사와 공주로 미화되어 있다). 지하국의 괴물을 퇴치하는 이야기는 전 세계에게서 발견된다. 그리스의 헤라클레스 이야기, 아일랜드의 리니 왕자 이야기, 영국의 괴물 레드 에틴 이야기,

176

일본의 손가락만한 아이인 잇승보시(一寸法子) 이야기가 다 이런 이야기다.

동굴은 어머니 대지로 들어가는 입구다. 거기서 살아나왔으니, 신랑과 몸종은 신생(新生)을 얻은 셈이다. 어머니 대지로 들어가는 일은 죽음과 대면해야 하는 일이다. 내가 사랑한 여자는, 오르페우스가 찾아간 에우리디케와 마찬가지로 이미 죽음의 세계에 들었다. 죽음을 극복하기 위해서는 무시무시한 도적을 퇴치해야 한다(11장에서 살펴볼 미노타우로스 역시 같은 의미의 도적이다). 대지모신이 무시무시한 괴물들을 낳는 것은 이런 이유에서다. 그리스 신화의 가이아, 메소포타미아 신화의 티아마트가 그런 무서운 어머니였다. 그들은 모두 제 몸에 죽음을 품고 있었다. 처음에 입구를 찾는 데 도움을 주었던 석수장이, 나무꾼, 고리백정이 다 신랑을 배신했다. 죽음에 입회한 자들이 재생(再生)에 도움을 줄 수는 없는 법이다. 그들은 신랑을 굴/무덤 속으로 떠밀었다는 점에서 색시를 굴/무덤으로 납치한 도적과 별반 다를 것이 없다. 신랑은 땅 속에서 도적과 같은 힘을 길렀고, 마침내 도적을 죽였다. 그는 도적/죽음이 이승을 떠돌아다니며 희생자를 찾는 동안, 저승에서 그와 똑같은 방식으로 힘을 길렀던 것이다. 미궁에 들어가 미노타우로스를 죽인 테세우스의 역할이 꼭 그와 같다.

「창세기」의 주요 인물인 요셉 역시 신화적인 죽음을 겪었다. 야곱은 열두 아들 가운데 늘그막에 얻은 막내 요셉을 특히 아꼈다. 어느 날 요셉이 두 번에 걸쳐 꿈을 꾸었다. 곡식단을 묶고 있는데 자신의 단은 바로 서고, 형들의 단이 자신의 단을 둘러싸고 절을 했다. 그 다음에는 하늘의 해와 달과 열한 개의 별이 자신을 향해 절을 했다. 형들이 이 얘기를 듣고 분노했다. 어느 날 그들이 들판에서 양을 치고 있을 때, 형들이 요셉을 죽이기로 모의했다. 장남 르우벤이 다른 형제들을 만류했다. "죽이지는 말자. 그 아이를 구덩이에 던져넣고 손을 대지는 말자." 형제들이 요셉을 마른 우물에 던져넣고, 아버지에게 가서 막내가 죽었다고 고했다. 요셉은 그후에 미디안 상인들에게 팔려 이집트로 끌려가서는 거기서 파라오 다음가는 권력자가 되었다. 그는 우물에 들어 막내아들로서의 삶을 끝냈고, 우물에서 나와 새로운 삶을 시작했다. 이 우물역시 죽음과 재생을 가능케 한 바로 그 구멍이다.

상징적인 구멍 이야기를 읽어본다. 다음은 선덕여왕(善德女王)과 지귀(志鬼)의 엇갈린 로맨스다.

지귀는 신라 활리의 천민으로, 선덕여왕의 아름다움을 사모한 나머지 근심하여 울다가 모습이 초췌해졌다. 왕이 부처님에게 분향하러 절에 왔다가, 그 소식을 듣고 그를 불렀다. 지귀는 탑 아래에서 왕의 행차를 기다리다가 잠이 들었는데, 왕이 팔찌를 벗어 잠든 그의 가슴에 얹어두고는 궁으로 돌아갔다. 지귀는 깨어 그것을 보고 기절했고, 얼마 있다가 지귀의 마음속 불이 나와 탑 주위를 돌다가 변하여 화귀(火鬼)가 되었다. 왕이 술사를 시켜 다음과 같은 글을 지었다.

"지귀의 마음속 불이
몸을 태워 화신(火神)이 되었네

아득한 창해 밖에서 떠돌아다니니

보지도 말고 친하지도 말아라"

당시 풍습에 이 가사를 문에 붙여 화재를 막았다 한다.

『대동운부군옥大東韻府群玉』에 이 얘기가 실렸다. 지귀 이야기는 『삼국유사』에서도 다음과 같이 짧게 언급된다. "삼 일 만에 선덕왕의 어가가 절에 왔는데, 지귀의 심화(心火)가 나와 탑을 불태웠지만, 오직 새끼줄이 쳐진 곳만 화를 면했다." 마음의 번민이 몸을 태웠다는 상상은 놀라운 것이다. 사랑의 열병을 앓는 자, 그 번민이 지나치면 유계에 미칠 것이다.

선덕이 벗어준 팔찌는 물론 여성성의 상징이다. 팔찌는 두른 테로서가 아니라, 그 가운데 구멍으로 존재를 보장받는다. 여왕은 현실에서 불가능했던 사랑을 상징적으로 허락했던 것이다. 지귀의 심화가 탑 주위를 돈 것은 탑이 남성성의 상징이었기 때문일 것이다(11장에서 탑돌이에 관해 좀더 자세히 살피기로 한다). 처음에 지귀와 선덕을 갈라놓는 것은 신분의 차이였는데, 이제 둘을 찢어놓은 것은 생사의 차원이다. 선덕이 술사를 시켜 노래를 지었는데, 이 노래의 마지막 글귀를 두 가지로 해석할 수 있다.

不見不相親

보지도 말고 친하지도 말아라

보지 않으면 친할 수 없네

첫째 해석이라면(이야기의 논리라면 이게 맞을 것이다) 화귀를 내쫓는 선덕의 권능을 내세우는 것이지만, 둘째 해석이라면(사랑의 논리라면 이게 맞을 것이다) 지귀를 달래고 아끼는 선덕의 사랑을 전제하는 것이다. 선덕의 이 말은, '서로 볼 수 없으니 우리는 이제 친할 수 없다' 는 탄식이자, 그대가 화신으로 있는 한은 '우리가 친할 수 없다' 는 위로다('친하다[親]'라는 말에는 여러 뜻이 있다. 그것은 '사랑하다, 가까이하다, 혼인하다, 몸소' 라는 의미를 내포한다). 전자의 깨우침이라면 선덕은 지귀에게 '현실의 자리를 받아들여야 한다' 는 것을 가르쳐주는 셈이며, 후자의 위로라면 '욕망만으로는 우리가 맺어질 수 없다' 는 것을 일러주는 셈이다. 지귀의 경우는 사랑(선덕을 사모하는 지귀)에서 욕망(탑 주위를 도는 화귀)으로 이행했으며, 선덕의 경우는 상징적인 욕망(지귀와 '친' 하지 않고서 다만 팔찌를 벗어준 여왕)에서 상징적인 사랑(지귀에게 위로의 말을 건네는 여왕)으로 이행했다. 사랑과 욕망이 팔찌/구멍을 중심으로 들고나는 이야기라 하겠다.

일본의 창조 신화를 보자. 이 이야기의 뒷부분은 3장에서 이미 살펴본 바 있어서, 앞부분만 소개한다.

태초에는 혼돈스런 바다밖에 없었다. 하늘에서 이를 내려다보던 신이 이자나기와 이자나미를 불러 이 일을 맡겼다. 둘은 마법의 창을 들고 하늘에서 내려왔다. 이자나기가 혼돈의 바다에 창을 넣고 저었더니, 창에 묻은 물방울이 떨어져 섬이 되었다.

이자나기는 이자나미에게 몸이 어떻게 생겼느냐고 물었다. 이자나미는 자기 몸은 아름답지만, 다리 사이에 피부가 아물지 않은 부분이 있다고 했다. 이자나기는 그 얘길 듣고, 자기 다리 사이에는 살이 튀어나온 부분이 있다고 했다. 신기하게 생각한 둘은 그 부분을 맞춰보았다. 그 일로 이자나미가 임신하여 여러 가지 것들을 낳았다.

처음 낳은 것은 거머리였다. 그들은 거머리를 물에 떠내려보냈다. 다음으로 이자나미는 거품 섬을 낳았다. 역

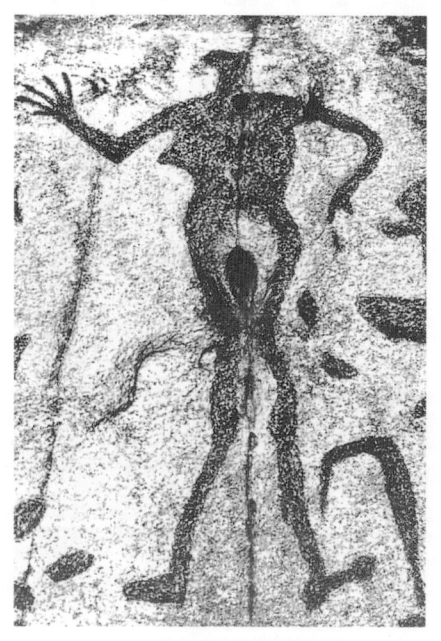

그림 8-5 캐나다의 선사시대 유적이다. 여성의 성기를 바위틈으로 묘사했다. 대지의 구멍과 여성의 구멍이 다른 것이 아니라는 걸 보여주는 예다.

시 쓸모가 없었다. 다음으로 이자나미는 본격적으로 창조물들을 낳기 시작했다. 일본의 섬과 산, 폭포와 들판이 이때 생겼다. 마지막으로 이자나미는 불의 정령을 낳았는데, 불이 그녀의 몸을 심하게 태워버렸다. 그녀가 앓는 동안, 그녀가 토한 것들은 모든 광산의 근원인 금산(金山) 왕자와 공주가 되고, 대변은 흙이, 소변은 민물의 정령이 되었다. 그녀는 죽어 어둠의 나라 '요모쓰쿠니'에 들고 말았다.

이 창조 얘기는 소박하고 솔직하다. 두 남녀가 몸의 다른 부분을 발

견하고, 그곳을 맞춰본다. 그랬더니 창조물이 나왔다. 피마 족 인디언 얘기도 노골적이고 부드럽다. 마법사가 흙으로 인간 한 쌍을 지은 다음에 머리를 쳤다. "이런, 내 정신 좀 봐. 이렇게 하면 사람들이 어울릴 수가 없잖아." 그는 진흙 사람의 다리 사이에서 흙을 조금 늘여 튀어나오게 만들고, 다른 진흙 사람의 다리 사이에는 손톱으로 틈을 만들었다. "이제

그림 8-6 이자나기와 이자나미. 저 그림 어디에도 창조신의 위엄은 보이지 않는다. 저 누추한 옷을 벗어던진 후에야, 그들은 엄청나게 생산적인 일을 해낼 것이다.(파리, 국립 도서관)

됐다. 사람들이 꼭 필요한 일을 할 수 있겠군." 그는 진흙 인간을 오븐에 넣고 구워냈다.

이자나기와 이자나미가 받은 마법의 창 이름이 누보코(沼矛)다. 이 이름은 연못과 창을 합친 것이니 여자의 몸에 찔러넣는 남자의 몸을 지칭하는 이름임에 분명하다. 처음 바다에 창을 넣었더니 물방울이 떨어져 섬이 되었다고 했는데, 이 섬은 그 다음에 나오는 거품 섬과 같다. 아프로디테가 바다 물방울에서 생겨났다는 것을 기억하자. 인도에서 미의 여신 락슈미(Lakshmi) 역시 바다 거품에서 생겨났다고 한다. 아바나키 인디언의 창조 신화도 이와 비슷하다. 남자는 바다 거품에서 생

겨나고, 여자는 나무 열매에서 생겨났다. 넓고 축축하게 펼쳐진 바다는 여성 이미지이며, 높고 삐죽이 솟은 나무는 남성 이미지다. 남자는 여자에게서, 여자는 남자에게서 나온 게 맞다! 창에 묻은 이 거품은 성기 끝에서 홀로(부질없이!) 떨어져나온 남자의 정액이라고 해야 옳을 것이다. 이들은 교합하여, 처음에는 거머리를 낳았다. 거머리는 작은 살덩어리에 불과하다(사산(死産)의 기억일까?). 다음으로 이들은 거품 섬을 낳았다(수정되지 않았다). 그런 연습을 거친 후에야 그들은 엄청나게 생산적인 일을 해낸다. 이들이 마지막으로 낳은 이가 불인데, 이 불이야말로 사랑의, 그 열병임에 분명하다. 지나친 사랑이 그녀를 태워버렸다. 하지만 그녀가 창조의 신, 곧 만물의 어머니임을 기억하자. 그녀의 토사물, 대소변마저 이 세상을 이루었다. 사랑의 논리에서는 버릴 것이 없다. 우리는 대지에—혹은 몸에—난 이 구멍을 통해서만 다른 세상에 이른다. 우리는 모두 이곳의 자식이다. 여자는 그렇게 한 세상을 잉태하고 만들어낸다. 놀랍고 고마운 일이다.

09 세계수

세계수는 천상과 지상과 지하를 잇는다는 점에서, 우주적인 교접의 상징이다. 땅에 난 구멍이

여성의 몸으로 들어가는 상징적인 입구라면, 대지에 뿌리박은 나무는 남성의 몸에 솟은 상징적

인 출구다.

세계 곳곳에서 우주목 혹은 세계의 나무가 자라고 있다. 세계수는 천상과 지상, 나아가 지하세계를 잇는 세계의 중심이다. 세계수 중에서 가장 유명한 것이 북유럽 신화에 나오는 거대한 물푸레나무, 이그드라실(Yggdrasil)이다.

　이그드라실은 우주를 관통하고 지탱하며 감싸안고 있다. 이 나무에는 땅속 깊이 뻗은 세 개의 뿌리가 있는데, 첫번째 뿌리는 신들의 세계인 아스가르드(Asgard) 안에, 두번째 뿌리는 인류가 출현하기 이전부터 살았던 서리 거인의 나라에, 세번째 뿌리는 죽은 자가 머무는 곳인 니플하임(Niflheim)에 닿아 있었다. 이그드라실의 뿌리가 신들과 거인족과 죽은 자들(곧 인간의 조상들)이라는 세 영역에 자리잡고 있다면, 줄기는 하늘과 땅 사이, 곧 인간들의 거처인 미드가르드(Midgard)를 가로지르고, 우듬지는 신들의 하늘 거처인 아스가르드에 닿아 있다.

이그드라실의 뿌리 아래에는 세
개의 샘이 있다. 첫번째 뿌리가 가
닿은 신들의 지하세계는 비프로스
트(무지개를 의미한다)에 의해 하늘
세계와 연결되어 있는데, 이 뿌리
밑에 신성한 샘 우르드르(Urdur)가
있다. 운명의 신들 중에서 가장 나
이가 많은 연장자가 이 샘에서 물을
길어 나무를 돌본다. 신들은 이 샘
곁에서 회의를 열고 재판을 했다.

그림 9-1 세계수 이그드라실을 그린 19세기 그림.

두번째 뿌리 아래에는 미미르가 지키는 지혜의 샘이 있다. 이 샘물에 입술
을 축이면 지혜와 지식을 얻을 수 있었다. 세번째 뿌리 근처에는 모든 강물
의 원천인 흐베르겔미르(Hwergelmir, '울부짖는 큰 솥'이란 뜻) 샘이 있다.
조상들의 땅, 저 지하의 근원에서 모든 생명이 태어나는 것이다.

이그드라실 주변에는 네 마리 사슴이 잎과 꽃을 갉아먹고 있는데, 그
럴수록 나무는 무성하게 잎을 틔워낸다. 이 사슴들은 순환하는 네 계
절, 곧 세월을 뜻한다. 세계의 나무는 세월의 풍화작용에도 아랑곳없이
거뜬하게 세계를 지켜낸다. 나무의 우듬지에는 독수리가 앉아서 적을
감시하고 있으며, 나무의 뿌리 아래에는 니드호그(Nidhogg)라 불리는
용이 똬리를 틀고 앉아서 뿌리를 씹어대고 있다. 독수리와 뱀은 선과
악으로 대표되는 세상의 구원자/파괴자의 상징이다. 인도의 칼리 신이

파괴의 신이자 생성의 신이듯, 높은 곳의 독수리는 낮은 곳의 뱀과 상극을 이루면서 호환된다. 성경 「민수기」에도 그와 같은 얘기가 있다.

광야 생활의 어려움을 견디다 못한 백성들이 모세에게 불평했다.

"어쩌자고 우리를 이집트에서 데리고 나왔는가? 여기엔 먹을 것도, 마실 것도 없다. 이 거친 음식은 이제 진절머리가 난다."

야웨께서 백성들 사이로 불뱀을 보내셨다. 뱀이 사람들을 물어 죽이자, 사람들이 모세에게 와서 간청했다.

"우리가 주님과 당신을 원망하여 죄를 지었습니다. 제발 주님께 기도하여 뱀이 우리에게서 떠나가게 해주십시오."

모세가 그들을 위해 기도하자 야웨께서 말씀하셨다.

"놋뱀을 만들어 장대에 매달아라. 뱀에 물린 자들마다 그것을 보고 살게 될 것이다."

모세가 그와 같이 했더니, 뱀에 물린 사람들이 놋뱀을 보고 나았다.(「민수기」 21장 4~9절)

놋뱀은 예수 그리스도의 원형이다. 예수의 말이다. "모세가 광야에서 뱀을 쳐든 것같이 인자 또한 높이 들어올려져야 한다. 이것은 그를 믿는 사람마다 영원한 생명을 얻도록 하기 위해서다."(「요한복음」 3장 14~15절) 죽이는(파괴하는) 뱀이 살리는(소생시키는) 뱀이 된 것이다. 죽음과 부활은 한 짝이다. 마야의 신전 가운데에는 '십자가의 신전'이라 알려진 신전이 있다. 이 안에는 십자가가 세워져 있는데, 이 십자가에는 마야인들이 쿠쿨칸(Kukulcan)이라 부르고, 아스테크인들이 케찰코아틀(Quetzlcoatl)이라 부르는 상이 있다. 이 이름은 '날개 달린 뱀'이란 뜻이다. 뱀과 새가 동일한 신화적 형상에서 융합된 셈이다. 이그드라실의 뱀/독수리, 「민수기」의 불뱀/놋뱀, 마야의 날개 달린 뱀은 모두 죽음/생명의 짝패를 동시에 품은 형상들이다.

이그드라실은 '이그의 말'이라는 뜻이며, 이그는 오딘(Odin)의 다른 이름이다. 오딘은 북유럽 신화에서 최초이자 최고의 신이다. 그는 본래 전쟁의 신이었으나, 신성한 룬 문자가 가진 비밀을 깨쳐 최고의 지혜를 얻은 신이 되었다. 오딘이 이 비밀을 깨달은 것은 자신을 이그드라실에 매달았기 때문이다. 자신을 자신에게 희생제물로 바친 셈이다. 『에다Edda』의 시편 가운데 하나에서 오딘은 이렇게 말한다.

나는 가서
바람에 흔들리는 나무에 매달려
아흐레 밤낮을 보냈네.
나는 창에 찔려
나를 오딘에게, 내 자신에게 내주었네.
뿌리가 얼마나 깊은지 아무도 알지 못하는
그 나무 위,
아무도 내게 **빵** 한 덩이,
물 한 모금 주는 이 없었네.

여기서 십자가 위의 예수를 떠올리는 일은 어렵지 않다. 캠벨은 『네가 바로 그것이다』에서, "나를 오딘에게, 내 자신에게 내주었네"라는 구절이 "그리스도와 아버지의 하나됨에 대한 기독교적 교리"를 연상하게 한다고 지적했다. 세계수 이그드라실은 최상의 지혜를 준다는 점에서 에덴동산에 있던 지혜의 나무(아담과 하와는 이 나무의 열매를 먹은 후에 벌거벗은 것을 깨달았다)와 같다. 에덴에는 또다른 나무가 있었다. 영원한 생명을 얻게 해주는 생명의 나무가 그것이다. 이그드라실은 희생자를 매달아 죽인다는 점에서 예수가 달렸던 골고다 언덕 위의 바로 그 십자가이기도 하다. 자크 브로스가 『나무의 신화Mythologie des arbres』에서 한 말이다. "생명의 나무와 이 십자가를 동일시함으로써 우리는 아담과 '새로운 아담'인 예수를 동일한 맥락에서 파악하게 된다. 십자가는 죽음의 나무이지만 신처럼 부활하는 죽음의 나무이며, 타락을 한 이후 유한한 삶을 사는 인간들에게 생명을 준 봉헌의 나무이다. 아담과 예수는 둘 다 신이 된 인간들이다. 그러나 전자가 아버지 하느님의 말씀을 거역했다면, 후자는 하느님의 말씀을 실천하여 인간들을 구원하기 위해 신이기를 거부하고 인간들의 형제가 되기를 선택한다. 그러나 이들이 근원적인 천상의 행복으로 귀환하기 위해 부활하여 승천한다는 점에서, 타락과 구원은 동일한 가치를 지닌다." 구원과 속죄는 타락과 범죄를 전제로 한다는 점에서 서로 짝패다. 거기에 달린 자의 희생을 요구하기에 이그드라실과 십자가는 죽음의 나무지만, 그로써 새로운 부활과 승천이 가능했기에 두 나무는 생명의 나무이기도 한 것이다. 그것은 또한 천상의 지식을 깨닫게 해준다는 점에서 지혜의 나무다.

나무가 뿌리내린 곳, 거기가 세계의 중심이다. 이 나무들은 곧 천지, 음양, 남녀를 잇는 남근이다. 이그드라실의 뿌리에서 솟아난 세 개의 샘물처럼, 에덴동산에서도 네 줄기 강물(비손, 기혼, 티그리스, 유프라테스 강)이 발원하여, 세상을 적셨다. 이 발원지가 여성의 몸 속에서 출렁이는 바로 그 자리가 아니고 무엇이겠는가? 지상에 우뚝 솟아서 하늘과 땅을 관통하는 거대한 나무가 발기한 남성의 몸이 아니고 무엇이겠는가? 천지와 음양을 잇는 거대한 교접의 상징이 바로 세계의 나무인 것이다. 오딘은 물푸레나무로 아스크라는 남자를 만들고, 느릅나무로 엠블라라는 여자를 만들었다. 수 족 인디언과 알공킨 인디언, 인도네시아 세람 섬의 원주민 베말레 족의 신화에서도 인간은 나무에서 태어난다. 지상에 뿌리박은 남근에서 인간이 태어난다는 상상은 자연스러운 것이다.

메소포타미아에도 세계수가 있다. 다음은 고대 바빌로니아의 주문 (呪文) 가운데 하나다. 엘리아데(M. Eliade)의 『종교형태론Patterns in Comparative Religion』에서 재인용했다.

에리두에는 성지에서 자란 검은 키스카누 나무가 자란다.
그 광휘는 번쩍이는 유리 같고, 가지는 압수를 향해 뻗어 있다.
그곳은 풍요로운 에리두에서 에아가 소요하는 곳.

키스카누라 불리는 이 나무는 물의 신 에키기 다스리는 신성한 도시

에리두에 솟아 있었다. 엔키의 바빌로니아 이름인 에아(Ea)는 '물의 집의 주인'을 의미한다. 에리두 역시 세계의 중심이었으며, 여기서 나라 전체에 물을 대는 샘이 솟아났다. 이 나무의 뿌리가 근원의 물인 지하수 압수에 닿아 있었기 때문이다. 어머니 몸 속에서 출렁이는 그 물이 바로 생명의 근원이 되는 물이다.

유명한 야곱의 사다리 이야기를 보자. 형 에서의 장자권을 훔친 후에 형의 보복이 두려워 달아나던 야곱이 겪은 일이다.

도중에 해가 지자 야곱은 하룻밤을 보내려고 한 곳에 돌을 베고 누웠다. 꿈에 보니 끝이 하늘에 닿은 사다리 하나가 땅에 서 있고 그 위에 하느님의 천사들이 오르락내리락하고 있었다. 이때 야웨께서 그 위에 서서 말씀하셨다.

"나는 너의 할아버지 아브라함과 너의 아버지 이삭의 하느님 야웨다. 네가 누워 있는 이 땅을 너와 네 후손에게 주겠다. 네 후손이 땅의 티끌처럼 많아져서 동서남북 사방으로 흩어져 살 것이며, 세상의 모든 민족이 너와 네 후손으로 인해 복을 받을 것이다. 내가 너와 함께하여 네가 어디로 가든지 너를 지킬 것이며, 너를 다시 이 땅으로 돌아오게 하겠다. 내가 네게 약속한 것을 다 지킬 때까지 너를 떠나지 않으리라."

야곱은 잠에서 깨어 몹시 놀라 말했다.

"야웨께서 분명히 여기 계셨는데도 내가 알지 못하다니! 참으로 두려운 곳이로구나. 이곳이 바로 하느님의 집이며 하늘의 문이다."

그는 아침 일찍 일어나 자기가 베었던 돌을 기념비로 세워 그 위에 기름을 붓고 그곳 이름을 하나님의 집이란 뜻으로 '벧엘'이라 지었다.(「창세기」

야곱의 사다리 역시 세계수다. 천상과 지상이란 두 세계를 잇는 거대한 표상이기 때문이다. 에리두가 엔키의 집인 것처럼, 벧엘은 하느님의 집이다. 프로이트는 계단이나 사다리를 오르내리는 꿈이 성교를 뜻한다고 해석했다. 하체의 규칙적인 반복 운동이 필요하기 때문이다. 사다리를 오르내리는 천사들의 행위가 신성한 교접을 상징한다고 볼 수 있지 않을까? 야곱이 들판에서, 돌베개를 베고 잤다는 것을 기억하자. 잠자리가 갖춰진 곳, 교접이 일어나는 곳, 그곳은 어디든 집이다.

세계수가 천지, 음양, 남녀를 잇는 교섭의 상징임을 보여주는 그림을 보자. 그림 9-2는 이집트 신화에서 대지의 남신 게브(Geb)와 하늘의 여신 누트(Nut)가 사랑을 나누는 장면이다. 이들에게서 이집트 신화의 주요 인물인 오시리스, 이시스, 세트, 네프튀스가 태어난다. 질투심이 많은 태양신 라(Ra)가 누트와 게브의 결혼을 막았다. 그녀가 결혼을 하자, 라는 일 년 열두 달 내내 그녀가 아이를 낳을 수 없게 만들었다. 지혜의 신 토트가 이를 불쌍히 여겨, 달과 내기를 해서 달빛의 72분지 1, 곧 오 일에 해당하는 날을 얻었다. 누트는 이 기간 동안에 자식들을 낳았다(호루스는 오시리스와 이시스가 누트의 자궁 속에서 사랑을 나눈 결과로 태어났다. 그래서 그는 둘의 자식이면서 누트의 자식이기도 하다).

하늘과 땅은 태초의 연인이다. 둘이 어울려 만물을 낳는다. 가이아와 우라노스가 그렇고, 여기서 보는 게브와 누트가 그렇다. 폴리네시아 마오리 족의 신화에서도 아버지 랑기(Rangi)는 하늘신이고 어머니 파파

그림 9-2 파피루스에 그려진 그림. 여신의 구부러진 몸은 하늘을, 남신의 팔과 다리는 산을, 남신의 몸은 평지를 뜻한다. 12장에서 세상이 이런 신의 몸으로 이루어져 있음을 자세히 이야기할 것이다. 질문 하나. 이집트인들을 먹여 살리는 나일 강은 어디에 있을까? 아직 나일 강이 흐르지 않은 때라는 게 답이다. 두 신이 아직 만나기(교접하기) 전이기 때문이다.(런던, 대영 박물관)

(Papa)는 땅의 여신이었다(둘이 너무 꼭 붙어 있어서, 숨을 쉴 수 없게 된 자식들이 부모 사이에 버티고 서서 틈을 벌렸다고 한다). 누트의 굽은 몸은 둥근 하늘의 모양이며, 게브의 구부러진 무릎과 팔은 산을 뜻한다. 거대하게 솟은 게브의 남근이 바로 세계의 나무일 것이다. 마오리족과 그리스인들의 신화에서는 대지가 여신이고 하늘이 남신이었으나 이집트 신화에서는 배역이 바뀌었다. 사실 어느 쪽이 남신이고 어느 쪽이 여신인지는 크게 중요한 것이 아니다. 그건 단순히 체위의 문제다. 그리스만큼이나 남성 중심 사회였던 유대교의 카발라에서는, 생명의 나무가 거꾸로 그려져 있다. 천지가 신적 권능의 하강으로 창조되었기 때문이다. 하지만 아래서 솟아나건, 위에서 내려오건 중요한 것은 관통

의 움직임 그 자체인 것이다. 인도 신화에는 다음과 같은 얘기가 있다.

브라흐마와 비슈누가 누가 더 존엄한가를 놓고 논쟁을 벌였다. 그런데 그 중에 수많은 우주를 태워버리는 거대한 불기둥이 나타났다. 두 신은 깜짝 놀라서, 불기둥이 어디서 비롯되었는지를 찾기로 했다. 비슈누는 힘센 수돼지 모습을 하고 천 년 동안 기둥을 따라 아래로 내려갔다. 브라흐마는 빠른 백조의 모습을 하고 천 년 동안 기둥을 따라 위로 올라갔다. 둘 다 끝을 보지 못하고 돌아왔다. 그들이 처음 자리로 다시 돌아왔을 때, 시바가 그들 앞에 나타났다. 그들은 거대한 불기둥이 시바의 남근이었음을 알게 되었다. 그들은 시바가 신들 중에서 가장 위대하고 존엄한 존재임을 인정했다.

브라흐마, 비슈누, 시바는 우주의 창조, 유지, 해체를 담당하는 삼위 일체 신이다. 브라흐마가 우주를 처음 지은 창조주이고 비슈누가 세상의 정의와 질서인 다르마(Dharma)를 지키고 인류를 보호하는 신이라면, 시바는 우주를 파괴하고 신과 인간을 멸망시키는 무서운 신이다. 창조를 위해서는 파괴가, 부활을 위해서는 죽음이 필요하기 때문에, 시바의 힘이 가장 무섭다. 다른 신들이 신상(神像)으로 섬김을 받는 것과는 달리, 시바는 링가(linga)라 불리는 돌기둥으로 숭배를 받는다. 링가는 우주의 모체이자 근원적인 생명의 상징이며, 남근석이다. 다르게 말해서 시바는 죽음의 신이면서 생산의 신이기도 한 것이다. 힌두교의 역사에서 점차 시바의 힘이 다른 모든 신을 압도해간 것은 이런 까닭에서다.

그림 9-3 우주의 춤을 추는 시바. 시바의 춤은 우주의 생성, 변화, 소멸을 대표하는 춤이다. 11장에서 말하는 예수의 춤과 비교할 것. 한 손으로는 북을 들고 피조물을 자극하고, 다른 한 손으로는 불꽃을 돋우고 있다. 무릎을 구부린 오른쪽 다리는 난장이 악마를 짓밟고 있으며, 왼쪽 다리는 근심에서의 해방을 뜻한다. 주위의 불꽃은 파괴와 새로운 탄생을 두루 의미한다. 시바의 남근 역시 타는 불꽃이었다. 11장에 나오는 〈춤의 왕〉이란 노래와 비교해볼 것.(뉴욕, 아시아 사회 미술관)

　인용한 이야기에서, 브라흐마와 비슈누는 거대한 불기둥에 놀란다. 이 불은 파괴의 불이면서, 생산을 가능케 하는 정념의 불이다. 비슈누는 수퇘지 모습을 하고 천 년 동안 땅을 팠다. 돼지는 본래 땅을 헤집어 먹이를 구한다. 불기둥은 땅 속 깊이, 지하세계에 뿌리박고 있었다. 마찬가지로 브라흐마는 백조 모습을 하고 천 년 동안 하늘로 올라갔다. 백조는 처음부터 새였다. 불기둥은 하늘을 관통하여 높게 뻗어 있었다. 세상을 관통하는 이 불기둥이 바로 발기한 세계수였던 것이다.

　브롤 수 족 인디언들은 '흰 들소 여인'이라 불리는 신성한 존재가 신성한 파이프를 전해주었다고 말한다. 그녀는 사람들에게 담뱃대를 사용하는 법을 가르쳤다. 그녀는 담배를 피울 때 기도하는 법을 가르쳤다. 그녀에 따르면 담뱃대에서 오르는 연기는 툰카쉴라(Tunkashila,

큰 아버지이자 위대한 신비라는 뜻)의 숨결이며, 담배를 피우며 사방으로 담뱃대를 들어올리는 행위는 운씨(Unci, 큰 어머니이며 대지라는 의미)를 향한 경배이다. 흰 들소 여인의 말이다.

"이 신성한 담뱃대를 가지면 너희는 살아 있는 기도 자체가 되리라. 너희 발이 땅을 밟고 담뱃대가 하늘을 가리키면 너희 몸은 위와 아래를 연결하는 성스러운 다리가 된다. 와칸탄카(Wakan Tanka, 신비하고 위대한 영혼이란 의미)가 우리에게 미소짓고 있다. 우리는 이제 하나이기 때문이다. 하늘, 땅, 풀이 모두 하나다. 사람과 이것들은 모두 가족이다. 이 담뱃대는 그들을 하나로 묶는다."

인디언에게 담배 피우는 행위가 단순한 유희가 아님을 먼저 기억하자. 담배는 신성한 제의에 수반되는

그림 9-4 17세기에 그려진 영혼의 나무. 어둡고 미혹된 세계에 선한 빛이 비추면, 우리 영혼은 빛의 세계로 상승한다. 맨 위의 밝은 빛은 우리 지식이 최고의 신성한 경지에 올랐음을 보여주는 것이다. 이 그림에서 자세히 보아야 할 것은 나무의 모양이다. 저 나무 둥치를 보라. 남근이 아닌가? 나뭇잎이 펼쳐진 모양을 보라. 남근 끝에서 분출하는 정자의 모양이 아닌가? 이 그림은 사정(射精)하는 장면의 은유인 듯 보인다. 몸 속의 컴컴한 곳에서 출발하여 환한 허공에 이르기까지, 정자는 우주를 가로질러간다.(런던, 대영 박물관)

사물이며, 인도인들의 소마(soma)와 같은 것이다. 몸과 담뱃대가 하나로 결합된다는 사실에 주목하자. 담뱃대와 몸은 인접성에 따라 결합하여, 땅과 하늘을, 큰 할머니(대모신)와 큰 할아버지(대부신)를, 여자와 남자를 관통하는 세계수가 된다. 다르게 말해서 수 족의 세계수는 한편으로는 하늘과 땅을 잇는 나무(담뱃대)요, 다른 한편으로는 남자와 여자를 잇는 몸이다.

단군 신화에 나오는 신단수(神檀樹) 역시 세계의 나무다.

옛날에 환인(桓因)의 아들 환웅(桓雄)이 계셔, 천하에 뜻을 두고 인간 세상을 욕심냈다. 아버지가 아들의 뜻을 알고는 삼위태백산(三危太白山)을 내려다보니, 인간 세상을 널리 이롭게 할 만했다. 이에 천부인(天符印) 세 개를 주어 내려가서 세상을 다스리게 했다. 환웅이 무리 삼천 명을 거느리고 태백산 꼭대기의 신단수 아래 내려와 그곳을 신시(神市)라 불렀다. 이분을 환웅천왕이라 한다. (……)

이때 곰 한 마리와 호랑이 한 마리가 같은 굴에서 살았는데, 늘 환웅에게 사람 되기를 빌었다. 환웅이 신령한 쑥 한 심지와 마늘 스물을 주면서 말했다.

"너희가 이것을 먹고 백 날 동안 햇빛을 보지 않는다면 곧 사람이 될 것이다."

곰과 호랑이가 이를 받아먹었다. 곰은 금기를 지킨 지 21일 만에 사람이 되었는데, 호랑이는 이를 지키지 못했으므로 사람이 되지 못했다. 여자가 된 곰에게 혼인할 상대가 없었으므로 항상 신단수 아래서 아이 배기를 축원했다. 환웅이 이에 잠깐 사람으로 변신해 그와 결혼해주었더니, 임신하여 아들을 낳았다. 이름을 단군 왕검이라 했다.

8장에서 웅녀가 들었던 굴이 어머니의 자궁의 상징임을 말했다. 신 단수의 기능은 하늘과 땅을 잇는 것만이 아니다. 신단수는 생산력을 대 표하는 남근이다. 하늘=남자=환웅과 땅(동굴)=여자=웅녀의 결합 을 가능케 하는 매개체가 바로 신단수이기 때문이다. 환웅과 웅녀의 결 합은 신단수와 동굴이라는 상징의 결합이기도 한 것이다.

단군 신화뿐만이 아니다. 우리나라의 천지창조 신화라 할 수 있는 천 지왕 신화에서도 세계수 얘기가 나온다. 제주도 신화 천지왕본풀이에 나오는 소별왕, 대별왕의 출생담을 읽어보자(이 이야기의 다른 부분은 16장에서 살피기로 한다).

이승과 저승과 하늘의 제왕인 천지왕이 어느 날 해와 달이 입 속으로 들 어오는 꿈을 꾸었다. 아들을 낳을 꿈이라, 천지왕은 인간 세상에 내려와 배 필을 찾기로 했다. 그는 지국성 백주할머니의 집에 들러 외동딸 총명아기와 가연을 맺었다. 사흘을 총명아기씨의 방에 머문 천지왕은 아내와 작별하며 다음과 같이 말했다.

"자식을 낳으면 큰아이 이름을 대별이라 짓고 작은아이 이름을 소별이라 지으세요. 아이들이 커서 아비를 찾으면 이 박씨를 주어 양지 바른 곳에 심 게 하세요."

천지왕이 떠난 후에 부인이 된 총명아기가 쌍둥이를 낳아 대별과 소별이 라 이름 지었다. 이들이 커서 아버지를 찾게 되자, 총명부인은 아버지의 정체를 밝히고는 박씨를 주며 뒤뜰에 심으라고 일렀다. 이들이 박씨를 심으니, 곧바로 싹이 나서 덩굴이 솟아올라 하늘에 이르렀다. 대별과 소별 형제는 덩굴을 잡고 하늘에 올라 천지왕의 거처에 이르렀다.

박 덩굴이 솟아 하늘에 이르렀으니 이 또한 세계수임이 분명하다. 하늘에 있는 남편과 땅에 있는 부인을 잇는 것, 이곳으로 자식들이 오고 간다. 분명한 교접의 상징이 아닌가?

세계수는 전 세계에 걸쳐 있다. 자크 브로스는 다음과 같은 예를 들고 있다. 붓다가 그 아래에서 진리를 깨친 성스런 무화과나무, 중국의 건목(建木), 이집트의 무화과나무, 시베리아 샤먼의 자작나무, 켈트 족의 자작나무, 거꾸로 그려진 인도의 우주목 아슈밧타 등. 여기에 다음과 같은 상징들을 덧붙이고 싶다. 중앙아시아 돌간 족의 나무 기둥, 그것과 똑같은 우리나라의 솟대(두 기둥 위에는 천상과의 소통을 가능케 하는 새가 앉아 있다), 돌기둥 오벨리스크, 스톤헨지를 비롯한 거석들, 사찰에서 당(幢)을 달아두기 위해 세우는 당간(幢竿), 지석묘에 동반된 입석(立石), 묘 앞의 망주석(望柱石), 남근을 상징하는 로마의 팔루스와 인도의 링가 등. 세계수를 포함하여 이것들은 노골적이건 그렇지 않건 일종의 남근

그림 9-6 당간(幢竿)에 새겨진 황금 용머리. 고려 때 작품이다. 세계수와 용머리가 하나의 표상임을 이 그림이 보여준다.(경주, 국립 경주박물관)

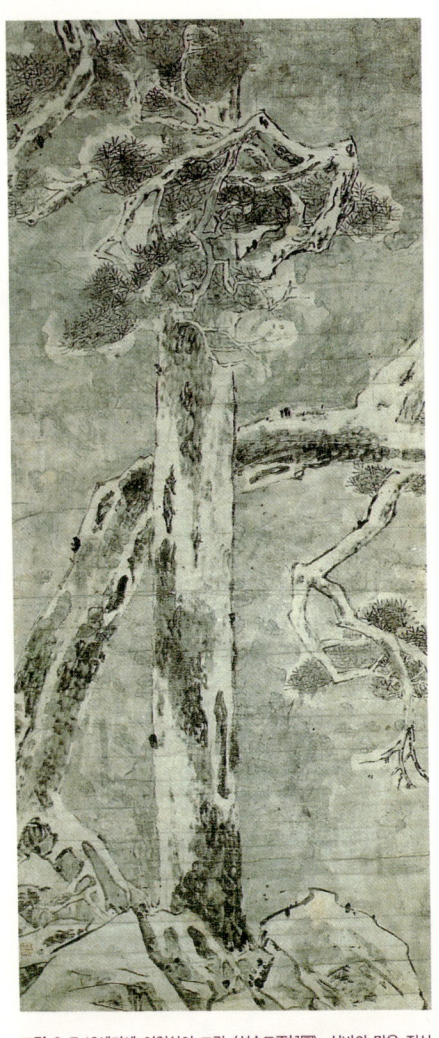

석이다. 다만 남근석이 그 자체로 생식력의 표상으로 숭배된다면, 세계의 나무는 신성함의 표상으로 숭배된다는 차이가 있을 뿐이다. 그것은 성속(聖俗)의 소통이며, 이승과 저승의 소통이며, 하늘과 땅의 소통이며, 형이상학과 형이하학의 소통이다. 단, 교접의 형식으로 말이다.

그림 9-7 18세기에 이인상이 그린 〈설송도雪松圖〉. 선비의 맑은 정신이 소나무의 강직함에 반영되어 있다. 화면 앞의 소나무는 바위에 뿌리를 내리고 하늘로 곧게 자랐는데, 뒤의 소나무는 구부러진 모습이 쓰러지기 직전이다. 하늘과 땅, 남성과 여성을 잇는 세계수의 표상은 물론 앞의 소나무다.(서울, 국립 중앙박물관)

¹⁰ 근친상간

신화에서 근친상간은 여신의 지위 하락과 관계가 있다. 그리스 신화의 가이아, 헤라, 아프로디테, 메소포타미아 신화의 티아마트와 같은 대지모신이 제우스, 마르둑과 같은 남신에게 복속되면서, 여신들의 자리가 어머니에서 아내나 누이로 바뀌게 된 것이다. 이집트 신화의 이시스 여신 또한 그렇다. 리치(E. Leach)에 따르면 성서의 인물들에게서도 어머니와 아내, 연인, 누이의 자리는 자주 뒤섞인다. 근친상간 역시 사랑의 논리에서 파생된 것이다.

태초에 대지의 여신 가이아는 자신과 같은 크기를 가진 우라노스 곧 하늘을 낳았다. 그녀는 남편이자 아들인 우라노스와의 사이에서 열두 티탄(거인족)과 외눈박이 퀴클롭스, 손이 백 개나 달린 헤카톤케이레스를 낳았다. 우라노스는 끔찍한 자식들의 모습이 싫어 가이아의 몸 속 깊은 곳, 타르타로스에 제 새끼들을 가두었다. 견디다 못한 가이아가 마지막 자식에게 낫을 쥐여주었다. 막내인 크로노스는 가이아를 찾아온 우라노스의 남근을, 침실에서 잘라버렸다. 권력을 쥔 크로노스 역시 자식들을 낳는 족족 삼켜버렸다. 우라노스가 어미의 몸에 자식들을 가두었다면, 크로노스는 아비인 제 몸에 자식들을 가두었다. 자식들은 세상 빛을 보지 못했다. 역시 막내인 제우스가 크로노스가 먹은 형제들(이들은 형과 누나들이지만, 세상에 늦게 나와서 동생들이기도 하다)을 토하게 한 후에, 그와 전쟁을 벌여 권력을 차지했다. 제우스는 누이 헤라와 결혼했지만, 난봉꾼으로 유명했다. 심지어 헤라와의 결혼을 반대한 어머니 레아를 겁탈하기까지 했다.

이집트 신화에서 태초의 물인 눈(Nun)에서 생겨난 아툼(Atum)은 대기인 슈(Shu)와 습기인 테프누트(Tefnut)를 낳았다. 남매인 이들이 결합하여 대지의 남신 게브와 하늘의 여신 누트를 낳았다. 남매인 이들이 다시 오시리스와 이시스, 세트와 네프티스를 낳았다. 태양신 라 역시 누트의 자식으로 여겨진다. 그는 라의 딸이자 어머니이다. 태양이 하늘에서 솟아나기 때문이다. 태양이 솟거나 질 때 지는 노을은 출산 때에 흘리는 그녀의 피다. 대지의 신 게브는 어머니를 범하고 아버지를 축출한 후에 정권을 잡았다. 그는 1,377년을 통치한 후에 호루스와 세트에게 왕권을 넘겨주었다. 오시리스도 누이이자 아내인 이시스와 결혼하여 호루스를 낳았다. 오시리스는 동생인 세트에게 살해당했고, 아들인 호루스가 세트에게 복수한 후에 권력을 잡았다. 이들이 이집트 왕 파라오의 표상이 되었다. 오시리스는 선대(先代) 파라오가, 호루스는 계승자 파라오가 되었다. 이시스는 늘, 파라오의 아내이다. 호루스가 이시스를 강간한 후에 아내로 삼았다

그림 10-1 기원전 17세기에 만들어진 가이아의 형상. 거친 솜씨로 빚어낸 저 대리석상에서 태초의 미분화(未分化)된 우주를 품고 있는 가이아의 참모습을 만날 수 있다.

는 이야기가 기록된 텍스트도 있다. 가나안의 신 바알 역시 누이인 아나트(성경에 나온 아스다롯이 이 여신이다)와 결혼했다. 메소포타미아

그림 10-2(오른쪽) 레아와 크로노스. 자식에게 지위를 잃게 되리라는 걸 안 크로노스는 자식들을 낳는 대로 삼켜버렸다. 레아가 막내 제우스를 낳은 후에 아기 대신 돌덩이를 강보에 싸서 크로노스에게 주었다. 크로노스는 그걸 제 아들인 줄 알고 먹었다. 돌은, 시간성과는 상관이 없는 물건이다. 그것은 세월이 흘러도 그냥 그대로 있다. 크로노스는 시간의 주인이 었지만, 돌까지 지배하지는 못했다. 기원전 4세기의 부조.

그림 10-3(아래 왼쪽) 루벤스가 그린 크로노스. 비정한 아비에게 물어뜯기는 고통에 찬 아이의 표정에 이 그림의 핵심이 있다.(마드리드, 프라도 미술관)

그림 10-4(아래 오른쪽) 고야가 그린 크로노스. 제 아이를 물어뜯는 아비의 표정에 이 그림의 핵심이 있다. 아비의 얼굴은 고통에 일그러져 있으며, 아이는 이미 형체를 잃어 뭉그러졌다. 시간은 모든 윤곽을 으스러뜨린다.(마드리드, 프라도 미술관)

신화에서도 그렇다. 하늘신 안(An)은 대지의 여신 키(Ki)와 결합하여 여러 신들을 낳았는데, 그중에는 대기의 신 엔릴(Enlil)도 있었다. 엔릴은 아버지와 어머니의 사이를 떨어뜨려놓고는, 어머니와 결합하여 인간을 낳았다.

아일랜드 신화에도 근친상간 얘기가 있다. 등장인물이 많아 복잡한 얘기지만, 간추려 적는다.

에오히드 왕이 아일랜드의 왕이 되어 에달의 딸인 에다인을 왕비로 맞았다. 왕에게는 아릴이라는 동생이 있었는데, 동생이 형수인 에다인을 보고 사랑에 빠져 쇠약해져갔다. 에다인이 그를 극진히 간호했다. 어느 날 왕이 순행(巡行)을 떠난 후에, 아릴이 마지막 소원을 들어달라고 청했다. 둘은 궁전 밖에서 만나기로 했다. 약속 시간이 되었는데, 아릴이 깊은 잠에 빠지고 말았다. 아릴을 기다리는 에다인 앞에 아릴을 닮은 한 남자가 나타났다. 다음 날 새로 약속을 정했으나, 다음날도 그 다음날도 같은 일이 계속되었다. 에다인이 그 남자에게 물었다.

"당신은 누구죠?"

"나는 천 년 전 당신이 아릴의 딸 에다인이었을 때에 당신의 남편이었던 미디르요. 그를 잠들게 해서 당신의 명예를 지켜준 이가 납니다."

천 년도 넘은 옛날의 일이다. 투아다 데 다난의 왕 미디르가 양자 오잉구스의 힘을 빌려 에다인을 아내로 맞았다. 그러나 그에게는 이미 흐암나하라는 처가 있었다. 마술에 정통한 흐암나하는 에다인을 분홍빛 물로 만들어버렸다. 얼마 후 그 물에서 아름다운 붉은 나비가 생겨났다. 흐암나하는 다시

208

바람을 일으켜 그녀를 날려보
냈다. 에다인은 칠 년을 헤매다
가 오잉구스의 가슴으로 날아
들었다. 흐암나하가 이 소문을
듣고 다시 바람을 일으켜 그녀
를 쫓아버렸다. 에다인은 쇠약
해질 대로 쇠약해져서 알스타
의 전사(戰士) 에달의 처가 마
시는 컵에 떨어졌다. 에달의 아
내가 그것을 마시고 임신하여
딸을 낳았다. 그후에 그녀는 에
달의 딸 에다인으로 환생했다.
전남편 미디르가 옛 정을 못 잊
고 환생한 그녀를 찾아왔던 것
이다.

그림 10-5 황금으로 만든 삼신상(三神像). 가운데 앉은 신이 오시리
스, 왼쪽 매의 얼굴을 한 신이 아들 호루스, 오른쪽 여신이 이시스다.
아버지인 오시리스가 제일 나이 어린 몸을 하고 있는 것이 이채롭다.
부부 사이에 앉아 있는 어린아이 같지 않은가?(파리, 루브르 박물관)

　미디르는 에오히드 왕을 찾아와, 내기 체스 게임을 제안했다. 몇 번 져준
다음에, 미디르는 새로운 내기를 제안했다.

　"이번에 이기면 에다인을 안고 키스하게 해주시오."

　내기에서 이긴 미디르는 그녀를 안고 백조로 변신하여 자신의 성으로 날
아가버렸다. 에오히드가 집요하게 아내를 요구하자, 미디르가 에다인과 똑
같이 생긴 여인 오십 명을 세워놓고 에다인을 찾게 했다. 에오히드는 아내
가 누구보다도 술을 잘 따른다는 것을 기억해내고는 그중에서 가장 술을 잘

따르는 여자를 골라 집으로 데려왔다. 그는 이내 그녀와 동침했고 그녀는 딸을 가졌다. 어느 날 미디르가 에오히드를 찾아와 말했다.

"내가 에다인을 데려갔을 때, 그는 당신의 딸을 임신하고 있었소. 당신이 오십 명 가운데 골라 데려간 여자가 바로 그 딸이오."

에오히드는 자신의 딸과 결혼하여 딸을 낳았던 것이다. 그는 하인을 시켜 아기를 개집에 버렸다. 그 딸이 목동의 손에서 자라 나중에 에달슈케르 왕의 아내가 되었다.

한 여자를 두고 펼쳐지는 장려한 사랑의 이야기다. 아릴의 딸로 살았을 때, 에다인은 아버지 미디르와 양아들 오잉구스의 사랑을 동시에 받았다. 에달의 딸로 환생했을 때, 에다인은 전 남편 미디르와 현 남편 에오히드의 사랑을 동시에 받았다. 사랑이 대(代)를 이어서, 세대를 건너서, 근친을 가로질러서 계속되었던 것이다. 미디르는 아들(오잉구스)과 사랑하는 여자(에다인)를 공유했고, 에오히드는 동생(아릴)과 사랑하는 여자(에다인)를 공유했으며, 에다인은 딸과 사랑하는 남자(에오히드)를 공유했고, 미디르와 에오히드는 연적과 사랑하는 여자(에다인)를 공유했다. 한 여자를 두고 수많은 근친관계가 성립하게 된, 복잡한 얘기다.

앞에서 살펴본 홍수 신화 역시 근친상간 모티프를 품고 있다. 홍수 이후에 살아남은 남매 얘기들이 그렇다. 근친상간의 금지는 모든 삶에 내재한 금기의 제일원칙이다. 근친상간이 없어야 친족관계가 만들어지고, 이에 따라 멀고 가까운 집단이 구성될 수 있다. 하지만 신들의 영역에서 이 금기는 무색해진다. 모든 창조란 금기를 위반하는 데서 시작하는 것이기 때문이다. 제우스와 호루스는 왜 어머니를 겁탈했는가? 『나무의 신화』에서 인용한다.

여기에서 우리는 연인으로서의 아들과 마주하는 여신의 질투를 느낄 수 있지 않겠는가? 제우스가 다른 여자들과 관계를 맺기 위해서는 먼저 그녀 자체를 알아야 한다. 근친상간만이 어머니가 최초에 부과했던 금기에서 그를 해방시킨다. (……) 호루스는 자신의 어머니와 결혼함으로써 '자기 어머니의 황소'라는 뜻의 카무테프(kamoutef)라는 호칭을 갖게 되며, 그는 '스스로를 재창조할 수 있기 때문'에 불사의 능력을 획득하게 된다. 신성불가침의 금기인 불륜행위는 결국 살아 있는 자들에게 불사라는 특권을 부여하기에 이르렀다.

어머니를 범하는 것은, 자식인 자기 자신을 낳는 행위이다. 이로써 제우스와 호루스는 영원한 탄생의 재귀적 사이클에 들어가게 된다. 자크 브로스에 의하면 어머니 레아는 할머니 가이아를 대신하는 여신이며, 가이아는 최초의 카오스에서 탄생한 여신이다. 가이아(gaea)도 레아(Rhea)도 대지(gé 혹은 era)라는 뜻에서 나왔다. 또 레아를 대신한 헤라(Hera)는 레아에서 철자만 바꾼 이름이다. 이 여신들은 모두 대지모신이었던 셈이다. 앞 장에서 말했듯, 모든 나무는 대지의 자식이다. 다른 말로 모든 남성은 여성의 자식이다. 어머니와 아내는 동일한 여성이 수행하는 다른 역할인 셈이다. 그래서 어머니가 아내나 누이, 애인으로 변형된 이야기는 수없이 등장한다. 가이아-레아-헤라로 이어지는 어머니 겸 아내의 계보, 아버지 오시리스에서 아들 호루스로 소유권(?)이 이전되는 어머니 겸 아내인 이시스의 계보는 그런 예 가운데 하나다. 딸을 범한 에오히드의 경우도 마찬가지다. 그는 아내에게서 딸을 낳았고, 그 딸에게서 다시 딸을 낳았다. 그는 이로써 세대의 간격을 뛰어넘어 영원히 생산하는 자, 탄생의 재귀적 사이클에 포함된 자가 되었다.

에드먼드 리치는 『성서 신화의 구조적 해석Structuralist Interpretations of Biblical Myth』(번역본 제목은 『성서의 구조인류학』)에서 수많은 성경의 인물들을 오시리스/호루스/이시스의 도식에 담아 해석하였다. 그가 설명한 예 가운데 몇 가지를 살펴보자.

첫째, 요셉 이야기. 형들에게 미움을 받아 이집트에 팔려간 요셉은 포티파르(Potiphar)의 노예가 된다. 그는 포티파르의 아내에게 유혹을 받았으나 이를 거절했고, 이 때문에 모함을 받아 감옥에 갇히는 신세가 되었다.(「창세기」 39장) 감옥에서 요셉은 파라오의 꿈을 해석하여 이집트 재상의 지위에 오른다. 파라오는 온 지방의 제사장인 포티페라(Potiphera)의 딸을 그에게 아내로 주었다.(「창세기」 41장) 포티파르와 포티페라는 철자만 다를 뿐 동일한 이름이다. 포티파르와 포티페라가 같은 이름이라면 전자(포티파르의 아내)는 포티파르-오시리스의 아내 이시스를, 후자(포티페라의 딸)는 요셉-호루스의 아내 이시스를 대신하게 된다.

둘째, 다윗왕 이야기. 다윗은 유부녀인 밧세바를 유혹하여 솔로몬을

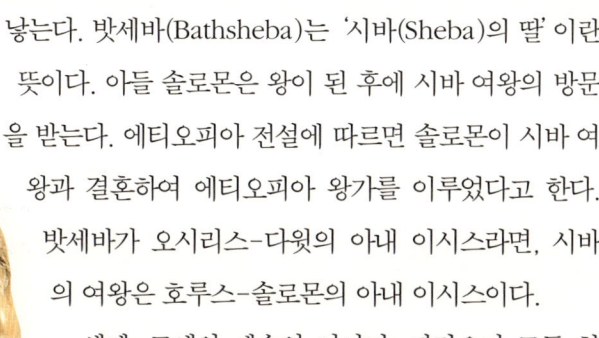

낳는다. 밧세바(Bathsheba)는 '시바(Sheba)의 딸'이란 뜻이다. 아들 솔로몬은 왕이 된 후에 시바 여왕의 방문을 받는다. 에티오피아 전설에 따르면 솔로몬이 시바 여왕과 결혼하여 에티오피아 왕가를 이루었다고 한다. 밧세바가 오시리스-다윗의 아내 이시스라면, 시바의 여왕은 호루스-솔로몬의 아내 이시스이다.

셋째, 모세와 예수의 이야기. 파라오가 모든 히브리 민족의 사내아기를 죽일 것을 명령했다. 한 히브리 여자가 아기를 낳아 석 달 동안 숨겼으나 더 이상 몰래 기를 수 없게 되자, 아기(모세)를 갈대 상자에 담아 강물에 띄워보냈다. 때마침 목욕하러 나온 파라오의 딸이 아기를 건져 양자로 삼았다. 이때 아기를 몰래 따라온 여자가 모세의 누이 미리암이다. 미리암은 아기 모세의 죽음(갈대 상자가 곧 관이다)과 부활(아기 모세는 파라오의 아들로 새 삶을 얻었다)에 입회한 인물이다. 미리암(Miriam)

그림 10-6 도나텔로의 〈막달라 마리아〉. 막달라 마리아는 일곱 귀신에 씌어 고통을 받다가 예수의 고침을 받은 후에 그의 열렬한 추종자가 된 인물이다. 예수의 죽음을 지켜보았고, 향료를 들고 예수의 무덤에 찾아갔으며, 마지막에는 예수의 부활을 목격했다. 기독교 전승에 의하면, 예수의 발에 향유를 바르고 울며 참회한 죄 많은 여자(「누가복음」 7장)가 바로 그녀였다고 한다. 이 것은 귀신에 들린다는 것과 죄악에 사로잡힌다는 것(죄 많은 여자란 창녀를 암시하는 말이다)을 동일시해서 생겨난 전승이다. 도나텔로의 조각에는 회심한 후에 육체성을 죄악시하는 그녀의 내면이 드러나 있다. 그녀의 몸은 육탈(肉脫)하는 과정에 든 것처럼 보인다. 길고 지저분한 머리카락과 아무렇게나 걸친 듯한 옷의 동일시 역시 그녀의 존재가 울며 예수의 발을 닦던 때의 그 머리카락으로 대표된다는 것을 보여준다. 막달라 마리아는 성모 마리아와 여러모로 대척에 서는 인물이다. 마리아란 이름으로 여성의 두 측면을 보여준다고 할 수도 있겠다. 성모 마리아에 관해서는 13장에서 자세히 살필 것이다.(피렌체, 피렌체 대성당 미술관)

은 신약의 마리아(Mary)와 동일한 이름이다. 신약성경에는 마리아라는 이름을 가진 수많은 인물이 등장한다. 예수의 어머니 마리아, 야고보와 요셉의 어머니 마리아, 막달라 마리아, 나사로의 누이 마리아, 글로바의 아내 마리아 등. 이들은 예수의 십자가 처형을 지켜보거나 예수가 묻힌 동굴을 찾아가 부활을 목격한 인물들이다. 모두 예수의 죽음과 부활의 입회자들이라는 점에서 리치는 이들이 모두 같은 마리아=미리암이라고 말한다. 모세의 누이 미리암은 모세에게 불경한 언사를 내뱉었다가 문둥병에 걸렸다.(「민수기」 12장) 막달라 마리아는 일곱 귀신이 들렸던 여자다.(「누가복음」 8장) 둘을 모세 혹은 예수가 치유했다. 리치는 성모 마리아가 예수-호루스의 어머니 이시스라면, 막달라 마리아와 미리암은 모세-예수-호루스의 아내(혹은 누이) 이시스라고 해석했다.

리치가 강조하는 것은 성경에 등장하는 여성들이 실제 사람들이 아니라 신화적인 이야기가 가진 구조적 배치의 결과라는 것이다. 그들은 이야기가 필요로 하는 자리에서 어머니, 아내, 연인, 누이 등으로 모습을 바꾸어 나타난다. 이 견해를 그대로 받아들이긴 힘들지만, 적어도 성경 이야기에서 리치가 든 인물들이 동일한 기능으로 설명될 수 있다는 생각은 흥미로운 것임에 틀림없다.

성서 이야기에 등장하는 남성 주인공들은 언제나 그리고 명확히 신에 가까운 영웅들로 나타난다. 그러나 여성 등장인물들은 신에 가까운 남성 주인공들의 어머니, 누이, 아내, 연인, 딸로 그려진다.

성경에는 명시적인 근친상간 얘기도 없지 않다(3장에서 살핀 롯과 딸들의 얘기가 그렇다. 야곱의 아들 유다 역시 며느리 다말에게서 자식을 얻었다). 그런데 리치의 분석을 따른다면 아브라함, 야곱, 모세, 다윗, 예수의 이야기에도 근친상간 얘기가 숨었다. 얼핏 보면 근친상간은 주변부 인물들(여성들)의 혼동에서 생겨난 것이다. 리치의 견해에 따르면 이

그림 10-7 브론지노의 〈미와 사랑의 알레고리〉. 사춘기 소년(에로스)과 어머니(아프로디테)의 성적인 장난을 그린 그림이다. 아프로디테는 혀까지 내밀고 있다. 둘 다 사랑의 신이니, 이 그림에 담긴 근친상간의 의미는 사랑이 사랑을 사랑한다는 뜻이다.(런던, 국립 미술관)

들이 하나의 여성이며, 때에 따라 어머니이자 누이이자 아내의 역할을 바꾸어 맡았기 때문에 근친상간이란 결과가 나왔다는 것을 알 수 있다. 리치는 이런 결과가 나온 것은 근동 지역의 다른 여신들(이시스, 이쉬타르, 아스다롯 등)의 흔적을 성경의 기자가 완전히 지우지 못했기 때문이라고 말한다. 처음부터 이 여신들의 자리에 이런 복합성이 내재되어 있었던 것이다.

정신분석의 형식으로 환원해서 말해보자. 처음에 우리는 모두 여성=어머니의 품에서 편안해한다. 우리는 사춘기가 시작되면서 여성=누

이를 첫 이성으로 느낀다. 성인으로 진입하면서 우리는 여성=연인 혹은 아내를 갈망한다. 이 모든 평안함, 느낌, 갈망은 저 자궁에 대한 근원적인 지향성의 결과다. 다르게 말해서 근친상간은 어머니에 대한 성적인 욕망 때문에 생기는 게 아니라, 어머니 품에 대한 생래적인 그리움이 모든 여성에 적용될 때 생기는 신화적·비약이다. 어머니에 다른 여성을 적용한 것이 아니라 모든 여성에 어머니를 적용한 것, 이게 근친상간 코드에 숨은 원칙이다.

그런 의미에서 우리는 모두 근친의 결과로 태어났다. 실제로도 그렇다. 빌 브라이슨이 『거의 모든 것의 역사The Short History of Nearly Everything』에서 재미있는 계산을 했다.

[당신에게서—인용자] 8대 정도를 거슬러올라가서 찰스 다윈과 에이브러험 링컨이 태어난 시절로 돌아가면, 당신의 존재를 결정한 사람들의 결합에 참여한 선조의 수는 250명이 넘게 된다. 셰익스피어와 메이플라워 호에 오른 청교도의 시대로 거슬러올라가면, 당신의 몸 속에 가지고 있는 유전정보를 전해준 선조의 수는 16,384명에 이르게 된다.

20대를 거슬러올라가면, 당신의 출생에 기여한 사람의 수는 1,048,576명이 된다. 그보다 5세대를 더 올라가면 무려 33,554,432명의 남자와 여자가 헌신적으로 결합한 덕분에 당신이 존재하게 되었다. 30대 전으로 올라가면, 당신 선조의 총 수는 10억 명을 넘는, 1,073,741,824명이나 된다. 이들은 모두가 사촌이나 삼촌이 아니라 별수 없이 당신의 직계 선조들이다. 로마인들이 살던 64대 전으로 거슬러올라가면, 당신의 존재를 결정하는 데에 참여했던 사람의 수는 지금까지 지구에 살았던 모든 사람들의 수를 합친 것보다 몇 천 배가 넘는 10^{18}명이나 된다.

선조가 인류의 수보다 많을 수는 없다. 해답은 "당신의 가계(家系)가 순수하지 않다는 것이다. 약간의 근친상간이 없었더라면 당신은 도대체 지금 이곳에 있을 수가 없었다." 부계와 모계에서 누군가가 근친을 가로질러, 거듭해서 몸을 섞었던 것이다.

그림 10-8 사방으로 얼굴이 돋은 창조신 브라흐마의 모습. 브라흐마가 위로 돋은 머리 하나를 잃어버린 사연에도 근친상간 얘기가 들었다. 그가 술에 취해 딸을 범하려 하자 딸은 사슴으로 변신해 달아났다. 브라흐마는 수사슴으로 변해 딸과 짝을 맺었다. 이를 본 시바가 화살을 쏘아 수사슴의 머리를 잘라버렸다.(파리, 귀메 박물관)

신화 얘기로 돌아오자. 최초의 선조인 아담과 이브가 낳은 자식들은 또다시 남매간의 근친혼을 피할 수 없다. 우리나라의 홍수 이야기에서 살아남은 남매와 똑같은 운명이다(노아 이야기에서도 그렇다. 이 책 6장에서는 후일담을 포함한 노아 얘기가 한 여성(어머니)에게서 나와 다른 여성에게로 가는 상징적인 과정을 함축하고 있다고 분석한 바 있다). 인도 신화에 이런 이야기가 있다. 태초에는 사람의 모습을 한 아트만(ātman)이 있었다. 아트만은 『베다』에서 호흡, 생기(生氣), 신체, 자아 등을 뜻하는 말이다. 그는 혼자 있는 것이 두려웠다. 그는 다른 존재가 되고 싶어서, 그 자신을 둘로 나누었다. 여기서 아내와 남편이 생겼고 아이가 나왔다. 태어난 여자가 생각했다. 내게서 생겨난 그가, 그 자신에게서 나온 나와 어떻게 결합할 수 있겠나? 그녀는 암소로 모습을 바꾸었다. 그러자 그가 수소가 되어 송아지를 낳았다. 그가 암말이 되자 다시 그가 수말이 되어 망아지를 낳았다. 이런 방식으로 모든 생물이 태어났다. 아담의 갈비뼈에서 나온 이브처럼(갈빗대를 의미하는 수메르어 닌(Nin)은 본래 생명을 만든다는 뜻이다), 아트만은 제 몸에 근친상간의 원칙(내 몸과 몸은 무촌이며 부부도 무촌이다)을 적용했던 것이다.

브라흐마에게는 다섯 개의 머리가 있었다(나중에 시바에게 머리 하나를 잃게 된다). 그에게서 머리가 여럿 돋아나게 된 경위는 이렇다. 브라흐마는 자기 몸에서 여자 배우자를 생겨나게 했다. 사타루파, 사비트리, 사라스바티, 바치, 가야트리로도 불렸던 이 여신 브라흐마니는 브라흐마의 시선을 피하려고 이리저리 움직였다. 그가 브라흐마의 왼쪽, 오른쪽, 뒤쪽으로 몸을 피하자 그녀를 보려고 브라흐마에게서 새로운 머리가 돋았다. 그녀는 결국 하늘로 올라갔는데, 그러자 위로 머리가 하나 더 돋아났다. 그는 딸이자 아내인 그녀와 어울려 인간을 만들어 냈다.

우리나라의 달래강(혹은 달래산) 전설은 전국에 퍼져 있는데, 남매간의 근친상간 금지가 낳은 비극을 전한다.

한 오라비가 누이를 업고 강을 건너다가 정욕을 느꼈다. 오라비는 죄책감을 못 이긴 나머지, 남근을 돌로 찍다가(혹은 허리끈으로 목을 매어) 죽었다. 누이가 "아이고, 달래나보지" 하고 탄식했다. 그래서 남매가 건넌 강을 달래강이라 부른다.

이 얘기가 그토록 널리 퍼진 것은 "달래나보지"라는 언어유희(pun) 때문이다. 이야기는 비극이지만, 거기에 담긴 것은 유희적인 정신이다. 누이는 탄식하면서 제 몸의 성기 이름을 입에 담았다. 그들은 아무 짓도 하지 않았으나, 이미 서로를 이해하고 있었던 셈이다. 이 비극은 금지의 형식으로 어떤 선(?)을 넘는다.

사실은 이렇다. 새로운 무엇인가를 낳으려면 낳아서는 안 되는, 낳을 수 없는, 모든 관계를 혁파해야 한다. 신들의 영역이 처음부터 근친상간에 기반을 두고 있는 것은 이런 까닭이다. 인간의 영역으로

그림 10-9 중국의 창조신인 복희(伏羲)와 여와(女媧). 하반신이 뱀이고 상반신이 인간의 모습을 하고 있다. 이 두 신도 남매이자 부부였다.(중국 신강에서 발견된 당대의 〈복희여와도〉)

넘어오면서, 근친상간에는 무서운 벌이 내려진다. 아버지 키뉘라스를 욕망하여 몰래 잠자리를 가진 뮈라는 몰약나무가 되었고, 오라비 카우노스에게 구애했으나 거절당한 뷔블리스는 샘물이 되었다. 오이디푸스의 운명 또한 그렇다. 조국 테베에 미친 재앙이 사실은, 아버지를 죽이고 어머니의 남편이 된 자신의 죄 때문이라는 것을 안 오이디푸스는 자기 눈을 찌르고 방랑의 길에 올랐다.

하지만 이들은 그럼으로써 새로운 전신(轉身)을 이루었다. 뮈라와 뷔블리스는 인간의 몸을 버린 대신, 새로운 자연의 몸을 얻었다. 오이디푸스는 '발이 부은 자'라는 뜻이다. 아버지가 발을 묶고는 꼬챙이로 꿰어 산기슭에 버렸기 때문에 이런 이름이 붙었다. 그는 자기 눈을 찔러 맹인이 되었다. 죄를 얻은 몸으로 다시는 대명천지를 보지 않겠다는 뜻이다. 그러나 오이디푸스는 그럼으로써 신들의 영역에 발을 디디고 신들의 질서를 내다본 자가 되었다. 절름발이는 성한 한 발과 저는 다른 한 발로 걷는다. 그는 발걸음을 내디딜 때마다 이쪽 세상과 저쪽 세상에 동시에 나선다. 그는 맹인이 됨으로써 세상의 빛을 보지 못하는 대신에 다른 빛—신들의 음습한 속성과 인간들의 어두운 운명을 통찰할 수 있게 되었다. 8장에서 말한 사복과 티레시아스를 상기해보자. 모두가 금기를 어김으로써 새롭게 태어나게 되었던 셈이다. 우리가 태어난 처음 자리로 회귀하고픈 욕망이 근친상간 이야기를 낳았다. 근친상간에 대한 신화는 근원에 대한 지향성을 잃지 않을 때에만 우리가 새로운 전신을 꿈꿀 수 있다는 것을 가르쳐준다.

¹¹미궁

미궁(labyrinth)은 미로(maze)와 다르다. 미로가 탐색자로 하여금 길을 잃게 만드는 데 목적이 있

다면, 미궁은 중심에 이르게 하는 데 목적이 있다. 미궁 자체보다는 미궁을 탐색하는 과정이 더

중요하다. 이 장에서는 실재하는 미궁과 상징적인 미궁에 대해 살핀다. 상징적인 미궁이란, 몸

이 만들어내는 미궁—원무(圓舞)를 말한다.

미궁 가운데 가장 유명한 것은 테세우스의 모험에 나오는 미노타우로스의 미궁이다. 미노타우로스(Minotauros)는 미노스의 황소란 뜻이다.

크레타 왕 미노스에게는 아름다운 황소가 한 마리 있었다. 이 황소는 포세이돈이 미노스의 왕위를 보증하는 증표로 보내준 것이었다. 미노스는 소의 아름다움을 탐내어, 원래 신에게 바쳐야 할 소를 차지하고 다른 소로 제물을 드렸다. 아프로디테 역시 미노스의 아내 파시파에가 자신의 제사를 게을리하는 것에 화가 나 있었다. 분노한 두 신은 미노스 부부를 벌하기로 했다. 아프로디테는 파시파에가 황소를 사랑하게 만들어버렸다.

파시파에는 황소에 대한 욕정을 주체하지 못하고 그리스에서 망명해온 천재 장인 다이달로스에게 부탁했다. 다이달로스는 나무로 암소 모형을 만들고 소가죽을 입혔다. 파시파에는 그 안에 들어가 양다리를 벌려 황소의

그림 11-1(위 왼쪽) 크레타 섬의 크노소스에서 발견된 기원전 16세기의 황소머리 술잔. 본래 미노타우로스는 크레타 섬에서 숭배되던 신이었다. 그리스인들이 크레타를 정복하면서, 황소-인간은 퇴치해야 마땅할 괴물로 변하고 말았다.(헤라클리온, 고고학 박물관)

그림 11-2(위 오른쪽) 메소포타미아 지역에서 출토된 기원전 2900년경의 술잔을 든 황소. 무릎을 꿇은 채, 공손하게 잔을 바치는 모습이다. 소에 담긴 신화적 형상은 이처럼 괴물과는 거리가 먼 것이었다.(뉴욕, 메트로폴리탄 미술관)

그림 11-3(왼쪽) 죠지 워츠가 그린 미노타우로스. 저 구부정한 자세 어디에 인간을 잡아먹는 무서운 괴물의 면모가 드러나 있는가? 워츠에 따르면 구부정한 미노타우로스는 미궁(=감옥)에 갇힌 불쌍한 기형인간이다. 그는 다만 죽음을 표상하는 서글픈 도상일 따름이다.

정액을 받았다. 이 끔찍한 사랑의 결과로 파시파에는 머리는 황소이고 몸은 인간인 미노타우로스를 낳았다. 미노스는 이 괴물을 다이달로스가 만든 미궁 라비린토스에 가두었다. 미노타우로스는 미궁의 한가운데서 제물로 바쳐진 인간의 고기를 먹고 살았다. 미노스는 아테네를 침공하여 구 년마다 어린 남녀 아이 일곱 쌍을 바치게 해서 미노타우로스의 먹이를 해결했다.

구 년마다 열네 아이를 잡아먹었다고 해서 식사가 해결되었을 리는 없다. 연구자들에 의하면 구 년은 태양력과 태음력이 만나는 해이며, 그래서 구 년은 태양(왕)과 달(왕비)의 성스러운 결혼을 암시하는 것이라고 한다. 유재원의 『그리스 신화의 세계』에 따르면 "온 세상을 비추는 여인"이라는 뜻을 가진 파시파에는 그리스인들의 신앙이 들어오기 전에 크레타에서 숭배되던 달의 여신이었으며, 황소-인간 미노타우로스는 그 당시 크레타인들이 믿던 신의 모습이었다. "파시파에가 암소의 모양을 하고 황소와 어울려 사랑을 나누는 이야기는 옛 종교 제전에서 행해지던 성스러운 결혼 의식의 단면을 보여준다. 이 결혼의식에서 여사제는 암소의 탈을 쓰고, 신을 상징하는 황소의 탈을 쓴 남자 제사장과 결합한다. 이런 의식을 통하여 고대 크레타인들은 소진된 자연의 생식력이 회복된다고 믿었다." 성스러운 결혼의식이 신화로 정착된 결과가 이 이야기라는 것이다. 게다가 이것은 예전 이야기의 반복이다. 크레타 왕가는 처음부터 황소로 모습을 바꾼 태양의 신 제우스가 달 신의 후예인 에우로페와 사랑을 나눈 결과로 태어난 미노스에게서 비롯되었다. 미노스는 제우스의 동굴을 찾아가 구 년마다 왕권을 새로 부여받았다. 따라서 구 년은 당시 왕의 임기이기도 했다. 이제 테세우스가 등장한다.

크레타에서 미노타우로스의 제물이 될 세번째 희생자들을 실을 배가 왔다. 영웅 테세우스는 자원해서 이 무리에 끼어들었다. 테세우스를 보고 첫눈에 반한 미노스 왕의 딸 아리아드네는 자신을 그리스로 데려가달라고 부탁했다. 테세우스는 그러마고 약속했다. 그가 약속을 지키기 위해서는 미궁의 숙제를 풀어야 했다. 그녀는 라비린토스를 만든 다이달로스에게 부탁하여 미궁에서 빠져나오는 방법을 물었다. 그녀가 다이달로스의 대답에 따라 테세우스에게 건네준 것은 굵은 실 한 타래였다. 실의 한쪽 끝을 입구 기둥에 동여매고 실을 풀어가면서 미궁을 따라가면 길을 잃지 않을 터였다. 테세우스는 이 방식으로 미궁에 들어가 미노타우로스를 죽이고 크레타를 탈출했다.

아리아드네의 실타래는 이 이야기의 후일담에서도 잠시 모습을 드러낸다. 다이달로스의 거듭된 배신에 분노한 미노스가 그를 미궁에 가두었다. 다이달로스는 아들 이카로스와 함께, 큰 새들의 깃털을 밀랍으로 이어붙인 날개를 이용해 하늘을 날아서 미궁을 탈출한다. 아들 이카로스는 너무 높이 날아오른 나머지 태양에 밀랍이 녹아 바다에 추락해 죽고 말았다. 미노스는 함대를 편성하여 지중해 곳곳을 뒤지며 다이달로스를 찾아다녔다. 그는 가는 곳마다 수수께끼를 냈다. 소라껍질과 실타래를 놓고 소라껍질에 실을 꿰면 상을 내리겠다는 것이었다. 시실리의 코칼코스 왕 아래 있던 다이달로스는 소라껍질 윗부분에 작은 구멍을 낸 다음 개미 한 마리를 잡아 허리에 실을 묶어 껍질 안에 집어넣었다. 개미는 실을 끌고 껍질 안으로 들어간 다음, 구멍 밖으로 기어나왔다. 미노스는 다이달로스만이 이 수수께끼를 풀리라는 것을 알고 있었다. 소라껍질이 작은 미궁이라는 건 분명해 보인다. 이 작은 미궁이 진정한 미궁(회전하는 길을 따라 중심에 이르는)이다. 미노타우로스 이야기에 나오는 미궁은 실제로는 미궁이 아니라 미로다.

크레타에서 미궁 구조물이 발견된 적은 없다고 한다. 하지만 미궁은 선사시대부터 아프리카, 유럽, 인도, 북미, 중동 지역 등에서 광범위하게 발견된다. 미궁(라비린토스)과 미로는 같은 것이 아니다. 복잡하게 얽혀 있고 여기저기 막다른 골목이 있어서 들어간 자를 혼란시키는 길은 미궁이 아니라 미로다. 미궁은 입구에서 중심부까지 외길이다. 헤르만 케른(H. Kern)이 미궁 도식의 기본 규칙을 정의했다. 이즈미 마사토(和泉雅人)가 쓴 『우주의 자궁 미궁 이야기』에서 재인용했다.

1) 통로가 교차하지 않는다.

2) 어떤 길로 갈까 하는 선택의 여지가 없다.

3) 늘 진자 형태로 방향을 전환한다.

4) 미궁의 내부 공간 중 어느 한 부분도 빠뜨리지 않고 통로가 나 있고, 미궁을 걷는 자는 내부 공간 전체를 남김없이 걸어가야 한다.

5) 미궁을 걷는 자는 몇 번이고 거듭해서 중심 옆을 지나게 된다.

6) 통로는 외길이고 무조건 중심을 향해 있다. 따라서 내부를 걷는 사람

이 길을 잃을 가능성은 없다.

7) 중심에서 외부로 나올 때 중심을 향해 들어왔던 통로를 다시 지나가야
한다.

미로는 미궁의 이런 특질과 무관하다. 미로의 길들은 여기저기서 토
막나 있고, 중심에 이르는 길은 그중에 하나뿐이며, 그것도 갈래마다
올바른 선택을 해야 하는 길이다. 미로가 중심을 잃도록 배치되어 있다
면, 미궁은 반드시 중심에 닿을 수 있도록 배치되어 있다. 미궁의 기본
형은 원형이다(사각 미궁은 후대에 만들어졌다). 결국 미궁은 고도로 정
교화된 구체(球體)이며, 그 자체로 어떤 완성형이다.

미궁은 기독교에서 받아들여졌다. 중세의 성당 입구에는 미궁도가
그려져 있었다고 한다. 사람들은 이 미궁을
걸어가면서 죄로 물든 현세를 다시 경
험하고 이 미궁을 걸어나오면서
구원의 역사를 곰곰이 생각했
다. 교회에서 그린 미궁은 (크
레타형 미궁도가 7개의 주회로
를 가진 것과 다르게) 11개의 주
회로를 갖고 있었다. 11은 십계
명의 10보다는 하나가 많고(규범에
서의 일탈, 곧 죄를 뜻한다), 구약
시대 이스라엘이 12지파, 신약시

그림 11-4 사르트르 대성당의 회중석(會衆席) 중앙에 그려진
미궁. 한가운데가 상징적인 예루살렘이며, 상징적인 자궁의 중
심이다.

228

대 12사도의 12보다는 하나가 적은 숫자다(불완전함을 뜻한다). 기독교가 이 미궁을 받아들인 것은 테세우스와 그리스도를 동일한 인물로 겹쳐놓은 상징적 조작의 결과였다. 이즈미 마사토의 말이다. "영적인 죽음과 재생의 의사체험(擬似體驗)을 신자들에게 부여하는 것이 교회미궁이 지닌 최대의 의미였다. 더럽혀진 현세와 죄로 물든 자신의 과거를 생각게 하는 미궁도의 기능은 동시에 영혼을 정화하는, 그리스도에 의한 구원의 길로 이해시킨다는 목적과 이어져 있다. 즉 더럽혀진 현세의 길을 헤매면서 간신히 미궁의 중심에 다다른 신자들은 미노타우로스(사탄)를 무찌른 테세우스가 아리아드네의 실을 이용해 미궁에서 탈출할 수 있었듯이, 하느님인 그리스도의 이끄심에 따라 죄로 물든 현세(미궁)에서 벗어나는 것이다."

미궁이 죽음과 재생(부활)의 상징이라는 것은, 미궁이 자궁이자 무덤이라는 것을 뜻한다. 결국 미궁도는 8장에서 다룬 대지의 구멍(우물과 동굴, 무덤과 자궁)과 동일한 맥락에서 읽혀야 한다. 부활은 죽음과 신생(新生)을 결합한 말이다. 미궁은 죽음으로 이끄는 충동(미노타우로스가 바로 타나토스의 상징이다)과 삶으로 이끄는 충동(테세우스가 이 에로스의 상징이다)을, 한치의 벗어남도 없이, 정교하게 결합한다.

미궁에 들어가기 위해서는 양파 껍질을 벗겨내듯, 미궁의 외곽을 여러 차례 에둘러야 한다. 미궁은 그 회전하는 움직임을 형상화한 것이기도 하다.

야웨께서 여호수아에게 말씀하셨다. "보라, 내가 여리고 성과 그 왕과 모든 군인들을 이미 네 손에 넘겼다. 군대를 이끌고 여리고 성 주위를 엿새 동안 매일 한 바퀴씩 돌아라. 제사장 일곱 명이 각자 수양의 뿔로 만든 나팔을 들고 법궤 앞에서 돌게 하고 칠 일째 되는 날에는 제사장들이 나팔을 부는 가운데 너희가 그 성을 일곱 바퀴 돌아야 한다. 제사장들이 나팔을 길게 불면 모든 백성이 큰 소리로 외치게 하라. 그러면 그 성벽이

그림 11-5 히브리어 구약성서에 그려진 세밀화이다. 여리고 성이 일곱 겹으로 그려져 있음에 주목하라. 성을 일곱 번 돌았으니 성벽이 일곱이었으리라는 짐작만으로는 이 그림의 의의를 다 설명하기 어렵다. 이 그림은 미궁도이기 때문이다. 여리고 성이 미궁으로 그려진 것은 이해할 만하다. 미궁이 가진 우주적인 도상과 신의 섭리, 어떤가 잘 맞는다고 생각되지 않는가?

무너져내릴 것이다. 그때 너희 군대는 곧장 성 안으로 쳐들어가야 한다."
(「여호수아」 6장 2~5절)

여호수아가 이끄는 군대가 야웨의 말씀을 따르자, 성벽이 무너져내렸다. 그림 11-5에서는 여리고의 성벽이 일곱 겹으로 그려져 있다. 이것은 이스라엘 군대가 성벽을 일곱 번 돌았다는 것과 관련된 것이다. 이 회전은 (7이라는 신성한 숫자에 더하여) 일종의 우주적인 윤무를 보여주는 것이다. 여러 지방에서 윤무의 동선(動線)이 미궁을 형상화한다는 것을 보여주는 사례가 실제로 많이 있다. 『우주의 자궁 미궁 이야기』에서는 델로스 섬의 학춤(제라노스), 유럽 바스크 지방의 달팽이춤,

호메로스의 『일리아드』에서 아킬레우스의 방패에 그려진 춤에 관한 묘사 등을 그 예로 소개하고 있다. 윤무는 이를테면, 미궁(자궁)을 섬세하게 회전하면서(중간에 방향을 바꾸어가면서), 미궁의 형상 자체를 만들어간다. 미궁이 자궁이라면, 자궁을 찾아가는 움직임으로 미궁 자체의 형상을 만들 수 있는 것이다.

다음의 축성(築城) 이야기들은 회전하는 움직임이 성(미궁)을 만든다는 것을 보여주는 예들이다.

진나라 때 호인(胡人)들을 막기 위해 무주새(武周塞) 안에 성을 쌓기 시작했는데, 성이 완성될 때쯤 해서는 무너지곤 했다. 그러던 어느 날 말 한 마리가 달려나와 주변을 반복해서 돌았다. 마을의 장로(長老)가 이상하게 여겨, 말이 뛰어다닌 자리를 따라 성을 쌓았더니 그제야 무너지지 않았다. 그래서 결국 마을 이름을 마읍(馬邑)이라 불렀다. 그 성은 지금도 삭주(朔州)에 남아 있다.

성도부 성(成都府城)은 본래는 금성(錦城)이라 불렀다. 진이 촉을 멸망시킨 뒤에 장의(張儀)가 쌓은 성이다. 성의 사면이 각각 3리여서 한 번 돌면 12리에 이르렀다. 처음에 성을 쌓을 때, 어느 정도 쌓으면 성벽이 기울어져 버렸다. 그때 갑자기 큰 거북이 나타나 주변을 빙빙 돌았다. 장의가 그 거북의 발자국을 따라 돌을 쌓아 비로소 성을 완성할 수 있었다. 그래서 그 성을 구성(龜城)이라 불렀다.

진나라 때에 한온(韓媼)이란 여자가 들에서 커다란 알을 발견했다. 집으로 갖고 와 보살피자, 어린아이가 태어나 이름을 궐아(撅兒)라 했다. 아이가 네 살 때에, 유연(劉淵)이 평양성(平陽城)을 쌓기 시작했는데, 끝맺을 수가 없었다. 그래서 축성에 능한 사람을 모집했는데, 궐아가 응모했다. 그는 뱀으로 모습을 바꾸고는 한온에게 부탁해 자신이 지나간 길에 회토(灰土)를 뿌리게 한 후에 그 선을 따라 성을 쌓게 했다. 그 말대로 하자 성이 훌륭하게 완성되었다.

조(趙)나라의 무후(武侯)가 하서(河西)에서 큰 성을 쌓는데 섬 한 귀퉁이가 자꾸 무너져내려 좀처럼 완성되지 않았다. 무후가 하곡에서 제사를 올리고 이유를 점쳤다. 홀연 한 떼의 고니가 나타나 구름 속을 날면서 태양 주위를 선회했다. 그러자 그 밑에 커다란 해무리가 나타났다. 무후가 그것을 보고, 그 밑에 성을 쌓았더니 성이 곧 완성되었다. 그것이 지금의 운중성(雲中城)이다.

첫번째와 세번째 이야기는 『수신기』에, 두번째 이야기는 『성도기成都記』에, 네번째 이야기는 『우씨기虞氏記』에 실린 것이다. 성벽은 처음부터 회전하는 움직임에 의해 완성된다. 성 바깥에 있는 자가 할 수 있는 것은 외벽을 더듬는 일인데, 그 더듬는 일이 성의 윤곽을 이룬다. 선회하는 움직임에 따라 성들이 지어졌다는 것은, 이 성들이 일종의 미궁임을 강력하게 암시하는 것이다.

다음은 신약시대 그노시스파 문헌인 「요한행전」에 나오는 구절이다.

그림 11-6 피테르 브뢰헬이 그린 〈바벨탑 건축〉. 이 그림에 의하면 바벨탑 역시 일종의 미궁이다. 여러 겹의 성벽과 내부의 구조물들로 이루어져 있기 때문이다. 인간은 바벨탑을 쌓아 하늘에 닿으려고 했다. 신성한 우주의 비밀에 가 닿으려는 욕망이 바로 미궁에 내재된 욕망이다.(빈, 미술사 박물관)

캠벨이 쓴 『신의 가면 3 — 서양 신화』에서 재인용했다.

예수께서 유대인에게 잡혀가기 전에 우리 모두를 모아놓고 말씀하셨다. "내가 저들에게 나를 내주기 전에 찬송가로 아버지를 찬양하자. 그리고 나가서 올 일을 맞이하자." 예수께서는 우리가 서로 손을 잡아 원을 그리게 하시고, 당신은 그 가운데 서셨다. 예수께서 말씀하셨다. "아멘으로 대답하라." 우리는 찬송가를 부르기 시작했다.

"아버지여, 당신께 영광을!"

우리는 둥글게 원을 그리면서 대답했다.

"아멘."

(······)

"왜 우리가 감사하는지, 그 이유를 내가 말하리라."

"나는 구원을 받을 것이고 구원을 할 것이다." "아멘."

"나는 자유로워질 것이고 자유롭게 할 것이다." "아멘."

"나는 상처를 입을 것이고 상처를 줄 것이다." "아멘."

"나는 자식으로 생겨났고 자식을 낳을 것이다." "아멘."

"나는 소모되었고 소모할 것이다." "아멘."

"나는 들을 것이고 들릴 것이다." "아멘."

"온전한 영인 나는 알려질 것이다." "아멘."

"나는 씻겨질 것이고 씻을 것이다." "아멘."

"은혜가 원을 그리며 걷고 있다. 나는 피리를 불 것이다. 모두 둥글게 춤을 추어라." "아멘."

"나는 애도할 것이다. 모두 애도하라." "아멘."

(······)

"모두에게 춤에 참여할 기회가 주어진다." "아멘."

"춤에 참여하지 않는 자는 춤을 오해한다." "아멘."

지금도 교회에서 불리는 〈춤추는 주 2〉(춤의 왕)란 곡은, 바로 「요한

행전」의 구절에서 따온 곡이다. 이 노래에서 예수 그리스도는 창조에서 구속에 이르기까지 자신의 모든 사역을 춤으로 설명한다. 참고 삼아 잠깐 읽고 가자.

이 세상이 창조되던 그 아침에 나는 아버지와 함께 춤을 추었다. 내가 베들레헴에 태어날 때에도 하늘의 춤을 추었다.(1절) 높은 양반들 위해 춤을 추었을 때 그들 천하다 흉보고 비웃었지만 어부 위해서 춤을 추었을 때는 날 따라 춤을 추었다.(2절) 안식일에도 쉬지 않고 춤췄더니 높고 거룩한 양반들 화를 내면서 나를 때리고 옷을 벗겨 매달았다. 십자가에 못 박았다.(3절) 높은 십자가에서 피를 흘리면서 춤을 계속해 추기란 힘이 들지만 끝내 땅 속에 깊이 묻힌 후에도 난 아직 계속 춤춘다.(4절) 어리석게도 그들 좋아 날뛰지만 나는 생명이다. 결코 죽지 않는다. 네가 내 안에 살면 나도 네 안에 영원히 함께 살련다.(5절) 춤춰라. 어디서든지 힘차고 멋있게 춤춰라. 나는 춤의 왕 너 어디 있든지 나는 춤 속에 너 인도하리라.(후렴)

그노시스는 영지주의(靈知主義)라고도 불리는, 신약시대 그리스도교의 최대 이단이다. 이들은 사람들이 본 그리스도의 몸은 겉모습에 지나지 않으며, 실제로 그분은 천상의 거룩한 존재로 있었다고 믿었다. 사람들이 본 예수의 겉모습은 보는 사람들의 정신이 낳은 환상일 뿐이다. 그런 의미에서 그들은 예수가 실제로 십자가에 달려 죽은 게 아니라 죽음의 환상을 사람들에게 보여주었던 것뿐이라고 여겼다. 이런 관점을 가현설(假現說, Doketismus)이라 부른다. 인용한 부분에 뒤이어, 요한이 십자가 처형 때에 동굴에 있는 예수를 만나는 장면이 나온다. 예수는 다음과 같이 말한다. "요한아, 나는 저 아래 예루살렘에서 많은 사람을 위하여 십자가에 달려 창에 찔리고 몽둥이에 맞고 있다. 식초와 담즙을 주며 나더러 마시라고 하는구나. (……) 너는 내가 고난을 당했다고 들었으나, 나는 고난을 당하지 않았다. 고난을 당하지 않은 자가 나였으나, 그럼에도 고난을 당하였다. 찔린 자가 나였으나, 나는 능욕당하지 않았다. 매달린 자가 나였으나, 그럼에도 매달리지 않았다. 나에게서 피가 흘러나왔으나, 그럼에도 흘러나오지 않았다." 요컨대, 십자가에 달린 예수는 고난받는 자의 고통을 겪었으나, 그리스도 자신의 본체는 그 수모와 능욕을 초월한 곳에서 영광 가운데 있었다는 것이다.

예수와 제자들이 춘 윤무는 이런 이중화된 상징을 적절하게 보여준다. 시계 방향으로, 혹은 그 반대 방향으로 거듭해서 추는 윤무는 예수의 이 두 가지 본질을 춤을 통해 보여주는 것이다. 앞부분의 예수의 말을, 그노시스 의식에 입문하는 이의 말과 그리스도(의식을 집전하는 사람)의 말로 나누어 읽어야 한다는 견해도 있다. "나는 구원을 받을 것입니다"(입문자) "내가 구원하리라"(그리스도) "아멘"(집회 참석자)으로 쪼개 읽어야 한다는 것이다. 이렇게 보면, 이 춤은 윤무가 아니라 일종의 대무(對舞)가 된다.

윤무가 보여주는 이중적인 회전이 바로 우리가 미궁(자궁)에 닿기 위해 들어가고 나오는 이중적인 움직임과 연관된 것이 아닐까? 나아가 이것은 죽음과 탄생(부활)의 의미를 보여주는 겹 이미지가 아닐까? 부활을 위해서는 죽음이 있어야 한다. 자궁이 무덤이자 요람이라는 걸 다시 상기하자. 윤무는 결국 우주적인 성희(性戱)의 상징인 것이다.

탑돌이 풍습과 관련된 우리네 이야기를 읽고 장을 마치자. 탑돌이 역시 일종의 윤무이다. 『삼국유사』에 나오는 얘기다.

신라 풍속에 매년 2월이 되면 초파일부터 보름까지 서울의 남녀가 다투어 흥륜사(興輪寺)의 전탑을 돌며 복을 빌었다. 원성왕시대에 김현(金現)이란 청년이 밤늦도록 혼자 탑돌이를 하고 있었는데, 한 처녀가 염불을 하면서 그 뒤를 따라 돌았다. 마침내 서로 정이 움직여 눈길을 주고받은 끝에 으슥한 곳에 가서 정을 통했다. 처녀가 돌아가려는데 김현이 따라가려 하자 처녀가 거절했다. 하지만 김현은 억지로 따라갔다. 처녀가 가서 서산 기슭에 이르러 한 초가에 들어가니 할머니가 처녀에게 물었다.

"함께 온 이가 누구냐?"

처녀가 사실대로 대답하자, 할머니가 말했다.

"좋은 일이기는 하지만, 없었던 것만 못하구나. 하지만 이미 저지른 일이니 어쩌겠느냐? 몰래 숨겨주어라. 네 오라비들이 못된 짓을 할까 염려스럽구나."

처녀가 김현을 이끌고 가서 구석진 곳에 숨겨주었다. 잠시 후에 세 마리 호랑이가 으르렁거리며 오더니 사람의 말을 했다.

"집 안에서 비린내가 나는구나. 시장한데 마침 잘됐다."

할머니와 여자가 꾸짖었다.

"코가 잘못되었구나. 웬 미친 소리를 하누."

그때 하늘에서 소리가 들렸다.

"너희가 생명을 즐겨 해친 것이 너무 많구나. 한 놈을 죽여서 악을 징계하리라."

세 짐승이 소리를 듣고 다들 근심하는 빛을 보였다. 처녀가 대답했다.

"오빠 셋이 멀리 피해서 스스로 징계한다면 제가 그 벌을 대신 받겠어요."

짐승들이 모두 기뻐하며 고개를 숙이고 꼬리를 늘어뜨린 채 달아나버렸다.

처녀가 방에 돌아와 김현에게 말했다.

"처음에 저는 낭군님이 저희 집에 오시는 게 부끄러워 짐짓 사양하고 거절했으나, 이제 숨길 게 없으니 진심을 말하겠습니다. 제가 비록 낭군과 같은 사람은 아니지만 하룻밤의 즐거움을 함께했으니 부부의 의리를 맺은 것입니다. 세 오빠의 악행을 하늘이 미워하시니 제가 저희 집안의 재앙을 감당하려 합니다. 보통 사람의 손에 죽는 것이 어찌 낭군님의 칼 아래 죽어 은덕을 갚는 것만 같겠습니까? 제가 내일 저자에 들어가 사람들을 심하게 해치면 임금께서 반드시 높은 벼슬로 사람을 모집하여 저를 잡게 할 것입니다. 낭군께서는 겁내지 말고 저를 쫓아 성 북쪽의 숲에 오시면 제가 낭군을 기다리고 있겠습니다."

"사람이 사람을 사귀는 게 인륜의 도리이며, 다른 종류와 만나는 건 정상이 아닙니다. 하지만 이미 따르길 허락하였으니 참으로 천행인데, 어떻게 배필의 죽음을 팔아서 분에 넘치는 벼슬을 얻겠습니까?"

"낭군께서는 그런 말씀 마셔요. 제가 일찍 죽는 것은 하늘의 명령이요, 제

소원이며, 낭군의 경사요, 우리 일족의 복이며, 나라 사람들의 경사입니다. 한 번 죽어 다섯 가지 이익을 얻는데 어찌 어길 수 있겠습니까. 다만 저를 위해 절을 짓고 불경을 읽어 좋은 업을 쌓게 해주신다면 낭군님의 은혜를 잊지 않겠습니다."

뒤에 벌어진 일들은 처녀의 말대로 되었다. 김현이 그 뜻을 좇아 호랑이를 잡고 다친 사람을 치유했다. 왕이 큰 상과 벼슬을 내렸다. 김현은 절을 지어 호원사(虎願寺)라 하고 늘 불경을 읽어 범의 은혜에 보답했다고 한다. 처음 절 이름이 흥륜사라는 것을 기억하자. 흥륜은 석가모니의 가르침 곧 법륜(法輪, Dharma cakra)의 일어남을 기원하는 이름이지만, 탑돌이[輪]에 따르는 흥(興)을 일컫는 이름이라고 생각해도 무리가 없을 것이다. 탑돌이의 간절함이 다른 유(類), 곧 이물(異物)과의 만남을 낳았다(8장에서 살핀 대로, 불귀신으로 변한 지귀가 탑을 돌았던 데에는 까닭이 있었던 셈이다). 탑돌이가 처음부터, 중심에 대한, 간절한

그림 11-7 까치와 호랑이를 그린 우리 민화. 이 호랑이는 무섭지도 않고 잔인해 보이지도 않는다. 초점이 따로 노는 눈과 표범과 호랑이 무늬가 뒤섞인 몸, 사라진 발톱, 제 꼬리를 깔고 앉은 어설픈 자세가 무척이나 우스꽝스럽다. 착한 호랑이인 셈이다. 김현이 만난 호녀(虎女) 역시 저런 인상이 아니었을까?(일본, 개인 소장)

추구였기 때문이다. 사랑을 찾아가는 형식 가운데 하나가 바로 그 회전
이다. 천천히, 모든 길을 걸어, 순행하거나 역행하여 중심에 이르는 것,
미궁도는 그 움직임을 형상화한 것이다.

12 몸

창조 신화 가운데에는 태초의 신이 죽어 세상을 이루었다는 얘기가 많이 있다. 우리는 바로 그 신의 몸 위에서 산다. 이런 얘기는 내 몸을 미루어 세상을 설명하려는, 몸과 감각의 논리를 보여 준다. 내 몸에 바로 세상이 숨겨져 있었던 것이다.

다음은 중국의 창조 신화다. 이 창조의 주인공은 반고다.

　　태초에 우주는 한 덩어리의 혼돈에 불과했으며, 큰 달걀의 모습을 하고 있었다. 반고(盤古)란 인물이 큰 달걀 속에서 잉태되었다. 그는 달걀 안에서 1만8천 년 동안 잠을 자고는 깨어났다. 깨어나보니 아무도 없는지라, 지루함을 못 이긴 반고는 혼돈을 향해 도끼를 휘둘렀다. 드디어 달걀이 깨졌다. 달걀 속에 있던 가볍고 맑은 기운은 위로 올라가 하늘이 되었고, 무겁고 탁한 기운은 아래로 내려와 땅이 되었다. 하늘과 땅이 반고의 도끼질 한 번에 나뉘게 되었던 것이다. 하늘과 땅이 갈라진 후, 반고는 둘이 다시 붙을까봐 걱정이 되어 머리로 하늘을 받치고, 다리로 땅을 지탱했다. 그는 매일 한 길씩 자라났다. 이렇게 1만8천 년이 흐르자, 하늘과 땅이 지금 모습으로 분리되었다.

　　반고는 오래 하늘을 지탱하다 지쳐서 그만 죽고 말았다. 그가 죽어갈 때,

그림 12-1 반고는 태초의 혼돈에서 태어나 하늘과 땅을 나누었다. 손에 들고 있는 태극에서 음과 양이, 곧 하늘과 땅이 생겨나는 중이다. 반고가 휘두른 도끼 역시 저 태극에서 꺼냈을 것이다. 음과 양에서 여자와 남자가 나왔으니 말이다. 19세기의 석판화.(런던, 대영 박물관)

입에서 나온 숨결은 바람과 구름이 되었고, 왼쪽 눈은 해가, 오른쪽 눈은 달이 되었다. 손과 발과 몸은 대지의 산이 되었고, 피는 강물이 되었으며 핏줄은 길이 되었다. 살은 밭이, 머리카락과 수염은 별이, 피부와 털은 초목이, 이와 뼈는 금속과 돌과 보석이 되었다.

사천(四川) 지역에서는, 그가 다 자란 후에 천지를 지었다고 전해진다. 그는 처음에 대지를 만들었다. 처음 만들어진 대지는 평평했다. 그 다음에 반고는 하늘을 지었다. 하늘은 시루 뚜껑처럼 중앙이 불룩 솟아 있었다. 그런데 하늘이 대지보다 작았다. 반고가 대지를 꾹꾹 누르자, 대지에 주름이 생기면서 하늘 크기로 줄어들었다. 이때 생긴 주름 때문

244

에 산과 계곡이 생겼다고 한다. 그 다음의 얘기는 크게 다르지 않다. 그의 몸 이곳저곳이 변하여 천지를 이루는 여러 물상이 되었다. 그런데 이 이야기에서 반고가 휘두른 도끼는 어디서 났을까? 태초에 아무것도 없었는데? 원효의 일화에서 그 해답을 찾을 수 있을 것 같다. 『삼국유사』에 실린 얘기다.

원효의 속성(俗姓)은 설씨이다. (……) 처음에 어머니가 유성이 품에 들어오는 꿈을 꾸고 임신을 했는데, 출산 즈음에 오색 기운이 땅을 덮었으니, 진평왕 39년의 일이었다. 나면서부터 영리하여 스승 없이 혼자 배웠다.

(……)

대사가 하루는 춘의(春意)가 발동하여, 거리에서 다음과 같은 노래를 불렀다.

"누가 내게 자루 빠진 도끼를 빌려주겠는가. 하늘을 떠받칠 기둥을 깎아 보련다."

사람들이 아무도 그 뜻을 깨닫지 못했는데, 태종(무열왕)이 노래를 듣고 말했다.

"대사가 귀부인을 얻어 훌륭한 자식을 낳고 싶어하는구나. 나라에 현인(賢人)이 있다면 큰 도움이 될 것이다."

이때 요석궁(瑤石宮)에 홀로 된 공주가 있었다. 왕이 궁의 관리를 시켜 원효를 불러오게 했다. 관리가 왕명을 받들어 원효를 찾으니, 원효가 남산을 지나 문천교(蚊川橋)를 지나고 있었다. 원효는 관리를 보자 일부러 물에 빠졌다. 관리가 대사를 요석궁으로 인도하여 옷을 갈아입고 머물게 했더니,

공주가 과연 아이를 배었다. 이 이가 설총(薛聰)이다. 그는 태어나면서부터 지혜롭고 총명하여 경서(經書)와 역사에 두루 통달했다. 이 사람이 신라 십현(十賢) 가운데 한 사람이다.

원효의 노래는 『시경』의 「빈풍豳風」 편에 실린 노래에서 따온 것이다.

> 도끼 자루를 베려면 어떻게 하나, 도끼 아니면 안 되지요.
> 아내를 얻으려면 어떻게 하나, 중매가 아니면 안 되지요.
> 伐柯如何, 匪斧不克
> 取妻如何, 匪媒不得

이 노래는 예에 따라 혼례를 치르는 것을 노래한 것이지만, 중요한 강조점은 도끼날과 도끼 자루에 있다. 자루와 날이 어울려 도끼가 된다. 원효 이야기에서 '자루 없는 도끼'와 '자루'가 음양의 결합을 빗댄 것이라는 걸 제일 먼저 깨달은 이가 왕이었다. 왕은 '홀로 된 공주'를 그에게 배필로 주었는데, 이 역시 옛사람의 유머라 할 것이다. 스님인 남자와 과부인 여자가 만나 빼어난 인물을 낳았다. 여자를 취할 수 없는 남자와 남자를 가질 수 없는 여자—두 번의 금기를 어기고 낳은 인물이니, 설총이 신이하지 않을 도리가 없었을 것이다. 원효와 공주가 도끼로 하늘을 떠받칠 기둥〔天柱〕을 깎았다면(이 기둥 역시 9장에서 살핀 세계의 나무다), 반고는 그 도끼로 하늘과 땅을 지어냈다. 결국 반고의 창조 이야기에서 도끼는 창조를 가능하게 하는 음양의 이치를 일컫는 말일 것이다. 남녀가 어울리지 않으면, 새로운 사람은 태어나지 않는다.

태초에 아무것도 없었던 것은 아니다. 하늘과 땅이 엉망으로 뒤섞인 상태, 곧 혼돈(카오스)이 있었다. 「창세기」에서도 창조 이전에는 공허와 암흑과 수면(水面)이 있었다(「창세기」의 창조 신화는 이집트 창조 신화와 조금 뒤에 살펴볼 메소포타미아 창조 신화의 영향을 받은 것이다). 혼돈은 우주(코스모스)의 부정형이다. 질서 잡혀 있지 않은 어떤 상태가 거기 있었다는 말이다. 『장자』의 「응제왕편」에는 혼돈에 관한 유명한 우화가 있다.

남해의 제왕을 숙(儵)이라 하고, 북해의 제왕을 홀(忽)이라 하며, 중앙의 제왕을 혼돈(混沌)이라 했다. 숙과 홀이 혼돈의 땅에서 만났을 때, 혼돈이 그들에게 대접을 잘 했다. 숙과 홀이 상의하여 혼돈의 덕을 갚기로 했다.

"사람들에겐 모두 일곱 구멍이 있어서 보고 듣고 먹고 숨쉬는데, 이분에게는 그게 없으니 구멍을 뚫어주자."

그래서 하루에 한 구멍씩 뚫어 이레가 되었는데, 혼돈이 죽고 말았다.

숙(儵)과 홀(忽)은 둘 다 '빠르다'란 뜻을 가졌으니, 시간을 의미하는 말이다. 이들에 의해 태초의 혼돈은 죽고 만다. 세상에 시간이 생겨났다. 태초 앞에는 시간이 없다. 다르게 말해서 혼돈은 무시간, 무공간을 의미하는 것이다. 이로써 혼돈이 죽었으나(사라졌으나), 이 혼돈을

그림 12-2 『산해경』에 실린 혼돈의 신 제강(帝江). 장자의 '혼돈'과 같다고 보면 된다. "천산(天山)의 신은 그 형상이 누런 자루 같은데 붉기가 빨간 불꽃 같고 여섯 개의 다리와 네 개의 날개를 갖고 있으며 얼굴이 전혀 없다. 춤과 노래를 잘하며 이름을 제강이라 한다." 얼굴이 없으니 일곱 구멍[七竅]이 없다. 혼돈이 음악을 좋아한다고 한 것은, 우주의 가락을 제 몸의 가락으로 삼을 줄 알았다는 말이다. 혼돈에 구멍을 뚫는다는 것은 태초의 우주에 시간성이 개입한다는 뜻, 다시 말해서 역사가 시작된다는 뜻이다. 혼돈(카오스)이 죽고 우주(코스모스)가 시작되었다. 곧 우주는 혼돈(혹은 혼돈의 신)의 죽음을 딛고서 창조되었다.(《산해경도山海經圖》에 실린 삽도)

딛고서 질서(우주, 코스모스)가 자리를 잡게 되었다.

창조 과업을 떠맡은 거인이 죽어서 세상이 이루어졌다는 생각은, 이 세상을 몸의 논리로 설명하기 위한 것이다. 우리 몸이 닿아 느끼는 모든 감각이 곧 세상이다. 저 산처럼 내 몸에도 이곳저곳 돋아난 자리가 있으며, 저 강이 흐르듯 내 몸에는 피가 흐르고, 저 길처럼 내 몸에 핏줄의 길이 있으며, 저 밭의 소출로 나는 살을 찌우고, 저 하늘의 별처럼 내 몸에서도 터럭이 돋아나고, 저 돌과 쇠붙이처럼 내 안에도 단단한 뼈가 있다. 세상이 몸이며 몸이 세상이다. 모든 감각과 사유의 기반이 바로 몸이었던 것이다. 호피 족 인디언 역시 세상을 신의 몸으로 이해했다. "모잉이마(Moing'iima)가 옥수수를 만들었다. 모든 것이 그의 몸에서 자란다. 여름이 되면 모잉이마의 몸은 참외, 옥수수, 호박 같은 것들로 가득 차서 무거워진다. 그것들은 그의 몸 속에서 자란다. 그가 몸의 털을 깎으면, 씨앗이 떨어지고 그는 다시 홀쭉해진다."

우리나라의 창조 설화를 읽자. 전남 강진에서 채록된 거인 이야기다.

옛날에 어마어마한 거인이 있었다. 그는 큰 덩치를 채울 수 없어 늘 허기를 견디지 못했는데, 남쪽으로 내려와서 환대를 받고 배불리 먹게 되었다. 배가 불러 기분이 좋아진 거인이 덩실덩실 춤을 추었는데, 이 때문에 곡식들이 햇빛을 받지 못해 흉년이 들었다. 화가 난 농부들이 거인을 다시 북쪽으로 내쫓았다. 다시 굶주린 거인은 북쪽으로 가다가 흙과 돌과 나무를 닥치는 대로 먹고는 배탈이 나서 먹은 것을 토해버렸다.

그가 먼저 토한 게 백두산이 되었고, 두 눈에서 흘린 눈물은 압록강, 두만강이 되었으며, 설사가 나서 줄줄 흘린 것이 태백산맥을 이루었고, 똥덩어리가 하나 튀어서 제주도가 되었고, 크게 한숨을 쉬자 만주 벌판이 생겨났다. 착한 거인은 자신을 후대했던 남쪽 농민들에게 보답하기 위해 거름을 주겠다는 생각으로 백두산 위에서 오줌을 누었다. 오줌발이 뻗쳐 홍수가 되어, 북쪽 사람들은 남쪽으로 흘러왔고, 남쪽 사람들은 바다 건너 떠내려갔다. 그때의 북쪽 사람들이 우리 조상이고, 남쪽 사람들이 왜인들이다.

이 이야기에는 몸으로 이 땅을 설명하는 조상들의 유머가 생생하게 살아 있다. 먹고사는 일만큼 중요한 것은 달리 없을 것이다. 이 땅은, 그렇게 거방지게 먹고 토한 거인의 흔적으로 생겨났다. 거인의 눈물과 똥오줌이 더러운 것이라 생각할 필요는 없다. 그것들은 1장에서 살핀, 바로 그 몸 안의 길을 따라 나온 것들이다. 몸 안의 세상과 몸 밖의 세상이 다른 것이 아니라는 생각이 거기에 있다.

메소포타미아 신화에서도 세상은 거인의 죽은 몸으로 만들어졌다. 태초에는 지하수를 대표하는 남신 압수(Apsu)와 바닷물을 상징하는 여신 티아마트(Tiamat), 이렇게 두 명의 신만이 있었다. 이들이 어울려, 네 세대에 이르는 수많은 신들을 낳았다. 그들의 수가 많아져서 왁자지껄 떠들자, 두 신은 소음을 참을 수 없었다. 압수가 시종 뭄무(Mummu)와 함께 이들을 쫓아낼 계획을 세웠는데, 이를 눈치챈 지혜의 신 에아(엔키)가 그들을 죽이고 압수의 영역을 차지했다. 에아는 이로써 지하수의 신이 되었다. 압수의 복수를 다짐한 티아마트는 무시무시한 괴물들로 군대를 조직하고 지휘권을 아들이자 남편인 킨구(Qingu)에게 맡겼다. 티아마트와의 전투에서 패배한 신들은 에아의 아들인 마르둑(Marduk)에게 전투에 나가는 조건으로 최고신의 지위를 약속했다. 마침내 마르둑과 티아마트의 대결전(大決戰)의 날이 다가왔다. 바빌로니아의 창조 서사시 「에누마 엘리쉬」의 내용이다.

주(主) 마르둑은 그물을 펼쳐서 그녀를 에워싸려고 했다.

그는 뒤에 있는 사나운 바람을 그녀의 얼굴에 날려보냈다.

티아마트는 바람을 삼키기 위해서 입을 벌렸다.

그러자 마르둑은 사나운 바람에게 그녀가 입을 다물지 못하게 시켰다.

모진 바람들이 그녀의 배를 부풀게 했다.

그녀의 몸 속은 활기를 잃었으며, 입은 벌어진 채였다.

그가 쏜 화살이 그녀의 배를 관통했고,

그녀의 몸을 가운데로 두 동강내고 심장을 쪼갰다.

이 살해 장면은 무척 잔인하다. "주 마르둑은 티아마트의 몸 아랫부분을 짓밟았다/그는 잔인한 엄니로 그녀의 두개골을 부스러뜨렸으며/그녀의 동맥을 끊어버렸다" 같은 식이다. 마침내 그는 그녀를 "말리기 위해 내놓은 생선처럼" 둘로 나누어, 반쪽 몸으로 하늘을, 다른 반쪽 몸으로 땅을 만들었다. 또 그녀의 침으로 구름과 바람과 비를 만들었고, 그녀의 독으로는 안개를, 그녀의 눈에서 유프라테스 강과 티그리스 강을 열었다.

압수는 태초의 물이다. 압수의 물이, 떠다니는 섬과 같은 육지를 둘러싸고 있었으며, 육지에 신선한 지하수가 솟아나게 해주었다. 반면 암컷 용의 모습을 한 티아마트는 거친 바다를 상징한다. 조철수가 지은 『메소포타미아와 히브리 신화』에 따르면, 티아마트는 「창세기」 1장 1절에 나오는 깊은 물(트홈)과 어원을 공유하고 있으며, 「이사야」 27장 1절에 나오는 바다용 레비아탄의 전신이다. 마르둑이 그녀의 몸을 쪼개 하늘과 땅을 만들었다. 그 전에는 티아마트 자신으로 상징되는 혼돈(거친 바다)만이 있었는데, 마르둑이 그녀의 몸으로 위의 혼돈을 밀어올린 지붕(하늘)과 아래의 혼돈을 억누른 발판(땅)을 지어낸 것이다. 마르둑은 또한 킨구를 죽인 다음, 그 피를 진흙과 섞어 인간을 만들었다. 이 얘기가 히브리 민족의 천지창조 이야기의 원형이 되었다. 태초의 살해는, 우리의 삶이 어떤 희생 위에 기초해 있다는 것을 말한다. 우리는 다른 몸을 먹고 입고 디디고 산다. 우리는 삶을 가능하게 한 이 다른 생명에 대한 경외를 신들의 죽음으로 표현한다. 2장에서 살핀, 페놉스코트 족 인디언의 얘기를 생각해보자. 어머니를 살해하고, 시체를 훼손한 것은 어머니의 사랑을 제의적으로 되풀이하는 행위였다. 티아마트의 죽음이 가진 신화적 의미 역시 이와 같을 것이다.

북유럽 신화에서의 지형은 두 부분으로 나뉘어져 있다. 북쪽 지역은 얼음으로 뒤덮인 니플하임(Niflheim)이고, 남쪽 지역은 불꽃이 타오르는 무스펠스하임(Muspellsheim)이다. 태초에 따뜻한 바람이 얼음과 서리를 녹여 물방울을 만들었는데, 여기서 태초의 거인 이미르(Ymir)가 태어났다. 이미르가 점점 자라 땅을 가득 채우자, 신들이 그를 죽였다. 신들은 이미르의 주검으로 세상을 만들었다. 그의 살이 육지를 이루었고, 피가 바다를 채웠으며, 두개골로 하늘을 지었다. 그의 다리가 산이 되었고, 부스러진 뼈들이 돌이 되었으며, 머리카락이 나무가, 뇌가 구름이 되었다. 이렇게 터전을 이룬 다음, 신들은 자신들과 거인들, 인간들의 거주지를 정했다. 우리는 다른 몸 위에서 살고 있었던 셈이다.

창조와 관련된 인도의 신화 두 가지를 읽어보자. 첫번째 신화에서 창조주는 브라흐마로 나타나기도 하고 비슈누로 나타나기도 하는 나라야나(Narayana)이다.

나라야나는 자신의 발가락을 핥으면서 보리수 잎을 타고 태초의 바다인 나라(Nara)를 떠다녔다. 오랜 명상 후에 그는 우주를 창조하려는 마음을 먹었다. 그의 입에서 언어가, 체액에서 베다의 경전들이, 혀에서 불사의 음료(암리타)가 생겨났다. 그의 코에서 하늘이, 눈동자에서 하늘과 태양이, 귀에서 순례지가, 머리카락에서 구름과 비가, 턱수염에서 번개가, 손발톱에서 바위들이, 뼈에서 산들이 생겨났다.

그림 12-4 제 꼬리를 문 뱀 우로보로스. 우로보로스는 영원한 재귀의 사이클을 상징한다. 영원회귀의 도상이라고 해야 할 것이다. 원래 뱀은 허물을 벗기 때문에, 늘 새로 태어나는 짐승으로 여겨졌다. 메소포타미아 신화의 영웅, 길가메시(Gilgamesh)는 긴 여행 끝에 우트나피쉬팀(성서의 노아 역할을 하는 인물이다)에게서 불로초를 얻는다. 그는 여행에서 돌아오는 길에 피로에 지쳐 잠이 들었다. 그런데 뱀이 냄새를 맡고 다가와 약초를 먹어버렸다. 뱀은 허물을 벗고 젊음을 되찾았다. 길가메시는 죽을 수밖에 없는 자신의 운명을 한탄해야 했다.

발가락을 핥는 것은 불멸을 상징하는 자세다. 몸의 위쪽 끝과 아래쪽 끝을 이어붙인 이 자세는 스스로 생장, 소멸, 부활하는 순환의 사이클을 보여준다. 자기 꼬리를 입에 물고 있는 우로보로스(Ouroboros)를 생각하면 될 것이다. 꼬리를 먹으니 몸이 줄어들고 머리가 자라니 몸이 늘어난다. 이 뱀은 스스로 먹는 만큼 자라난다. 다시 말해서 스스로 희생되고 스스로 낳고 스스로 성장한다. 서아프리카의 우주 뱀 다 아이도 흐웨도(Da Aido Hwedo) 역시 동일한 모습을 하고 있다. 원래 우로보로스는 대지를 감싸고 도는 원형의 강이었다(북유럽 신화에서 바다를 둘러싸 세상을 지탱하는 것도 요르뭉간드르(Jormungandr)란 이름을 가진 거대한 뱀이다). 모든 생명은 이 강에서 나온다. 시작도 끝도 없는 이 태초의 원형질이 곧 영원한 생명이자 윤회의 수레바퀴를 상징하는 것이다. 이 이야기에서도 우주는 창조주의 몸이지만, 그 자신의 죽음을 지불하고 얻어진 것은 아니었다. 그런데 다음 이야기에서는 사람 사는 세상이 등장하며, 이에 따라 창조자의 죽음이 수반된다.

신들은 최초의 인간인 푸루샤(Purusha)를 희생제물로 삼았다. 그의 머리에서 하늘이, 배꼽에서 대기가, 발에서 땅이 생겨났다. 그의 마음에서는 달이, 귀에서는 동서남북이, 입에서는 인드라와 아그니가, 가슴에서는 바유가 나왔다. 카스트 제도 또한 그에게서 나왔다. 브라만 계급은 그의 입에서, 크샤트리아 계급은 팔에서, 바이야 계급은 넓적다리에서, 수드라 계급은 발에서 나왔다.

푸루샤는 천 년 동안 물 위를 떠다닌 황금색 우주 알에서 태어난 최초의 불사인(不死人)이다. 처음에 알에서 깨어난 그는 주위에 아무도 없자 두려움을 느꼈다. 이런 이유로 인간은 혼자 있을 때를 무서워하는 것이다. 푸루샤는 자신이 우주에서 유일한 존재이므로 두려움을 느낄 이유가 없다는 것을 알았지만, 같은 이유로 아무 기쁨도 느끼지 못했다. 이런 이유로 인간은 혼자 있을 때 즐겁지 않은 것이다. 인간이 느끼는 감정은 원초적인 상태의 산물이다. 다르게 말해서 우리의 느낌은 선험적인 것이다. 그는 자신을 둘로 나누어서 남자와 여자를 만들었다. 둘은 계속 다른 동물의 모습으로 변신하여 자손들을 퍼뜨렸다. 이 이야기의 마지막 부분은 10장에서 살핀 아트만의 이야기와 같다. 아트만은 푸루샤이기도 하다.

신들이 그를 희생제물로 드리자, 그의 몸에서 우주가 만들어졌다. 사람들 역시 그에게서 나왔다. 그는 인류의 창조주이면서, 인류를 위한 희생제물이었다. 인도의 카스트 제도는 강력한 구속력을 가진 신분제도로 악명이 높다. 사제 계급인 브라만, 왕과 전사들이 속한 크샤트리아, 상인과 직인(職人)들이 모인 바이샤, 최하층민으로 구성된 수드라 사이에는 건너뛸 수 없는 깊은 심연이 존재한다. 그들은 모두 태초 거인의 몸에서 나왔다. 입과 팔과 다리가 발보다 우월한 것은 아닐 것이다. 특정한 계급을 특정한 신체에 배분한 것 자체가 차별의 소산이라해도, 한 몸에 속한 이런저런 지체를 혹은 중히 여기고 혹은 경히 여기는 것보다 심한 차별은 아닐 것이다. 이 신화들에 따르면 우리는 모두한 몸이다. 세상이 아프면 내가 아프다. 당신이 슬프면 나도 슬프다. 우리가 세상의 지체이며, 내가 당신과 한 몸이기 때문이다.

¹³ 처녀 출산

처녀가 아이를 낳아도 할말이 있다는 속담이 있다. 이때의 '할말' 이란 사람살이에 수반되는 모

든 희로애락을 총칭하는 말일 것이다. 신화에서도 그렇다. 물론 그 이유는 다르다. 대체 어떤

'할말' 이 있기에 그런 일들이, 신화에서, 그토록 숱하게 일어나는 것일까?

처녀 출산 이야기 가운데 가장 유명한 이야기는 물론 그리스도의 탄생 얘기다.

예수 그리스도가 태어나신 경위는 이렇다. 예수의 어머니 마리아는 요셉과 약혼하였으나 결혼은 하지 않은 상태였는데, 성령으로 임신한 사실이 드러났다. 마리아의 남편 요셉은 올바른 사람이어서, 그녀를 욕되게 하고 싶지 않아 남몰래 파혼하려고 마음먹었다. 요셉이 이런 생각을 곰곰이 하고 있을 때, 꿈에 천사가 나타나서 이렇게 말했다.

"다윗의 자손 요셉아, 마리아를 아내로 맞아들이는 것을 주저하지 말라. 그녀가 임신한 것은 성령으로 말미암은 것이다. 아들을 낳을 것이니, 그 이름을 '예수'라고 해라. 그는 자기 백성을 죄에서 구원할 것이다."

이 모든 일이 일어나게 된 것은 주님께서 예언자를 통해 말씀하신 것이 이루어지도록 하기 위해서였다.

그림 13-1 보티첼리가 그린 〈수태고지〉. 천사가 들고 있는 백합은 순결의 상징이다. 처녀 어머니라는 기적을 알리러 천사가 마리아를 찾았다. 천사는 무릎을 꿇고 그녀에 대한 존경의 염을 나타내고, 마리아는 "말씀대로 하소서"라는 뜻의 동작을 취하고 있다. 그런데 그림은 구애하는 남자와 거절하는 여자의 동작에 더 가깝다. 도상의 기표와 기의 사이에도 성스러운 모순이 있는 셈이다.(피렌체, 우피치 미술관)

"처녀가 임신하여 아들을 낳을 것이니,

그 이름을 임마누엘이라 부를 것이다."

임마누엘은 주께서 우리와 함께 계신다는 뜻이다. 잠에서 깨어난 요셉은 천사가 일러준 대로 마리아를 아내로 맞아들였다. 하지만 그는 아들을 낳을 때까지 그녀와 잠자리를 같이하지 않았다. 마리아가 아들을 낳자 요셉은 아기 이름을 예수라고 했다.(「마태복음」 1장 18~25절)

인용한 예언자의 말은 「이사야」 7장 14절에 나온다. 오강남의 『예수는 없다』에 의하면, 「마태복음」에 나오는 '처녀'(남자를 알지 못하는 여자)는 '파르테노스(parthenos)'로 구약의 그리스어 번역본(70인 역이라 부른다)을 따른 것이며, 이는 「이사야」의 히브리어 원문에 나오는 단어인 '알마(almah)'와는 다르다. '알마'는 그저 '젊은 여자'를 뜻하는 말인데, 「마태복음」 기자가 그리스어 번역본에만 의존하여 오역을 했다는 것이다. 젊은 여자에서 '처녀'로 어의(語義)가 좁아지면 그리스도의 탄생에는 신이한 후광이 덧붙여지게 된다. 그에 의하면, 사정이 이렇게 된 것은 동정녀 탄생 이야기가 그리스 신화의 아도니스나 아티스, 디오니소스와 같은 신들의 탄생 이야기에 영향을 받았기 때문이다. 처녀 출산 이야기는 신약의 네 복음서 중에서 「마태복음」에만 나온다. 「마태복음」의 기자는 이 이야기를 기록하면서, 한편으로는 예수가 다윗 왕가(王家)의 혈통에서 났다는 것을 강조하고 있다.

　　아브라함의 후손이요, 다윗의 자손인 예수 그리스도의 족보는 다음과 같다.(「마태복음」 1장 1절)

그 다음에 아브라함에서 요셉에 이르는 긴 족보가 서술된다. 이것은 모순이다. 그리스도는 성령으로 잉태했으므로 아버지 요셉으로 이어지는 가계(家系)에서는 피를 받지 않았다. 그럼에도 「마태복음」의 기자는 예수가 아브라함과 다윗의 자손임을 힘주어 강조하고 있는 것이다. 에드먼드 리치는 이 모순이 신화적 인물에 내재한 모순이라고 말한다. 『성서의 구조인류학』에서 옮겼다.

　　모순적이지 않으면 신화가 아니다. 성서의 신화적 논리는 신성한 왕이며 동시에 선지자인 주인공들에 대해 다음과 같은 모순을 요구한다. 그는 기혼이면서도 미혼이어야 하고, 생식능력이 왕성하면서도 생식능력이 불능이어야 하고, 여자에게서 태어나지만 인간의 자식은 아니어야 한다는 것이다.

성경이 혈통을 강조하는 것은 예수 그리스도가 이스라엘의 왕이기 때문이다. 다윗에게서 이어지는 혈통만이 이스라엘 민족을 구원할 수 있었다. 한편으로 혈통이 단절되는 것은 예수 그리스도가 성육신(成肉身)한 신의 아들이기 때문이다. 무릇 아버지에게서 육신을 이어받은 자는 아담 이래의 원죄(原罪)를 물려받지 않을 수 없다. 그래서 사람의 아들이면서 신의 아들이라는 모순을 갖춘 그리스도가 탄생했던 것이다.

신화시대에는 남자만이 자손의 씨앗을 가졌다고 믿었다. 여자는 남자가 뿌린 씨가 자라는 토양이었을 뿐이다. 그리스 신화에서 아테나는 제우스의 머리를 열고 나왔고, 디오니소스는 제우스의 넓적다리에서 나왔다. 남신이 여성의 몸을 대신했던 것이다. 대장장이 신 헤파이스토스는 아테나가 자신을 좋아한다는 포세이돈의 거짓말에 속아서 그녀에게 달려들었다가 그녀가 피하는 바람에 그녀의 넓적다리에 정액을 흘렸다. 아테나는 양털로 이 정액을 닦아 땅에 버렸는데, 여기서 '양털-대지'란 뜻의 이름을 가진 에리크토니오스(Erichthonios, 후에 아테네의 왕이 되는 인물)가 태어난다. 인도 신화에서도 마찬가지다. 바루나(Varuna)와 미트라(Mithra)는 요정 우르바시(Urvasi)의 아름다움에 매혹되어 정액을 흘렸는데, 이 정액이 물 항아리에 모이자 거기서 금욕적인 성향을 가진 성자 아가스티야(Agastya)가 태어났다. 전쟁신 카르

티케야(Karttikeya) 역시 희생제의 불길 안에 떨어진 아그니(Agni)의 정액에서 태어났다. 정액을 잘 보존하면 거기서 아이가 태어난다는 생각이 여기에 있다.

인간(남자)의 자식이면서도 인간의 자식이어서는 안 된다는 성경의 '성스러운 모순'은 우리나라의 처녀 출산 이야기에서도 나타난다.

고구려의 시조 동명성제(東明聖帝)는 성이 고씨(高氏)요 휘가 주몽(朱蒙)이다. 일전에 북부여의 왕 해부루(解夫婁)가 동부여로 옮겨가 살았는데, 부루가 죽은 뒤에 금와(金蛙)가 왕위를 이어받았다. 금와가 태백산 남쪽 우발수(優渤水)에서 한 여자를 얻었다. 여자에게 물으니 여자가 대답했다.

"저는 하백(河伯)의 딸로 이름이 유화(柳花)입니다. 아우들과 놀러 나왔는데, 한 남자가 자기 말로 천제(天帝)의 아들 해모수(解慕漱)라 하면서 저를 유혹하여 웅신산(熊神山) 아래 압록강변의 집 안으로 데려가서 사통하고는 떠나서 돌아오지 않았습니다. 부모님께서 제가 중매 없이 남자를 따른 것을 책망하여 이곳에 귀양와 살고 있습니다."

금와가 이상하게 여겨 방에다 가두었다. 여자에게 햇빛이 비쳤는데 여자가 몸을 끌어 피하면 따라와 비추었다. 이 때문에 임신하게 되어 알 하나를 낳았는데, 알 크기가 다섯 되 정도였다. 왕이 개, 돼지에게 주었으나 먹지 않았고, 길에다 버렸더니 마소가 피해갔으며, 들판에다 버리니 새와 짐승들이 덮어주었고, 쪼개려고 했으나 부서지지 않았다. 결국 그 어미에게 돌려주었다. 어미가 물건으로 싸서 따뜻한 곳에 두자, 한 아이가 알을 깨고 나왔는데, 골격과 외양이 영특하고 기이했다. 겨우 일곱 살이 되어서는 아주 영리하여, 자기 힘으로 활과 화살을 만들어 쏘는 족족 백발백중이었다. 나라 풍속에 활 잘 쏘는 사람을 주몽(朱蒙)이라 불렀기 때문에 이를 이름으로 삼았다.

금와에게 일곱 아들이 있어 늘 주몽과 놀았는데, 그들의 재주와 능력이 주몽에 미치지 못했다. 맏아들 대소(帶素)가 왕에게 간했다.

"주몽은 사람의 자식이 아니니, 일찍 도모하지 않으면 후환이 있을까 두렵습니다."

왕이 듣지 않고 말 먹이는 일을 시켰다. 주몽이 날랜 말을 알아내어 먹이를 조금씩 주어 마르게 하고 둔한 말은 잘 먹여 살찌게 하니, 왕이 살찐 말을 타고 마른 말을 주몽에게 주었다. 왕의 아들들이 여러 신하들과 의논하여 주몽을 해치려 했다. 주몽의 어머니가 이 사실을 알고는 주몽에게 말했다.

"나라 사람들이 조만간 너를 해치려고 드는구나. 네 재주와 지략으로 어디 간들 안 되겠느냐. 어서 움직여라."

주몽이 오이(烏伊) 등 세 명과 벗이 되어 엄수(淹水) 가에 이르러, 말했다.

"나는 천제의 아들이요 하백의 손자로 지금 달아나는 중에 추격자가 곧 이를 터이니 어찌 하겠는가?"

그러자 물고기와 자라가 모여들어 다리를 놓았고, 일행이 건너자 다리가 해체되었으므로 뒤쫓던 기병이 건너지 못했다. 졸본주(卒本州)에 이르러 마침내 도읍을 정했다.

고구려의 시조 주몽의 이야기다. 주몽이 천제의 아들이요 하백의 손자라는 것은, 그가 하늘과 물의 신령함을 두루 계승한 영웅이라는 것을 보여준다. 혈통은 주몽이 신이한 인물임을 보여주는 중요한 증거인데,

이 얘기에서도 역시 모순이 있다. 그는 한편으로는 천제의 아들이면서(해모수가 유화와 사통(私通)하여 그를 낳았다), 다른 한편으로는 처녀의 아들이다(유화는 햇빛의 힘으로 임신했다). 예수와 주몽은 사생아이면서 사생아가 아니다. 아버지와의 가계가 단절되었으되, 그 역할을 사사로이 대체하는 다른 아버지가 없기 때문이다.

유화는 알을 낳았다. 가야국의 시조 김수로왕과 다섯 임금 역시 알에서 나왔다. 통상적으로 난생(卵生)신화에서 알은 천구(天球), 곧 하늘의 상징으로 인식된다. 하지만 이 알 역시 자궁의 한 상징일 것이다. 아기가 거한 곳이 바로 자궁이다. 개, 돼지가 먹을 수 없고, 마소가 피해가며, 날짐승과 길짐승이 몸으로 보호하는, 그 무엇으로도 깨뜨릴 수 없는 아기집—이것이 자궁이 아니고 무엇이겠는가? 알은 몸 안에서뿐만 아니라, 몸 밖에서도 보호받아야 할 신이한 인물의 집이다. 신라의 시조 혁거세(赫居世) 역시 알에서 태어났다(이에 관해서는 8장에서 이야기한 바 있다).

처녀 출산 이야기는 처녀와 어머니를 하나로 묶는다. 이 이야기들에서 동정녀는 남자라는 매개 없이, 곧장 어머니로 자리를 옮겨간다. 처녀에서 어머니로의 이 직접적인 이행은 무엇을 뜻하는 것일까? 앞에서 나는 근친상간이 신생과 창조를 위한 성스러운 작업임을 말했다. 처녀 출산은 이 모티프의 연장선상에 있다. 처녀와 어머니가 한 인물에게서 구현되면서 생식(성교)과 생산(출산)이 동일한 사랑의 논리 아래 포섭되기 때문이다. 저분은 내 어머니이자 내 아내다. 단테가 『신곡』의 「천국편」에서, 성모 마리아에게 바친 찬가에도 이 모순이 아로

그림 13-2 얀 호싸르트가 그린 〈마리아와 아기 예수〉. 뒤편에 "참된 신이요 인간이며, 순결한 어머니요 처녀"란 문자가 씌어 있다. 성모는 이 모순을 동시에 구현하는 존재다. 저 탐스러운 가슴은 처녀의 것이자 어머니의 것이다. 그녀가 왼손에 들고 있는 포도송이는 성찬식의 상징이다. 제 몸의 소산(아들)을 내어주어야 하는 운명이 그녀 앞에 놓여 있다. 그녀의 오른손은 십자가 위에서 관통당할 아들의 옆구리를 만지고 있다.(베를린, 달렘 미술관)

새겨져 있다.

어머니이신 동정녀, 당신 아들의 따님이시여.

가나안 신화의 주신 바알의 아내인 아나트에게도 '처녀'라는 칭호가 붙어 있었다. 그녀는 아내이자 처녀인 여신이었으며, 바알을 구출하여 불모의 땅에 다시 풍요를 가져온 여신이다(이에 관해서는 2장에서 살핀 바 있다). 왜 그런 일이 자주 생기는 걸까? 처녀와 어머니를 겹쳐 읽으면, 어머니에게서는 시간성이 소거된다. 성모는 영원한 처녀이며, 그럼으로써 그 안에 불모를 품은 영원한 생산자가 되는 것이다. 유화 역시 그렇다. 해모수에게서 금와에게로 그녀의 소유자는 이전되지만, 그녀는 영원히 하백의 딸로서 그 영원한 모성의 젖줄(혹은 양수)을 흘려보내는 것이다. 아들을 추격병의 손에서 구원한 것은 하늘이 아니라 강물이었다. 홍해를 가르며 모세를 파라오에게서 구해낸 그 힘이 바로 유화―하백으로 이어지는 강물의 힘이었던 셈이다.

청나라를 세운 만주족의 시조 신화에도 처녀 출산 모티프가 있다.

장백산(백두산) 동쪽의 포고리(布庫里) 산 아래에 포이호리 연못이 있었다. 천녀(天女) 셋이 연못에서 목욕을 하는데, 신조(神鳥)가 붉은 열매를 물고 와서 막내의 옷에 두었다. 불고륜(佛古倫)이란 이름을 가진 막내가 과일을 입에 물었더니, 붉은 열매가 뱃속으로 들어가서 녹았다. 이 일로 임신을 했다. 두 언니는 하늘로 올라갔으나, 막내는 몸이 무거워져 하늘로 가지 못

그림 13-3 미켈란젤로의 〈피에타〉. 성모 마리아의 몸이 예수보다 크게 조각된 것은 인물의 위대성을 형상의 크기로 나타낸 고대 이래의 전통을 계승한 것이다. 성모의 얼굴은 아들보다도 젊다. 사람들이 "저렇게 젊은 처녀가 어떻게 예수의 어머니일 수 있는가"라고 따지자, 미켈란젤로는 "보통 여자도 정숙하고 순수하게 살면 잘 안 늙는데, 성모가 그런 건 당연한 것이다"라고 응수했다고 한다. 여기에는 세월의 풍화작용이 없다. 신화에서 시간은 최고의 형상을 가진 특정한 한 시절에 멎어 있다. 젊은 성모와 역시 젊은 성자의 모습은 둘의 관계가 가진 특별함의 반영이다.(로마, 성 베드로 대성당)

했다. 그녀가 사내아이를 낳았는데, 날 때부터 말을 했으며 생김새도 기이

했다. 아이가 자라자 어머니가 탄생의 비밀을 일러주었다.

　"네 성을 애신각라(愛新覺羅)라 하고, 이름을 포고리옹순(布庫里雍順)이

라 하여라. 하늘이 너를 낳았으니, 너는 세상을 다스릴 인물이 될 것이다."

　그는 강물을 따라 내려가서 그곳에 사는 사람들의 임금이 되었다. 이 사

람이 만주의 개국시조다.

처녀가 삼킨 붉은 열매[朱果]는 사실 남성의 씨앗일 것이다. 그러나 포고리옹순은 처음 나라를 연 영웅이다. 그는 나라의 첫 아버지이므로, 단순한 혈육의 아버지가 있을 수 없다. 그 역시 불모의 어머니를 둔 신이한 인물인 셈이다. 그가 물을 따라 내려가 나라를 열었다는 것은, 어머니의 몸을 열고 나와 세상에 우뚝 서게 되었다는 것을 뜻한다. 앞의 모세와 주몽의 얘기처럼 말이다.

그리스 신화의 아도니스에 관해 살펴보기로 하자(2장과 3장에서 이미 이와 관련된 이야기를 잠깐 말한 바 있다).

피그말리온과 상아 처녀 사이에서 태어난 딸 파로스에게서 키프로스의 초대 왕 키뉘라스가 태어났다. 그에게는 뮈라라는 딸이 있었는데, 아프로디테에게 정성스럽지 못해서 이 여신의 저주를 받았다. 그녀는 아버지에게 연정을 품었던 것이다. 유모의 계략으로 뮈라는 몰래 아버지와 잠자리를 가지는 데 성공했다. 사정을 안 아버지가 격분하여 칼을 들고 그녀를 쫓았으나, 어둠 덕택에 그녀는 달아났다. 그녀는 아홉 달 만에 사바 땅(몰약의 원산지로 지금의 예멘 지역)에 당도했다. 뮈라는 지쳐 신들에게 기도를 올렸다. 살아서는 사람들에게 손가락질을 받았고, 죽어서는 죗값을 치러야 할 자신의 처지를 불쌍히 여겨 살지도 죽지도 않은 몸이게 해달라는 것이었다. 신들이 그녀의 소원을 들어주었다. 뮈라는 이로써 몰약나무가 되었다.

나무로 변신한 뮈라에게서 불륜의 씨앗인 아도니스가 태어났다. 아프로디테는 잘생긴 아도니스에게 반해서 다른 신들이 그를 알아보지 못하도록 그를 지하세계의 여왕 페르세포네에게 맡겼다. 그런데 아도니스를 본 페르세포네 역시 그에게 반해서 그를 아프로디테에게 돌려주려 하지 않았다. 제우스가 중재에 나서서, 일 년 가운데 3분의 1을 아도니스 자신에게, 3분의 1을 아프로디테에게, 3분의 1을 페르세포네에게 주었다. 아도니스는 자신의 몫을 아프로디테에게 주었다. 질투에 눈이 먼 페르세포네가 아프로디테의 남편 아레스에게 이를 고자질했다. 격분한 아레스는 멧돼지로 변하여 아도니스를 찔러 죽였다. 슬픔에 잠긴 아프로디테가 그의 시체를 아네모네 꽃으로 환생하게 했다.

이 모든 과정에 사랑의 신 아프로디테가 개입한다. 피그말리온은 자신이 만든 아프로디테 조각상을 너무나 사랑했다. 아프로디테가 이 사랑(이 여신에게는 경외가 곧 성애다)에 보답하여 상아 조각을 처녀로 만들어주었다. 뮈라가 아버지를 사랑하게 된 것도 아프로디테의 농간 때문이다. 더욱이 아도니스의 삶에 개입하여 그와 직접 사랑을 주고받은 것은 그녀 자신이다. 따지고 보면 그녀는 아도니스의 죽음에도 책임이 있다. 아도니스에게 할당된 시간을 이런저런 이유로 빼앗아 페르세포네의 질투를 촉발했기 때문이다. 결국 아도니스와 관련된 모든 일에는 사랑의 논리가 개입해 있었던 것이다.

아도니스 이야기는 처녀 출산의 모티프가 근친상간과 관련되어 있음을 분명히 보여주는 예이다. 아도니스의 어머니 뮈라는 아버지를 속여 그와 동침하고는 나무로 변하여 죽었다. 몰약은 최음제로 쓰인다. 뮈라는 죽어서도 여전히 유혹을 품고 있었던 것이다. 여기에 숨은 성스러운 모순에 관해 살펴보자. 아도니스는 한편으로는 불륜의 결과로 태어났

그림 13-5 루벤스가 그린 〈아프로디테와 아도니스〉. 사랑의 여신이 아도니스에게 매달려 구애하고 있다. 심지어 화살통을 팽개쳐 둔 채 아들 에로스마저 다리를 움켜잡고 사정하는 중이다. 사랑의 신들이 사랑을 얻으려 빈다는 것, 대단히 매력적인 생각임에 틀림없다.(뉴욕, 메트로폴리탄 미술관)

으며(그는 키뉘라스의 아들이자 손자다), 다른 한편으로는 인간의 가계와 단절되어 태어났다(그는 인간의 아들이 아니라, 나무의 아들이다). 게다가 그는 생식과 불모를 동시에 포함한다. 그는 생산을 대표하는 여신의 사랑을 오롯이 받았으며, 멧돼지로 변신한 아레스에게 남근을 찔려서—다시 말해서, 거세당해— 죽는다. 마지막으로 그는 죽음과 부활을 동시에 나타낸다. 그는 멧돼지에게 받혀 죽었으며, 늘 봄이 되면 아네모네로 소생했다.

자크 브로스는 아도니스가 "지나치게 조숙한 한 젊은이요, 두 명의 여신 사이를 왔다갔다하다가 결국 희생양이 되고, 그리스의 의학이 법으로 규제하였던 조숙하고 독점적인 성관계의 관습에 완전히 몰두하였던 어린 유혹자였다"고 말했다. "아도니스의 금기들은 그를 영원히 여성적인 남자, 조숙하고 무기력한 남자로 만들었다." 하지만 광범위하게 퍼진 아도니스 제의에 비추어보면(한 예로, 아도니스가 부활한 날이 유대교의 유월절, 기독교의 부활절이 되었다), 아도니스를 무기력하고 조숙한 남자의 상징만으로 받아들이기는 어려울 것이다. 그는 처녀 출산의 모순을 품은 신이며, 근친상간의 결과로 태어난 신이며, 생식과 불모를 상징하는 이중화된 신이다. 이는 아도니스가 지상의 혈통(그는 왕의 아들이다)과 천상의 사랑을 두루 품은 신이며, 새로운 창조를 가능케 하는 신이며, 삶과 죽음을 초월한 신(그는 이승과 저승에서 골고루 사랑을 받았다)이라는 것을 보여준다.

붓다의 출생에도 처녀 출생의 모티프가 숨어 있다. 붓다의 어머니 마야부인은 옆구리로 붓다를 낳았다. 마야부인이 동정녀는 아니었으나, 이 신이한 탄생은 처녀 출산에 수반되는 이중적인 모순(그는 인간의 아들이면서 인간의 아들이 아니다. 그의 어머니는 육신의 어머니지만 육신의 어머니가 아니다)을 구현하고 있다. 실제로 마야부인이 동정녀로 찬미되기도 했다고 한다.

이번에는 아티스 신의 이야기를 읽어보자.

　　제우스의 정액에서 돌멩이 하나가 생겨났다. 이 돌멩이에서 아그디스티스라 불리는 양성(兩性) 식물이 태어났다. 신들이 이 돌멩이의 수술을 잘라버리자, 아그디스티스는 여신 키벨레가 되고, 잘린 수술(남근)에서는 편도 나무가 자랐다. 하신(河神) 산가리오스의 딸인 나나는 이 편도를 먹고 아티스를 임신했다. 나나와 산가리오스는 아버지 없이 태어난 이 아기를 강에 버렸는데, 암양들이 풀을 뜯으러 왔다가 아기에게 젖을 먹였다. 아티스는 아주 아름다운 청년으로 자랐다. 아그디스티스(키벨레)는 아티스에게 사랑을 느꼈다. 불안해진 아티스의 부모가 아그디스티스에게서 떼어놓고자 그를 페시누스에 보내어 그곳의 공주인 아타와 결혼하게 했다. 결혼식장에 쫓아온 아그디스티스 때문에 사람들은 광란에 빠지고, 페시누스 왕은 스스로 사지를 절단하고 죽었다. 아티스 역시 달아나다가 소나무 아래서 스스로 거세하고 죽음을 맞이했다. 그는 죽은 후에 소나무로 변하여 영원히 푸르른 존재가 된다.

여기에도 근친상간과 처녀 출산의 모티프가 섞여 있다. 편도나무 열매를 먹은 처녀가 아들을 낳았고, 어머니이자 아버지인 신 키벨레＝아그디스티스는 자기 아들을 사랑했으며, 아들은 자신을 거세하고 죽는다. 아티스는 한편으로는 키벨레＝아그디스티스라는 신의 혈통을 타고났으며 다른 한편으로는 그들과 단절된 나무의 자식이었다. 이 이야기에는 아티스를 페시누스로 보낸 부모가 나와 있지 않다. 어쨌든 그들이 그를 사랑한 부모(키벨레＝아그디스티스)는 아닐 터이니, 그를 버린 어머니와 조부(나나와 산가리오스)이거나, 인간의 가계(家系)를 잇는 명목상의 부모일 것이다. 아티스 역시 성스러운 모순을 품고 있었던 것이다.

이 이야기는 여신 키벨레와 남신 아그디스티스를 동일한 존재로 여긴다는 점에서 우리가 읽은 다른 처녀 출산 이야기와 다르다. 처녀 출산 신화는 근친상간 신화와 결합하여, 스스로를 낳는 재귀적인 사이클을 형성한다. 창조는 무(無)에서 유(有)를 낳는 것이다. 어떤 존재가 다른 이의 도움 없이 누군가를 낳는다면 그 존재는 처녀=어머니일 수밖에 없다. 그 처녀=어머니에게는 아버지가 있을 수 없다. 처음에는 아무것도 없었기 때문이다. 그러나 그렇게 낳은 후에는 짝을 찾아야 한다. 이제 세상에는 복수의 존재가 생겼기 때문이다. 그런데 그 복수의 존재가 어머니(생산한 자)와 아들(생산된 자이면서 생산한 자와 짝을 이루어야 하는 존재, 곧 아들=아버지)이다. 가이아가 우라노스를 낳은 후에, 그와 짝이 되었다는 것을 기억하자.

삶과 죽음이 한 짝이듯(그래서 신화에서는 늘 부활의 테마가 중시된다), 생산과 거세는 한 짝이다. 아그디스티스는 거세된 후에 여신 키벨레가 되고(이제 그녀는 생산하는 여신이다), 아티스는 거세한 후에 소나무로 재탄생했다(이제 그는 부활하는 남신이다). 아티스 축제 때에 사람들은 스스로를 거세하곤 했다고 한다. 그들은 그렇게 거세함으로써, 새로운 생산(부활)의 재귀적인 사이클에 들었던 것이다.

조금 다른 얘기를 소개하고 글을 마치자. 그리움이 낳은 처녀 출산 얘기다. 『수신기』에는 이런 얘기가 전한다.

한나라 말에 영양(零陽)의 태수 사만(史滿)에게 딸이 하나 있었는데, 이 딸이 관부의 한 서좌(書佐)를 짝사랑했다. 그녀는 그를 너무 좋아하여, 시비를 시켜 서좌가 세수한 물을 몰래 가져오게 해서는 그 물을 마셨는데, 그만 임신을 해서는 달이 차서 아이를 낳았다.

아이가 기어다니는 나이가 되자, 태수가 아이를 안고 나와서 아이에게 애비를 찾게 했다. 아이가 기어가서는 곧장 서좌에게로 가서 안기는 것이었다. 서좌가 아이를 밀치자, 아이는 땅에 엎어져 물로 변해버렸다.

이 아기를 신화적인 상상임신의 결과라 말해도 좋을 것이다. 같은 처녀 출생 이야기지만, 이 이야기에는 신이한 탄생에 수반되는 배광(背光)이 없다. 있는 것은 간절한 그리움이 낳은 어떤 형상일 뿐이다. 그것도 간신히, 그의 품에 안긴 후에, 제풀에 풀어지고 마는, 어떤 그리움의 형상 말이다.

14 불

6장에서 물에 관해 살폈으니, 이번에는 불에 관해 살펴보자. 우리는 이미 지귀가 끓어오르는 심사를 견디지 못해 불귀신이 된 것을, 이자나미가 사랑의 불을 견디지 못해 죽음에 든 이야기를 읽었다. 시바의 남근은 전 우주를 관통한 거대한 불기둥이었다. 이 장에서는 다른 불에 관해 살핀다. 물이 몸 안의 물이었듯, 불 역시 몸 안의 불이다.

불에 관한 이야기 중에 제일 유명한 것은 인류를 위해 신들의 불을 훔쳐다준 프로메테우스 이야기일 것이다.

프로메테우스가 진흙을 빚어 인간을 만들었다. 그의 동생 에피메테우스가 사람과 동물들에게 필요한 여러 능력을 부여하는 임무를 맡았다. 그는 어떤 동물에게는 날카로운 발톱을, 어떤 동물에게는 날개를, 어떤 동물에게는 빠른 발을 주었다. 그런데 인간에게 줄 차례가 되자 아무것도 남지 않았다. 프로메테우스가 이를 보고, 하늘에 올라 태양의 수레바퀴에서 불을 훔쳐 (혹은 헤파이스토스의 대장간에서 훔쳤다고도 한다) 인간에게 전해주었다. 분노한 제우스가 코카서스 산에 그를 묶고 독수리로 하여금 그의 간을 쪼아 먹게 하는 형벌을 내렸다. 간은 다음날이면 다시 돋아나, 그를 고통스럽게 했다. 이 형벌은 훗날 헤라클레스가 독수리를 죽일 때까지 계속되었다.

프로메테우스는 신들의 영역에 속한 불을 인류에게 전해준 문화영웅이다. 그가 인간을 위해 해준 것은 이뿐이 아니다. 처음에 제우스에게 희생제물을 드릴 때, 그는 소를 잡아 둘로 나누어, 하나는 살과 내장을 가죽으로 싸고 다른 하나는 살을 발라낸 뼈를 흰 기름으로 싸두었다. 그는 제우스에게 원하는 것을 고르라고 말했다. 흰 기름에 싸인 쪽이 살과 내장이겠거니 생각하고 그것을 고른 제우스는 프로메테우스에게 속은 것을 알고 앙심을 품었다고 한다. 프로메테우스가 훔친 불이 태양에서 나왔다면 불은 태양의 생명력과 관계된 자연의 선물일 것이며, 헤파이스토스의 대장간에서 나왔다면 불은 이미 가공된 인위의 산물일 것이다.

그리스 신화는 이미 문명이 성숙한 단계에서 출현했다. 그 이전에 인류는 나무를 마찰하거나 돌을 부딪쳐서 불을 얻었다. 이 장에서 주로 살필 신화는 그런 아주 오랜 옛날의 이야기들이다. 먼저 폴리네시아의 신화에 나오는 마우이(Maui)의 이야기다.

마우이는 신과 인간 여자 사이에서 태어난 인물이다. 신들의 한계와 인내를 시험하는 게 마우이의 특기였다. 어느 날 마우이는 어머니에게서 고조할머니 마후이케를 화나게 하지 말라는 경고를 받았다. 마후이케는 지하세계에서 불을 지키는 신이었다. 장난기가 발동한 마우이가 마후이케를 찾아갔다. 할머니는 잘생긴 손자에게 반해 무엇을 원하는지를 물었다. 그는 불을 달라고 청했다. 그녀가 손가락 하나를 뽑아 그에게 주었다. 손톱이 활활 타는 불이었던 것이다.

그림 14-1 인류에게 불을 가져다준 문화영웅 마우이.(함부르크, 민속학 박물관)

집을 나온 마우이는 그 손가락을 물에 넣어 불을 꺼버리고는, 다시 여신에게 가서 불을 청했다. 마후이케는 다시 손가락을 뽑아주었다. 마우이는 그 불도 앞서와 마찬가지로 꺼버리고는 다시 그녀에게로 가서 불을 달라고 청했다. 이런 일이 여러 번 반복되었다. 마후이케는 엄지발가락 하나가 남았을 때에야 마우이에게 속은 것을 알았다. 그녀는 화를 내며 마우이를 쫓아 지상에 올라왔다. 마후이케는 그 불을 뽑아 지상에 던지며 말했다.

"이걸 원하냐? 여기 있다, 이게 마지막이다."

불은 삽시간에 퍼져나갔다. 마우이는 독수리로 변하여 도망쳤는데, 지상이 모두 불바다가 되어 내려앉을 곳이 없었다. 그는 아버지 탕가로아에게 도움을 청했다.

"제발 이 불을 꺼주세요."

그러자 비가 내려 불이 꺼졌다. 한 곳에 불씨가 남아 있었다. 비를 맞은 마후이케는 고통 속에서, 몇 남은 불씨를 거두어 나무와 부싯돌 속에 넣어두었다. 사람들이 나무를 마찰하거나 부싯돌을 켜서 불을 일으킬 수 있게 된 것은, 그때 그녀가 넣어둔 불 덕택이다.

　마우이는 인류에게 불을 얻어준 문화영웅이면서 속임수를 잘 쓰는 장난꾸러기 신이다. 이런 신을 트릭스터(trickster)라 부른다. 그의 장난은 기존의 질서를 파괴하여 새로운 질서를 낳는 원동력이 된다. 마우이가 아니었더라면, 대지모신인 마후이케는 여전히 제 몸 속에 불을 감추어두었을 것이고, 인간들은 불을 사용할 수 없었을 것이다. 마우이가 불타는 그녀의 손가락, 발가락을 장난스레 꺼버린 것도 인간에게는 유익한 일이었다. 그가 손가락을 세상에 가져왔다면 불을 쓸 수 있었겠지만, 실수를 저질러 불을 꺼뜨렸다면(손가락, 발가락에 붙은 불은 물에 닿자마자 쉽게 꺼졌다) 다시 얻을 방도가 없었을 것이다. 그녀가 나무와 부싯돌에 불을 보존한 덕분에 인간은 어느 때에든 불씨를 얻을 수 있었다. 멜라네시아 지역의 신화에서 불의 여주인은 고가(Goga)라고 불린다. 최초의 인간이 불을 훔치자, 그녀가 큰비를 내려 불을 끄려고 들었다. 다행히도 한 마리 뱀이 꼬리에 불을 붙여 보존할 수 있었다.

　처음에 불은 여신의 몸 속에 있었다. 여신은 그 불을 어떻게 갖게 되었을까? 파푸아뉴기니에서 전해지는 이야기다. 김화경의 『세계 신화 속의 여성들』에서 인용했다.

　　옛날에 사람들에게 불이 없었을 때, 그들은 식량인 매[薯]나 토란을 햇볕에 말려 먹었다. 한 할머니가 젊은이들과 어울려 살았는데, 젊은이들이 사냥하러 가서 집에 아무도 없게 되면 요리를 시작했다. 그녀는 젊은이들의 음식은 그냥 햇볕에 말려 요리하고, 자기 음식은 불로 익혀 요리했다. 어느 날 젊은이들이 식사를 하는데, 할머니가 미처 치우지 못한 삶은 토란이 나왔다. 그것을 먹어본 이들이 깜짝 놀랐다. 너무 맛있었던 것이다. 비밀을 캐기로 결심한 그들은 사냥을 떠나면서 막내를 몰래 집에 숨겨두었다. 막내가 엿보고 있는데, 할머니는 다른 이들의 음식은 햇볕에 말려 요리하고, 자기가 먹을 음식은 다리 사이에서 불을 끄집어내 요리를 하는 것이었다. 그녀는 요리가 끝나면 불을 사타구니 사이에 집어넣어 숨겼다. 사실을 안 젊은이들이 다음번 요리할 때 할머니를 덮쳤다. 그녀가 황급히 달아났는데, 그만 손에 들고 있던 불을 놓쳐버렸다. 불은 풀밭을 태우고, 다시 풀밭에 있던 나무에 옮겨붙었다. 그 나무 구멍 속에 갈부이이란 이름을 가진 뱀이 살고 있었다. 불이 뱀에게도 옮아가 꼬리를 태웠다. 할머니가 비를 내려 불을 껐지만, 뱀의 꼬리에 붙은 불만은 끄지 못했다. 비가 그친 후에 젊은이들이 뱀을 발견하고, 꼬리에서 나뭇가지로 불을 옮겨붙였다. 그후에는 모든 이들이 불을 사용할 수 있게 되었다.

멜라네시아에도 비슷한 신화가 전해져온다. 옛날에 두 자매가 살았다. 동생이 마를 캐어오면 언니가 받았다. 그런데 언니는 자기 것은 불로 요리해서 먹고 동생 것은 날로 먹게 했다. 이 때문에 동생은 기침을 하느라 제대로 잠을 못 잤으나, 언니는 편안하게 잠들곤 했다. 어느 날 동생이 마를 캐러 가는 척하면서, 몰래 집 안을 엿보니 언니가 두 다리 사이에서 불을 꺼내어 자기 몫의 마를 요리하는 것이었다. 동생이 언니를 설득하여 그 불을 모든 이가 두루 쓸 수 있도록 했다. 이 언니가 일월(日月)의 어머니였다고 하니, 불의 여주인인 것이 당연한 일이다.

노파와 언니의 다리 사이가 불이 드나드는 입구였다. 그녀들의 자궁에 불이 숨어 있었던 것이다. 이 불은 곧 여성이 품은 사랑의, 그 열정이리라. 사람들은 뱀 꼬리(여러 번 말했듯 뱀은 남성의 상징이다)를 이용해 불을 옮겨왔다. 마후이케의 손가락과 발가락, 뱀 꼬리에서 옮겨붙인 나뭇가지도 마찬가지다. 나뭇가지를 마찰시켜 불을 얻는 것은, 여성의 몸 속을 드나들며 사랑을 생산하는 것과 다른 일이 아니다.

파푸아뉴기니의 마린드 섬에 사는 아님 족들의 신화에서는, 이 마찰이 성교 때의 마찰이라는 사실이 직접 드러나 있다. 같은 책에서 간추려 인용한다.

남자들의 조상은 우와바였고, 여자들의 조상은 우아리왐부였다. 어느 날 우아리왐부가 우와바가 싫어져 도망을 쳤다. 우와바가 쫓아가 밤에 그녀를 범했다. 그런데 두 사람의 몸이 붙은 채로 떨어지지 않았다. 다른 이들이 거적을 덮어서 마을로 데려와, 침상에 뉘었다. 아라멤부라는 사내가 와서, 붙어 있는 두 사람을 떼어내기 위해 몸을 붙잡아 흔들고 돌려댔다. 그때 마찰에 의해 연기와 불꽃이 일었다. 이것이 불의 기원이다.

두 사람의 마찰에 의해 일어난 불, 이 정념의 불이 모든 뜨거움의 기원이다. 일본의 태양신 아마테라스(天照大御神)에 관한 이야기를 읽어보자.

태양의 여신 아마테라스는 이자나기와 이자나미의 딸이다. 그녀에게는 말썽꾸러기 동생인 폭풍의 신 스사노오(須佐之南命)가 있었다. 당시에 세상은 세 남매가 나누어 다스리고 있었다. 하늘과 땅을 포함한 빛의 세계는 아마테라스가, 밤의 세계는 달의 신 쓰쿠요미(月讀命)가, 바다는 폭풍의 신 스사노오가 맡았다. 그런데 스사노오는 난폭한 성격을 억제하지 못하고 지상을 파괴했다. 논밭을 헤집어놓고 나무들을 뽑았으며 신전을 파괴했다. 그는 아마테라스의 직물 짜는 방에 가죽을 벗긴 말을 던져넣어 직녀(織女) 한 사람을 죽게 만들기까지 했다.

아마테라스는 그에 대한 분노와 두려움으로 동굴에 숨어버렸다. 태양신이 사라지자 세상은 암흑천지가 되었다. 놀란 800만의 신들이 아마노야스가와(天安河) 물가에 모여 그녀를 나오게 할 방법을 궁리했다. 그들은 동굴 앞의 나무에 팔각 거울을 걸고, 춤의 여신인 아메노우즈메(天宇受賣)가 가슴과 음부를 드러낸 채 손에 창을 들고 머리에 나뭇가지를 꽂고 칡넝쿨을 어깨에 두르고 뒤집어놓은 물통 위에 올라가 선정적인 춤을 추었다. 그 모습에 신들이 웃음을 터뜨렸다. 바깥이 소란스러워지자, 아마테라스가 대체 무슨 일인가 싶어 문을 조금 열어보았다. 아메노우즈메가 대답했다.

"태양신보다 더 빛나는 신이 있기에 우리가 즐거워하는 중입니다."

아마테라스는 문을 조금 더 열고 신들이 가져다놓은 거울에 비친 자신의 모습을 보았다. 그녀가 환하게 비치는 자기 모습에 놀라는 동안, 다른 신들이 동굴 입구의 문을 활짝 열고 그녀의 손을 잡아끌었다. 이렇게 해서 세상에 다시 빛이 찾아왔다.

문을 닫고 동굴에 든 아마테라스의 행위는 몸 속에 불을 숨겨두고 세상에 전하지 않은 여신 마후이케, 젊은이들과 함께 살았던 할머니, 일월의 어머니가 된 언니의 행위와 다른 것이 아니다. 동굴이 또한 여성의 자궁을 상징한다는 것은 앞에서 여러 번 밝힌 바 있다. 그녀는 분탕질하는 남신에 화를 내거나 겁을 먹어 자신의 문을 닫아버렸다. 그녀가 문을 열고 나와야 세상은 다시 생산의 빛으로 충만해질 것이다. 아메노 우즈메의 춤은 바로 그 '성스러운 교합'을 본뜬 것이다. 창과 나뭇가지가 남성의 상징이라면 칡넝쿨은 남녀가 서로를 안을 때 엉켜드는 터럭을 뜻한다. 이제 그녀가 문을 열면, 춤이 가리키는 상징적인 행위가 완성될 것이다. 아마테라스가 문을 열었을 때에 "태양신보다 더 빛나는 신"이 있다는 대답은 물론 거짓말이지만, 아마테라스의 빛이 동굴을 열고 나와야 비로소 환해지는 생산의 빛, 사랑의 빛이라는 점에서 보면 참말이기도 하다. 동굴에 숨은 그녀보다 더 빛나는 신이 거울에 비친 그녀, 곧 세상에 빛을 내는 그녀였기 때문이다. 이제 세상은 사랑의 불, 사랑의 빛으로 다시 환하게 밝혀질 것이다.

신들은 아마테라스를 숨게 만들어 세상에 위기를 가져온 스사노오를 추방했다. 방황하던 스사노오는 한 마을에 이르렀다. 이 마을에서는 머리가 여덟 개나 되는 무서운 뱀(야마타노 오로치란 이름을 가진 괴물) 때문에 처녀를 희생제물로 바치고 있었다. 사정을 전해들은 스사노오는 처녀 대신 자신이 희생되겠노라고 자원하고 나섰다. 그는 처녀 분장을 하고, 방 앞에 여덟 개의 술 단지를 늘어놓은 후에 뱀을 기다렸다. 곧 뱀이 여덟 개의 머리를 들고 방 앞에 다가왔다. 뱀은 술의 유혹을 이기

그림 14-2 에곤 실레의 〈포옹〉. 저 격렬함에는 삶과 죽음이, 열정과 환멸이, 수락과 거절이, 간절함과 안쓰러움이 함께 아로새겨져 있다. 화가가 남녀의 피부에 붉은색을 입힌 것은, 그들이 바야흐로 타오르기 시작했기 때문이다.(빈, 벨베데레 오스트리아 미술관)

지 못하고 여덟 개의 머리를 단지에 넣어 실컷 마시고는 곯아떨어졌다. 스사노오는 잠든 뱀을 토막내어 죽이고, 뱀의 몸에서 나온 보도(寶刀) 쿠사나기(草薙)를 아마테라스에게 복종의 뜻으로 바쳐 누이와 화해했다. 폭풍처럼 몰려다니던 폭풍의 신 스사노오가 난봉꾼이었다면, 뉘우친 스사노오는 또다른 의미의 영웅이다. 그의 역할은 뱀을 물리친 이기(5장), 대적을 퇴치한 신랑(8장), 미노타우로스를 퇴치한 테세우스(11장)의 역할과 같다. 그는 머리가 여덟 개나 되는 뱀(이 뱀은 진정한 사랑이 결여된 괴물, 곧 시쳇말로 바람둥이다)을 무찌르고 처녀를 구해준다. 세상은 그의 힘으로도 바로잡힌 셈이다.

불과 관련된 이야기를 읽었다. 태초의 불은, 물이 그랬던 것과 마찬가지로, 여성의 몸 속에 숨어 있었다. 물, 불과 함께 문명이 시작되었다. 물과 불의 신화는 문명의 기초를 이루는 것 역시 사랑의 논리임을 우리에게 일러준다는 의미에서 시사하는 바가 크다. 우리 안에 이 세상을 이루는 숨은 논리, 몸의 논리가 이미 내재해 있었던 것이다.

¹⁵ 사지절단

엑스터시에 관해 살핀다. 신화에서의 축제, 곧 카니발은 곧잘 무시무시한 살육제의를 수반하기

도 했다. 어째서 그토록 잔인한 일이 벌어졌을까?

이 장의 첫번째 주인공은 디오니소스다. 이 신이 가는 곳마다 무서운 살육이 벌어졌다.

조화의 여신 하르모니아가 영웅 카드모스와 결혼하여, 세멜레를 낳았다. 세멜레의 아름다움에 반한 제우스가 그녀를 차지했다. 질투심에 불탄 헤라가 그녀를 꼬드겨 제우스의 본모습을 보여달라고 청하게 만들었다. 인간의 몸으로 신의 영광스러운 모습을 본다는 것은 죽음을 뜻한다. 세멜레가 원하는 일이면 무엇이든지 들어주겠다고 약속한 제우스였던지라(신들도 자신의 맹세를 어길 수는 없다), 할 수 없이 번개와 천둥으로 무장한 채 세멜레의 방을 찾았다. 세멜레는 그 자리에서 번개에 맞아 타 죽었다. 그때 그녀는 임신한 몸이었다. 제우스는 숯덩이가 된 그녀의 몸에서 아기를 꺼내어 자신의 넓적다리에 넣어 키웠다. 이 아기가 디오니소스다. 제우스는 헤라의 눈을 피하기 위해 그를 세멜레의 언니 이노와 그녀의 남편인 아타마스에게 맡겨 여자아이로 키우도록 했다. 그러나 이번에도 헤라가 눈치를 챘다. 헤라는 둘을 미치게 만들었다. 아타마스는 아들 레아르코스를 사슴으로 착각하여 창을 던져 죽였고, 이노는 아들 멜리케르테스를 끓는 물에 삶아 죽였다. 제우스는 디오니소스를 다시 헤르메스에게 맡겨, 아시아의 뉘사 산에서 키우게 했다. 헤라의 손길이 다시 그곳에 미쳤다. 그녀가 이번에는 디오니소스 자신을 실성하게 만들었던 것이다. 그는 미친 상태로 이집트와 시리아 지방을 방황했다. 그가 소아시아의 프리기아 지방에 이르렀을 때에야, 제우스와 헤라의 어머니인 레아가 광기를 치료해주었다. 온순해진 그는 포도 재배법과 포도주 담그는 법을 배웠으며, 디오니소스 축제로 알려진 고대의 유명한 종교 의식의 주인이 되었다.

그가 태어나면서부터 죽음과 죽임의 드라마가 시작된다. 어머니는 벼락에 맞아 죽었고, 유모와 남편은 미쳐서 아들들을 죽였으며(유모인 이노는 죽은 아들을 품에 안고 바다에 몸을 던져 죽었다), 자신 역시 미쳐서 각지를 방황했다. 이어진 이야기에서도 보듯 광기, 살육, 술, 질투심, 춤, 방황과 같은 화소가 그의 얘기에 편재해 있다.

그는 늘 한 떼의 무리를 이끌고 다녔다. 그를 길러준 뉘사 산의 요정들과 목동과 가축의 신인 반인반수의 신 판, 역시 반인반수인 마신 사티로스, 광신적으로 그를 좇는 무리들(이들을 마이나데스라고 부른다)과 함께였다. 그들은 각지를 다니며 디오니소스 종교를 전파했다. 그들이 트라케 지방에 이르렀을 때 그곳의 왕 뤼쿠르고스가 그들을 박해했다. 그는 디오니소스와 무리를 가두려들었으나 성공하지 못했고 자신이 미치고 말았다. 왕이 디오니소스에게 봉헌된 포도나무를 자른다고 달려들었으나 그가 자른 것은 아들의 다리였다. 제정신을 차린 왕은 나라가 기근에 시달리자 신탁을 물었다. 디오니소스의 노여움을 산 자의 죽음이 필요하다는 대답이 되돌아왔다. 분노한 백성들은 왕을 네 마리 말에게 묶어 사지를 찢어 죽였다. 디오니소스가 고향 테바이에 돌아왔을 때 그곳의 왕 펜테우스 역시 산과 들을 미친 듯이 춤추며 다니는 이들 무리를 싫어했다. 왕은 디오니소스를 가두고는 그들의 종교제전을 보러 갔는데, 거기서 어머니인 아가우에에게 찢겨 죽었다. 그녀에게 광기가 내린 것은 그녀가 왕의 어머니이자 세멜레의 자매였기 때문이다. 오르메노스 왕 미뉘아스의 딸들은 길쌈에 열중하느라 디오니소스 축제를 무시했다. 이 딸들 역시 미쳐서 자신의 아들들을 찢어 죽이고 고통에 사로잡혀 새가 되고 말았다. 티린스의 왕 프로이토스의 딸들 역시 디오니소스 축제에 참여하기를 거절했다가 미쳐서 숲을 떠돌아다니게 되었다. 키오스 섬에서는 디오니소스를 팔아버리려는 한 배의 선원들이 돌고래로 변해버리기도 했다.

대지의 신으로서의 디오니소스는 다산(多産)과 풍요를 상징한다. 우리는 이미 디오니소스가 사랑과 생산의 여신 아프로디테와 어울려 거대한 남근을 가진 생식의 신 프리아포스를 낳았다는 것을 4장에서 읽었다. 그는 또한 포도주의 신이자 피와 정자의 신이기도 했다. 포도주의 붉은 빛은 피를 연상시킨다. 포도주가 식물의 수액(樹液)이라면 피와 정자는 동물의 수액이다. 디오니소스가 가는 곳마다 떠들썩한 음주

가무가 벌어졌다는 것은 이 축제가 (대지가 기르는) 동식물의 생명력을 예찬하고 복원하려는 시도에서 비롯되었다는 것을 일러준다. 디오니소스 축제는 겨울에 행해졌다. 불모의 땅을 떠들썩한 춤과 노래, 술로 풍요의 땅으로 바꾸려는 시도였던 것이다. 유재원이 쓴 『그리스 신화의 세계』에서 옮겼다.

　음악 소리가 고조될수록 춤도 점점 빨라진다. 여인들은 무아경에 빠져들기 시작한다. 땅에서는 젖과 꿀이 솟아나오는 듯한 황홀경이 눈앞에 펼쳐진다. 격렬한 춤에 취한 여신도들은 신들린 상태에 이른다. 광기가 그들의 감각을 지배한다. 현실세계는 사라지고 신과 한 몸이 되는 절정감에 온몸을 떨기 시작한다. 산속에서 야생짐승을 만나면 이는 곧 디오니소스의 현신이다. 앞장을 선 여신도가 디오니소스의 지팡이 '튀르소스'를 흔들며 그 짐승에게 덤벼든다. 신의 몸과 피를 먹고 신성의 일부를 나누어 가지려는 욕망에서 여신도들은 놀라운 힘을 발휘한다. 짐승보다도 더 빨리 더 힘차게 뛰어가서는 그 짐승을 잡아 무서운 기세로 찢어 죽인다. 짐승이 없으면 때로 어린아이가 제물이 되기도 하였다. 모두가 피를 뚝뚝 흘리며 미친 듯이 짐승의 살과 피를 날로 먹어치운다. 이제 신이 그들의 몸 속으로 들어온 것이다. 아니 그들 자신이 신의 살과 피를 먹고 마심으로써 신과 하나가 된 것이다.

　저 무서운 살육은 신의 몸을 먹고 마심으로써 신과 하나가 되는 무아경을 목표로 한 것이었다. 이 행동이 순화된 형태가 바로 기독교의 성찬식이다. 실제로 그리스시대에 민중들 사이에서 무서운 기세로 퍼져

나갔던 디오니소스 제의는 로마시대에 접어들면서 기독교의 제의로 대체되었다고 한다. 디오니소스 자신도 희생되는 신, 부활하는 신이었다. 한 신화에 의하면 거인족들이 어린 디오니소스를 납치한 후에 사지를 찢어 죽인 다음에 솥에 넣어 끓였다고 한다. 아폴론이 살점들을 모아 그를 부활시켰다. 다른 이야기에서는 디오니소스가 거인족들의 추격을 피해 송아지로 변신하자 그들이 송아지를 찢어 죽였고 레아가 조각난 시신을 꿰어맞추어 되살려냈다고도 한다. 아테나 여신이 디오니소스의 심장을 구해서 제우스에게 주자, 제우스가 심장을 삼킨 후에 그를 다시 낳았다고 전해지기도 한다. 이 모든 이야기들은 포도를 수확한 후에 으깨어 포도주를 담그는 과정에 상응한다. 흘러넘치는 포도즙은 유혈이 낭자한 장면을 연상시킨다. 사람들은 포도주를 마시면서 다시 신과 하나가 되는 특별한 경지에 이르렀다. 그런데 디오니소스 자신과 그를 둘러싼 주변 사람들을 찢어 죽이는 일은 어떻게 설명해야 할까? 이 잔인함은 대체 무슨 연유에서일까?

이 무아지경이 성적으로 충만한 상태, 황홀경이다. 종교적인 엑스터시와 성적인 엑스터시는 다른 것이 아니다. 농경 제의로 표현된 죽음/부활의 드라마에 포도주가 있다면, 성희로 표현된 죽음/부활의 드라마에는 피와 정액이 있다. 성희의 순간에 우리는 우리 자신의 몸을 부분으로만 인식한다. 통일된 자아는 사라지고, 황홀경에 빠진 손과 가슴, 입술과 성기, 배와 엉덩이 따위만 남는다. 우리는 그 순간, 라캉이 거울단계라고 부른 자아확립의 단계 이전으로 퇴행하는 것이다. 이것이 살육의 드라마에 숨어 있는 사랑의 감각이다. **디오니소스와 그와 관련된**

그림 15-1 보쉬의 〈지상의 쾌락의 동산〉 오른쪽 날개 부분. 저 분할된 신체들은 지상의 쾌락이 몸의 각 부분을 통해서 구현된다는 걸 보여준다.(마드리드, 프라도 미술관)

사람들이 갈기갈기 찢긴 것은, 지체(肢體)만으로도 전 존재를 대신하는 강력한 엑스터시가 이 신의 후광을 이루고 있었음을 보여준다.

디오니소스는 오르페우스와 함께 엘레시우스 비의(秘儀)를 창시했다고 전해진다. 엘레시우스 제의는 저승 여행에 성공한 디오니소스(그는 하계에 내려가 어머니 세멜레의 영혼을 구했다)와 오르페우스, 하데스가 유괴한 페르세포네를 구출한 데메테르의 이야기에 기초를 둔 재생과 구원의 희망 제의다. 오르페우스 역시 비극적인 최후를 맞았는데, 여기에도 엑스터시가 숨어 있다.

저승에서 사랑하는 아내 에루리디케를 데려오는 데 실패한 오르페우스는 실의에 빠졌다. 그는 다시는 다른 여자들을 거들떠보지 않았는데, 이 점이 트라케 여인들을 질투에 사로잡히게 했다. 그는 어린 소년들과만 어울려 살았으며(그가 동성애에 빠졌다는 말도 있다), 여자들의 구애를 거절했다. 발광한 트라케 처녀들이 마침내 그를 잡아 찢어 죽였다. 여자들은 오르페우스의 수금과 머리를 강물에 버렸다. 제우스는 그의 수금을 거두어 별자리로 박아넣었다.

오르페우스를 죽인 트라케 처녀들은 디오니소스 제의에 참여한 여자들이었다. 그러니까 여자들은 마이나데스였다. 오르페우스의 죽음 역시 디오니소스 제의의 일부였던 셈이다. 오르페우스는 지상 최고의 음악가이다. 음악이 주는 엑스터시 역시 사랑의 황홀경과 다른 것이 아니다. 음악과 시가 생성되는 기본적인 자질은 반복에 있다. 동일한 리듬

그림 15-2(왼쪽) 뭉크의 〈키스〉. 화가는 둘의 얼굴을 뒤섞어 그렸다. 실제로 그렇다. 우리가 입을 맞출 때, 우리 입은 우리 전 존재를 대표한다. 온몸으로 그(그녀)를 받아들이는 것이다. 남녀의 얼굴을 분리해서 그린다는 것은 화가가 키스하는 이의 엑스터시에 참여하고 있지 않았을 때에만 가능한 일이다.(오슬로, 뭉크 미술관)
그림 15-3(오른쪽) 로댕의 〈키스〉. 한데 붙은 남녀의 몸은 대리석에서 아직 분리되지 않은 것이 아니라, 대리석 안으로 함께 녹아들고 있는 것이다. 돌은 정말로 한 몸이다.(파리, 로댕 박물관)

과 박자가 반복될 때, 다시 말해서 특정한 소리(음정이거나 음운)의 움직임이 처음 시작했던 그 자리로 돌아올 때, 그 재귀적인 움직임이 음악과 시를 낳는다. 성희의 기본 형식 역시 반복에 있다. 그녀(그)의 몸을 들고나는 그(그녀)의 움직임을 생각해보라. 오르페우스가 디오니소스와 공유하고 있는 것이 바로 이 엑스터시였던 것이다.

이집트 신화의 오시리스 역시 몸이 토막나 죽는다. 오시리스와 이시스는 사람들에게 곡식의 재배와 제빵 기술과 양조법과 제사 지내는 법을 가르쳤다. 사막의 신 세트가 이들을 시샘하여 죽일 음모를 꾸몄다.

그는 몰래 오시리스의 키를 잰 다음, 그의 키에 딱 맞는 멋진 상자를 만들어 사람들에게 보여주고는, 거기에 딱 맞는 몸을 가진 이에게 그 상자를 주겠노라고 말했다. 오시리스가 상자에 들어가자, 세트는 상자를 봉한 다음 나일 강에 던져버렸다. 우여곡절 끝에 이시스가 이 상자를 구해왔으나, 그녀가 자리를 비운 사이 세트가 오시리스의 시신을 열네 토막으로 잘라 강물에 다시 버렸다. 이시스가 시체를 되찾았으나, 그의 성기만은 끝내 되찾을 수 없었다. 나일 강의 게가 그의 성기를 먹어버린 까닭이다. 호루스가 세트에게서 왕위를 빼앗아 아버지의 복수를 했다. 오시리스는 부활한 신이었음에도 불구하고, 죽은 자들의 세계에 자리를 잡았다. 성기를 잃었으므로 진정한 생산의 신은 될 수 없었던 것이다. 그는 세트로 상징되는 불모를 극복하고 거듭났으나, 그 재생은 불구로서의 재생이었다. 오시리스 역시 몸이 찢겼으나 그가 보여준 엑스터시는 다시는 회복할 수 없는 최후의 황홀경이었던 셈이다. 그는 다시는 그런 엑스터시를 맛볼 수 없을 것이다.

　종교적인 혹은 신화적인 엑스터시가 성적인 엑스터시와 다른 것이 아님을 보여주는 그림이 있다. 종교에서의 신비 체험은 지극한 열락(悅樂)이라는 점에서 침대 위의 체험과 다른 것이 아니다. 죽음은 엑스터시를 가능하게 한다는 점에서 지복(至福)이다. 그림 15-6은 베르니니가 조각한 황홀경에 빠진 성 테레사의 모습이다. 성 테레사(1512~1582)는 성령의 계시를 받아 신비주의적인 까멜 수녀회를 창립한 인물이다. 꿈에서 천사의 방문을 받은 테레사가 지복의 열락 속에 잠겼다. 발가락에 힘을 주고 있는 저 모습은 그녀가 성적인 엑스터시에 사로잡혀 있다는

그림 15-4(위 왼쪽) 클림트의 〈처녀들〉. 한데 얽힌 처녀들의 손과 발은 성애의 순간에 분리된 지체를 효과적으로 보여준다.(프라하, 국립 미술관)

그림 15-5(위 오른쪽) 한 처녀가 오르페우스의 머리와 수금을 강에서 건져올렸다. 평안한 오르페우스의 저 얼굴을 보라. 음악의 감동에 혹은 성적인 희열에 잠겨든 모습이다. 구스타브 모로의 그림.(파리, 루브르 박물관)

그림 15-6(아래 왼쪽) 베르니니가 조각한 〈성 테레사의 엑스터시〉.(로마, 산타 마리아 델라 비토리아 성당)

그림 15-7(아래 오른쪽) 7세기 엘레판타 석굴 남쪽 벽에 조각된 시바의 상. 남녀 양성으로 표현된 시바 '시바 아르다나니스와르' 라고 부른다)는, 성적인 황홀에 빠진 두 육체가 서로 한 몸이라는 것을 가르쳐준다.

것을 분명하게 보여준다. 천사가 한 손으로 그녀의 겉옷을 들치고, 다른 한 손에 잡은 화살로 그녀의 심장을 겨누고 있다. 에로스의 도상적 전통을 천사에게 부여하고 있는 것이다. 그녀는 지금 구름 위에 앉아 있다. 다른 말로 둥둥 떠다니고 있다. 일설에 의하면 교황이 작품을 보고 너무 선정적이라 하여 바티칸에 두기를 거절하여, 산타 마리아 델라 비토리아 성당에 둔 것이라 한다.

　사람이 사람을 죽이고 죽는다는 것, 서로간에 먹고 먹힌다는 것, 이것은 엑스터시의 신화적 표현이다. 사지절단의 신화는 바로 이 엑스터시의 논리, 사랑의 논리를 보여주는 신화이다. 그대를 사랑해서 나는 내 몸을 준다. 그대를 사랑해서 나는 그대의 몸을 접수한다. 이것이 사지절단의 신화에 내재한 정신이며, 카니발의 기본 정신이다.

16 꽃

우리 신화로 시작했으니, 우리 신화로 이야기를 마치자. 우리가 살펴볼 마지막 테마는 꽃으로,

이를 다루는 이야기들은 무척 아름답다. 우리 무속 신화에 펼쳐진 꽃밭으로 가보자.

먼저 읽을 이야기는 저승과 이승을 다스리는 신이 된 대별왕과 소별왕 신화다. 우리는 9장에서 지금 읽을 천지왕본풀이의 앞부분을 미리 살핀 바 있다.

　천지왕의 아들 대별과 소별은 아버지가 준 박씨를 심어, 거기서 솟아난 덩굴을 타고 하늘나라에 올랐다. 그들이 아버지를 만나자, 천지왕이 무쇠 활과 화살을 주며 말했다.

　"너희가 내 자식이라면 이것으로 증명해 보여라."

　당시에는 해가 둘, 달이 둘이어서, 세상이 너무 뜨거웠다. 대별왕이 태양을 겨누어 살을 날려 태양 하나를 꿰뚫었다. 해는 수천 조각으로 흩어졌다. 소별왕이 달을 겨누어 살을 날려 달 하나를 맞혔다. 달 역시 수천 조각으로 흩어졌다. 이것이 하늘에 별이 많은 이유다(혹은 하늘의 해와 달을 하나씩 없앤 것은 대별왕과 소별왕의 소임이 정해진 이후라고도 한다). 천지왕은 기뻐하며, 둘을 불러 말했다.

"너희가 내 아들인 게 분명하구나. 지금 나 혼자서 하늘나라와 이승과 저승을 다스리기에 벅차다. 너희 둘이 이승과 저승을 맡아 다스리렴."

둘은 수수께끼를 내어 이긴 사람이 다스릴 영역을 먼저 선택하기로 했다. 대별왕이 소별왕에게 물었다.

"어떤 나무는 사철 잎이 지지 않고, 어떤 나무는 잎이 지느냐?"

"속이 꽉 찬 나무는 잎이 지지 않고 속이 빈 나무는 잎이 집니다."

"틀렸다. 청대와 갈대는 마디마디 속이 비었어도 잎이 지지 않는다."

대별왕이 다시 물었다.

"높은 곳에 난 풀과 낮은 곳에 난 풀 가운데 어느 쪽이 잘 자라느냐?"

"봄철에 바람이 불고 비가 내리면 높은 곳의 흙이 씻겨내려가므로, 높은 곳의 풀은 잘 자라지 않고 낮은 곳의 풀이 잘 자랍니다."

"틀렸다. 사람의 머리털은 높은 곳에 있어도 잘 자라고, 발등의 털은 낮은 곳에 있어도 잘 자라지 못한다."

소별의 지혜가 대별의 지혜를 이기지 못했다. 본래 수수께끼는 천상의 비밀을 밝히는 방법이다. 수수께끼는 상식을 넘어선 방법으로, 직관을 통해서 답을 구해야 한다. 천상의 지식은 인간의 머리로, 논리와 추론을 통해서는 얻어지지 않는다. 섬광처럼 떠오르는 직관만이 불가지(不可知)의 세계를 열어젖힐 수 있다. 이 비밀을 통찰한 자가 신화 세계의 주인이다. 수수께끼로는 형을 이기지 못할 것이라 생각한 소별왕이 다른 내기를 제안했다.

"형님, 수수께끼는 그만두고 꽃 피우기 내기를 합시다. 같은 날 꽃씨를 심어서 더 많은 꽃을 피우는 쪽이 내기에서 이긴 걸로 하지요."

"그러자꾸나."

대별왕이 순순히 응낙하고, 꽃씨 둘을 얻어와 나누어 심었다. 대별왕의 꽃은 나날이 싱싱하게 피어나는데, 소별왕의 꽃은 작고 볼품이 없는데다가 나날이 시들어갔다. 소별왕이 마지막 꾀를 냈다.

"형님, 이번에는 누가 더 잘 자나 내기를 합시다."

이번에도 대별왕이 승낙하고 잠이 들었다. 형은 세상모르고 잠이 들었는데, 동생은 잠을 자는 척하다가 몰래 일어나서는, 꽃을 바꿔치기했다. 대별왕이 일어나서 보니, 동생의 꽃이 활짝 피었고 자신의 꽃은 시들어 말라버렸다. 소별왕은 속임수를 써서 이긴 뒤, 이승을 차지했다. 그래서 세상에 욕심과 속임수가 왕왕 있게 된 것이다. 반면 대별왕이 다스린 저승은 정의와 법도가 바로서는 곳이 되었다. 그래서 저승에 가면 이승의 응보를 올바로 받게 되는 것이다. 한편 총명부인은 후에 바지왕이 되어 땅 세상을 다스려, 하늘 세상을 다스린 남편 천지왕과 함께 세상의 법도를 바로 세우게 되었다고 한다.

꽃 피우기 내기로 이승과 저승의 통치자를 결정한다는 생각은 무척 아름답다. 무력과 살부(殺父)와 위세로 세상을 차지한 그리스 신들의 방식과는 전혀 다른 우리네 방식이다. 꽃은 생명의 아름다움 그 자체다. 다치기 쉬운 생명을 잘 돌보고 가꾸는 일이야말로 생명 있는 자들을 다스리는 근본 자질임에 틀림이 없다. 소별왕이 속임수로 꽃을 바꿔

그림 16-1 이집트 신화에 나오는 신의 눈. 태초에 혼돈의 바다인 눈(Nun)에서 태어난 아톰(Atum)의 눈(eye)이라고도 하고, 태양신 라(Ra)의 눈이라고도 한다. 후대에 이 두 신이 동일시되었기 때문에, 이 눈은 두 신 모두에게 속한 눈이 되었다. 라에게 속했을 때에, 이 눈은 천지만물을 비추는 태양 자체이기도 하다. 태초에 창조신 아톰이 대기인 슈(Shu)와 습기인 테프누트(Tefnut)를 낳았다. 아톰은 자신의 눈(eye)을 보내 태초의 바다에서 이들을 찾아왔다. 최초의 눈은 그 보상으로 아톰의 이마에 놓이는 영광을 얻었다. 다른 신화에서는 이 눈(eye)이 라에게 돌아왔을 때에, 다른 눈이 이미 돋은 것을 보고 분노했다고 전한다. 라는 이 눈을 우라에우스라는 뱀의 모습으로 바꾼 후에, 자신의 이마에 두어서 진정시켰다. 눈 또는 뱀은 세상을 효과적으로 지배하는 통치자가 되었다. 후대에 이 눈이 왕권을 상징하는 문장이 된 것은 이런 까닭이다. 아톰에게 속한 것이든 라에게 속한 것이든 이 태초의 눈은 하나밖에 없었다. 태초의 물이 어머니 몸 속에 든 양수라면, (하나밖에 없는) 이 눈은 여성의 성기를 상징하는 것일 수밖에 없다(눈과 여성 성기의 유사한 모양을 생각해보라). 눈 또한 뱀(남성의 성기를 상징하는 것임을 1장과 5장에서 여러 차례 밝혔다)과 호환될 수 있다. 태초의 시작이 남성과 여성에게서 비롯되었기 때문이다.(카이로, 이집트 박물관)

치기했다고 하여, 세상의 불의가 온전히 그의 탓이었다고 말할 수는 없다. 만일 이 세상과 저 세상의 통치자가, 다시 말해서 이 세상과 저 세상의 질서가 바뀌었다면 어떻게 되었을까? 저승에서 응보가 올바로 서지 않는다면, 이승에서 선악을 분별하여 살 필요가 없을 터, 이승과 저승 모두가 난장판이 되었을 게 분명하다.

소별왕의 속임수를 다르게 보고 싶다. 그것은 이 세상을 다스리고자 하는 욕심에서 비롯된 것이었다. 그가 가진 것은 사람살이에 대한 강렬한 열망, 다시 말해서 삶에 대한 사랑이었다. 꽃은 넓게는 생명 일반이면서, 좁게는 여성이다. 꽃은 식물의 생식기이며, 늘 여성에 비유되어 왔다. '꽃을 꺾다' 라는 관용어는 '여성을 취하다' 라는 뜻이다. 대별왕은 크고 아름다운 꽃을 피워냈으나, 끝내 그 꽃을 지켜내지 못했다. 그는 잠이 들었다. 누군가와 '잠자리에 들다' 라는 관용어 역시 그 사람과 '성교를 하다'라는 뜻이다. 그는 자신이 키운 꽃을 꺾은 셈이다. 소별왕은 잠이 들지 않았으며, 그로써 크고 환한 꽃을 차지했다. 7장에서 살핀 신데렐라의 신발을 생각해보면 될 것이다. 신데렐라는 피를 흘리지 않았으며, 그로써 왕자의 배필이 될 순결한 존재임을 입증했다.

이집트 헤르모폴리스의 천지창조 신화에서 태양신 라는 물에서 피어난 연꽃에서 탄생했다. 이 꽃 역시 여성의 생식기를 상징하는 것이다. 그림 16-1에 나오는 눈은 이 꽃과 호환되는 여성 성기의 변형물이다. 실제로 헤르모폴리스의 연꽃은 라의 눈과 동일시되었다. 꽃에서 나온 창조신은 눈물을 흘렸는데, 이 눈물이 변하여

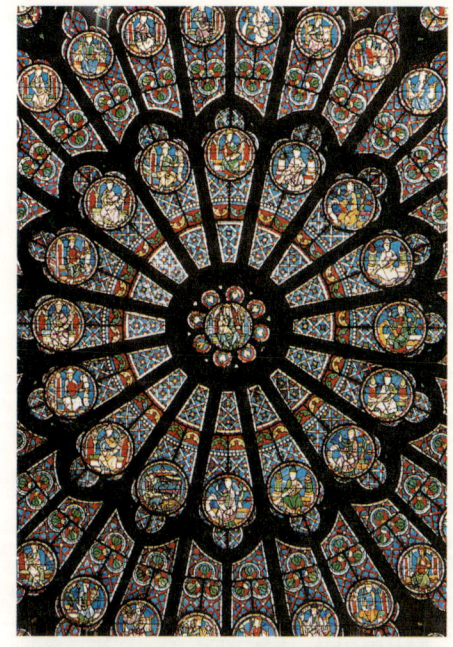

그림 16-2(위) 〈장미의 창〉으로 알려진 13세기의 스테인드글라스. 중앙의 원에는 아기 예수를 안은 성모가, 그를 둘러싼 첫번째 원주에는 예수 탄생을 예언한 선지자들이, 두번째 원주에는 예수의 선조가 되는 구약시대 왕들이 그려져 있다. 하늘로 높이 솟은 고딕 성당의 첨탑과 넓은 창에 수놓아진 화려한 꽃의 대비 역시 우주적인 남성과 여성의 상징이다.(파리, 노트르담 성당)
그림 16-3(아래) 11세기에 지어진 인도 비말라 사원의 천장 장식. 도열한 불상들이 이 우주적인 꽃(=자궁)에서 태어난 아기들처럼 보인다.

그림 16-4(왼쪽) 우주의 바다 위에서 비슈누와 락슈미가 우주 뱀 아난타를 타고 있다. 주변에 널린 동식물들과 신들을 보라. 뱀과 바다, 곧 우주 남성과 우주 여성에게서 만물이 생겨난다. 정확히 말하면, 뱀과 연꽃의 결합에 의해서다.(프라하, 국립 미술관)
그림 16-5(오른쪽) 이집트 아비도스의 오시리스 신전에 있는 기하학적 상징으로 '생명의 꽃'이라 불린다. 생명의 꽃은 세계 각지에서 발견되며, 우주 전체의 비밀을 숨기고 있다고 알려져 있다. 플라톤은 우주가 서로 맞물린 기하학적 패턴을 갖고 있다고 믿었다. 이 꽃에 숨은 6각형 무늬가 그 예다. 꽃 자체가 생명이다. 여기서 만물이 생겨나기 때문이다.

인류가 되었다. 여성의 몸에서 나온 물이 양수이므로, 이 물이 인류의 시작이라는 것을 이해할 만하다. 인도 신화의 비슈누는 우주의 바다 위에서 똬리를 틀고 있는 뱀 아난타(Ananta) 위에서 잠을 자고 있었다. 잠자는 그의 배꼽에서 자라던 연꽃에서 브라흐마가 태어났다. 비슈누의 배우자인 락슈미(Lakshmi)도 물 위를 떠다니는 연꽃에서 태어났다. 물과 뱀과 연꽃의 상징이 여기에서도 일관된 형상을 얻고 있는 셈이다. 남미 아스테크 족의 여신인 소치케찰(Xochi-quetzal)은 '가장 비싼 꽃'이란 뜻을 갖고 있다. 그녀는 대지에 꽃을 피우고 열매를 맺는 여신이었다. 아스테크인들은 그녀가 사람들에게 아이를 가져다준다고 믿었다. 꽃과 생산의 관계가 여기서도 확인된다.

삼신할미의 내력을 설명하는 삼승할망본풀이에서도 꽃 피우기 내기가 등장한다. 누가 삼신할미로 적절한가를 두고 동해용궁 따님아기와 명진국 따님아기가 경쟁을 했다. 서천서역국 모래밭에 꽃씨를 뿌려 누가 더 번성하는가에 따라 승자를 정하기로 했다. 동해용궁 따님아기의 꽃은 뿌리도 하나, 가지도 하나, 송이도 하나였고, 명진국 따님아기의 꽃은 뿌리는 하나인데 가지가 4만5천6백 개였다. 옥황상제가 그것을 보고, 명진국 따님아기 꽃은 '번성꽃'이 되었으니 그녀가 이승할망이 되고, 동해용왕 따님아기 꽃은 '시드는 꽃'이 되었으니 그녀는 저승할망이 되라고 판결했다. 퍽퍽한 모래밭에 피워낸 생명의 꽃이라니, 놀라운 사랑의 힘이 아닐 수 없다. 시드는 꽃, 죽은 꽃은 저승꽃이다. 동해용왕 따님아기가 저승의 지배자가 된 것도 당연한 일이다.

우리 신화에는 서천꽃밭이란 곳이 있다. 이곳에는 사람의 운명을 좌우하는 온갖 꽃이 피어 있다. 서정오가 지은 『우리가 정말 알아야 할 우리 신화』에 의하면, 처음에 꽃밭을 만든 이는 삼신할미로, 태어날 아기의 운명을 알아보기 위해 꽃을 심었다고 한다. 후에 꽃밭을 드나드는 이가 늘자 이곳을 지키는 신을 임명했는데, 이 이가 꽃감관이다. 사라도령과 신산만산할락궁 두 부자에 얽힌 이야기는 꽃으로 삶과 사랑을 설명하는 장려한 신화다. 이공본풀이 때에 불려지는 이야기다.

김진국과 임진국이 한 마을에 살았다. 두 집 모두에게 아기가 없어 절에 정성으로 불공을 드렸다. 과연 태기가 있어 김진국은 아들을 낳아 사라도령이라 이름 지었고, 임진국은 딸을 낳아 원강아미라 이름 지었다. 둘은 열다섯이 되어 혼인을 했다. 아내의 뱃속에 아이가 자랄 무렵, 사라도령은 하늘에서 옥황상제의 편지를 받았다. 서천꽃밭의 꽃감관 자리가 비었으니, 와서 이 벼슬을 하라는 것이었다. 하늘의 명이라 하는 수 없이 사라도령이 먼 길을 떠나려는데, 아내가 따라가겠다고 나섰다. 남편이 만류했으나 지아비를 따르겠다는 아내의 굳은 결심을 만류할 수 없었다. 하지만 서천꽃밭으로 가는 길은 멀고도 험한 길, 마침내 기진한 아내는 더는 걸음을 뗄 수 없게 되었다. 마침 들른 마을에 자현장자라는 큰 부잣집이 있었다. 그 집을 보며 아내가 말을 꺼냈다.

"서방님, 저는 이제 도저히 갈 수 없으니, 저를 저 집의 몸종으로 파십시오."

"어찌 그럴 수가 있겠어요?"

"종으로 구차하게 사는 게 길에서 구차하게 죽는 것보다 낫습니다."

사라도령이 달리 도리가 없어서 아내를 자현장자 집에 팔았다. 헤어지는 날 밤, 남편이 울며 말했다.

"만일 아들을 낳거든 신산만산할락궁이라 짓고, 딸을 낳으면 신산만산할락덕이라 하세요."

그는 아내에게 증표로 얼레빗 반쪽을 주고는 서천꽃밭으로 떠났다.

저승의 큰 벼슬아치인 사라도령도, 이승의 일가붙이가 종으로 팔려가는 걸 막지 못했다. 그는 지금 생명을 주재하는 막중한 임무를 맡으려 하는데, 식구들은 악한의 수중에 떨어져 고난을 겪기 시작한다. 자현장자는 몇 번이고 원강아미를 찾아와 몸을 요구했다. 처음에 원강아미는 아기를 낳을 때까지는 남의 아내가 될 수 없다고 거절하고, 사내아기를 낳은 후에는(이 아이가 신산만산할락궁이다) 아이가 제 발로 걸어다니며 일할 때까지는 남의 아내가 될 수 없다고 거절했다. 자현장자가 분을 내어 모자에게 온갖 고된 일을 시켰다. 그러던 어느 날의 일이다.

고된 일을 견디다 못한 신산만산할락궁이가 어머니에게 물었다.
"어머니 제 아버지가 누구입니까?"
"자현장자가 네 아버지다."
"세상 어느 아버지가 이토록 모질게 군답니까? 아버지를 가르쳐주세요."
"자현장자가 네 아버지다."
어머니의 대답은 한결같았다. 아들이 꾀를 내어 콩 한 되를 얻다 어머니에게 볶아달라고 했다. 콩을 저으려고 하는데, 주걱이 없었다. 아들이 주걱을 몰래 감춰둔 탓이었다. 하는 수 없이 손으로 저으려 드는데, 아들이 어머니의 손을 잡고 뜨거운 콩 사이에 넣으려 했다.
"어머니, 이래도 가르쳐주지 못하겠어요?"
원강아미는 하는 수 없이 아버지의 정체를 아들에게 일러주었다.

어머니가 아버지의 정체를 숨기려든 것은, 아버지가 이 세상에 속한 사람이 아니기 때문이다. 친아버지는 저승에 있었다. 아버지는 이미 죽어서, 이승의 모자에게 아무 도움도 되지 못했다. 하지만 정작 어머니는 아들에게 새아버지라고 일러준 자현장자의 구애를 거절했다. 여기에서 신산만산할락궁이의 내면에 펼쳐진 격정의 드라마를 읽을 수도 있을 것이다. 신데렐라의 계모가 실은 무서운 친어머니였다는 결론을 기억하자. 아들은 이 무서운 친아버지(자현장자)의 손아귀에서 벗어나야 세상에서 올바로 설 수 있게 된다. 그는 이제 입사의식(入社儀式)을 치르러 먼 길을 떠날 것이다.

그 전에 할 일이 있다. 아들이 어머니를 위협한다. 어머니의 손을 뜨거운 콩 속에 넣어 태우려 든 것이다. 이 협박에도 성적인 내포가 숨었다. 뜨거운 콩은 주걱으로 저어야 한다. 어울리지 않는 짝, 이를테면 손과 뜨거운 콩이 맺어졌다가는 손을 데고 말 것이다. 신산만산할락궁이는 어머니에게 진정한 아버지로 인정할 수 있는 이가 아니라면, 자현장자가 어머니의 남편도 자신의 아버지도 될 수 없다고 이야기하고 있는 것이다.

어머니는 아들에게 아버지가 신표로 준 얼레빗 반쪽을 주고는 길을 떠나게 했다. 천신만고 끝에 신산만산할락궁이는 서천꽃밭에 이르렀다. 꽃밭 한쪽에 연못이 있고, 그 옆에 버드나무가 자라고 있었다. 그는 나무 위에 올라가 손가락을 깨물어 피를 내어 연못에 몇 방울을 떨어뜨렸다. 곧 연못물이 말라버렸다. 부정을 탄 것이다. 물 길러 온 선녀들이 이를 보고 놀라서 꽃감관에게 가 보고했다. 꽃감관이 나와서 보고 꾸짖자, 아들이 정체를 밝혔다.

"저는 신산만산할락궁이로, 이곳의 꽃감관으로 계시는 아버지를 찾아왔습니다."

"어머니는 누구냐?"

"제 어머니는 자현장자 집에 종으로 있는 원강아미입니다."

"그러면 증표가 있느냐?"

아들이 얼레빗 반쪽을 꺼냈다. 아버지가 가지고 있는 얼레빗과 맞추어보니 딱 들어맞는 것이었다.

"내 아들이 틀림없구나. 아들아, 여기 올 때 물을 건넜느냐?"

"예, 처음에는 무릎까지 차는 물을 건넜습니다."

"그것은 네 어머니에게 첫 다짐을 받은 물이다."

"그 다음에는 가슴까지 차는 물을 건넜습니다."

"그것은 네 어머니에게 두번째로 다짐을 받은 물이다."

"마지막으로 목까지 차는 물을 건넜습니다."

"그것은 네 어머니에게 마지막으로 다짐을 받은 물이다."

마지막이란 말에 아들이 목놓아 울었다. 어머니는 아들을 떠나보낸 후에, 자현장자에게 죽임을 당했던 것이다.

신산만산할락궁이는 나무 위에 올라가 연못 위에 피를 떨군다. 손(주걱)과 볶은 콩과 마찬가지로, 나무와 연못 역시 남성과 여성에 대응하는 상징물이다. 거기에 피가 섞였으니, 연못은 동정(童貞)을 잃었다. 이것은 신산만산할락궁이가 서천꽃밭의 주인임을, 곧 모든 삶과 사랑을 지배할 자격이 있음을 증명하는 상징적인 사건이다. 그는 연못과 꽃으로 상징되는 여성을, 나아가 생명을 주재할 자격을 갖춘 인물이었다.

그는 어머니가 아버지와 헤어지면서 다짐한 맹세의 물을 건너왔다. 이 강물은 사랑하는 이들을 질러가는 사랑의 물이자, 아들을 띄워 보낸 어머니의 물 곧 양수(羊水)다(6장에서 이에 관해 자세히 살폈다). 한편으로 이 물은 어머니의 죽음과 관련된 물이라는 점에서, 〈공무도하가〉

에서 백수광부(白首狂夫)가 건넜던 바로 그 물이기도 하다. 탄생이 죽음을 전제로 한다는 점에서 사랑의 물은 죽음의 물과 다른 것이 아니다.

신산만산할락궁이가 서천꽃밭을 찾아간 이야기는 일종의 저승 여행담이다. 저승 여행담은 아주 많다. 우리는 죽은 페르세포네, 에우리디케, 세멜레, 죽은 여동생을 구하기 위해 저승을 찾아간 데메테르(2장), 오르페우스(3장), 디오니소스(15장), 사야디오(3장)의 이야기를 읽었다. 저승에서 죽었다가 남편의 죽음을 대가로 치르고 겨우 이승으로 돌아온 인안나 여신(2장)도 있었다. 저승에 있는 아버지 오시리스를 만나서 지혜를 얻어 돌아온 호루스, 페르세포네를 신붓감으로 탐낸 친구 페이리투스와 함께 저승을 찾은 영웅 테세우스, 망각의 의자에 앉아 이승의 기억을 잃은 테세우스를 구출한 영웅 헤라클레스(그는 저승의 머리 셋 달린 개 케르베로스를 잡으러 왔다), 예언자 티레시아스의 예언을 듣기 위해 저승을 찾아온 오디세우스, 저승을 찾아가 아버지 앙키세스를 만난 로마 황제의 시조 아이네이아스, 남편 사트야반트의 영혼을 되찾기 위해 저승을 찾아간 인도 신화의 정숙한 아내 사비트리 등이 모두 그런 인물이다.

우리 신화의 저승 여행은 입사(入社) 모티프를 내장하고 있다는 점에서 앞의 이야기들과 다르다. 신산만산할락궁이는 죽음의 세계를 겪으며, 진정한 아버지의 모습을 찾아낸다. 이제 그는 귀환하여 어머니를 되살려내게 될 터인데, 그로써 진정한 어머니의 모습도 회복하게 될 것이다.

그가 돌아가 원수를 갚겠다고 하자, 아버지가 꽃밭으로 아들을 데리고 갔다. 거기에는 온갖 종류의 꽃이 있었다. 죽은 사람의 뼈가 서게 하는 뼈살이 꽃, 살이 돋게 하는 살살이꽃, 피가 돌게 하는 피살이꽃, 숨이 돌아오게 하는 숨살이꽃, 영혼을 불러오는 혼살이꽃의 다섯 환생꽃과 사람을 웃게 만드는 웃음꽃, 싸우게 만드는 싸움꽃, 서로 죽고 죽이게 만드는 수레멸망악심꽃이 피어 있었다. 신산만산할락궁이는 보이는 대로 꽃을 따서 품에 품고 서천꽃 밭을 빠져나왔다.

그가 자현장자의 집에 돌아오자 자현장자의 가족들이 모여 그를 죽이려고 들었다. 그가 웃음꽃을 꺼내자 모두들 배를 움켜쥐고 웃느라 마당을 뒹굴었다. 싸움꽃을 내자 자현장자의 가족들은 서로 치고 받고 싸웠다. 마지막으로 수레멸망악심꽃을 내자 그들은 서로 죽이기 시작했다. 원수를 갚은 그는 어머니가 죽임을 당한 후에 묻힌 뒷산 청대밭을 찾아갔다.

어머니의 시신을 찾아 그 위에 뼈살이꽃을 올려놓으니 뼈가 서로 붙고, 살살이꽃을 올려놓으니 살이 돋아나고, 피살이꽃을 올려놓으니 피가 돌고, 숨살이꽃을 올려놓으니 숨을 쉬고, 혼살이꽃을 올려놓으니 혼이 돌아왔다. 마침내 어머니가 기지개를 켜고 일어났다.

"아, 봄잠을 달게 잤구나."

꽃으로 사람살이의 모든 점을 설명하는 놀라운 신화가 아닐 수 없다. 우리 신화에는 이 꽃이 흔하게 나온다. 7장에서 살펴본 세경본풀이의 여주인공 자청비 역시 꽃으로 하인 정수남을 되살리고, 오구풀이에 등장하는 바리데기도 꽃으로 아버지 오구대왕을 되살리고, 문전본풀이에 등장하는 일곱 아들 역시 꽃으로 어머니 여산부인을 살려낸다. 꽃이 생명이라는 것, 정확히 말해서 사랑하는 일이 곧 삶의 처음이자 마지막이라는 것을 보여주는 상상력이 아닐 수 없다. 그렇지 않은가? 저 많은 꽃들의 이름은 삶과 사랑을 동일시하는 상상의 결과가 아닌가? 어떤 사랑은 뼈를 울리고 어떤 사랑은 살을 흔들고 어떤 사랑은 피를 흘리게 하고 어떤 사랑은 숨쉬게 하고 어떤 사랑은 혼을 빼놓거나 혼이 돌아오게 한다. 우리는 사랑 때문에 울고 웃고 심지어 서로를 죽이기까지 한다. 아니, 사랑의 논리 아래서는 죽음도 한바탕 긴 봄날의 잠이다. 사랑 때문에 겪은 죽을 것 같은 고통도, 다른 사랑이 찾아오고 나면 일장춘몽으로 기억될 것이다.

꽃 이야기에 힘입어 이 글을 마칠 수 있을 것 같다. 이는 처음으로 돌아가는 길이기도 하다. 이 책의 시작이자 결론은 같다. 모든 신화는 사랑 이야기다. 신화는 사랑의 논리로 저 차가운 세상을 이긴다. 우리는 사랑 안에서 신화가 보여주었던 저 놀라운 신이(神異)를 경험한다. 우리는 사랑의 힘으로 기적을 일으킨다. 신화적 비약, 그것이 바로 사랑의 놀라운 힘이었던 것이다.

참고문헌

간보, 『고대 중국민담의 재발견 1-2(수신기)』, 도경일 옮김, 세계사, 1999.

강웅천, 『문명 속으로 뛰어든 그리스 신들 1-2』, 사계절, 1996.

고운기, 『우리가 정말 알아야 할 삼국유사 상-하』, 현암사, 2002.

고운기, 『일연과 삼국유사의 시대』, 월인, 2001.

구사노 다쿠미, 『환상동물 사전』, 송현아 옮김, 들녘, 2001.

국립국어연구원, 『우리 문화 길라잡이』, 학고재, 2002.

김대문, 『화랑세기』, 이종욱 역주, 조합공동체소나무, 1999.

김동욱 해설, 『삼국유사의 문예적 연구』, 새문사, 1982.

김문태, 『『삼국유사』의 시가와 서사문맥 연구』, 태학사, 1995.

김부식, 『삼국사기』

김산해, 『최초의 신화 길가메쉬 서사시』, 휴머니스트, 2005.

김선자, 『변신 이야기』, 살림, 2003.

김선자, 『중국 변형 신화의 세계』, 범우사, 2001.

김선자, 『중국 신화 이야기 1-2』, 아카넷, 2004.

김시습, 『금오신화』, 이재호 옮김, 솔, 1998.

김양기, 『우리 신화의 수수께끼』, 넥서스, 2000.

김열규 외, 『신 삼국유사』, 사계절, 2000.

김영래, 『편도나무야, 나에게 신에 대해 이야기해다오』, 도요새, 2002.

김영학, 『민화』, 대원사, 1993.

김우진 외, 『그리스-로마 신화의 이면과 저면』, 만남, 2002.

『주역』, 김인환 옮김, 나남출판, 1997.

김재용 외, 『왜 우리 신화인가』, 동아시아, 1999.

김종대, 『우리 문화의 상징세계』, 다른세상, 2001.

김형효, 『데리다의 해체철학』, 민음사, 1993.

김화경, 『세계 신화 속의 여성들』, 도원미디어, 2003.

김화경, 『일본의 신화』, 문학과지성사, 2002.

나경수, 『한국의 신화 연구』, 교문사, 1993.

나카자와 신이치, 『곰에서 왕으로』, 김옥희 옮김, 동아시아, 2003.

나카자와 신이치, 『성화 이야기』, 양억관 옮김, 교양인, 2004.

나카자와 신이치, 『신화, 인류 최고의 철학』, 김옥희 옮김, 동아시아, 2003.

노성두, 『천국을 훔친 화가들』, 사계절, 2000.

『노자』

다카시나 슈지, 『명화를 보는 눈』, 신미원 옮김, 눌와, 2002.

류경희, 『인도 신화의 계보』, 살림, 2003.

마노 다카야, 『천사』, 신은진 옮김, 들녘, 2000.

무라야마 지준, 『조선의 귀신』, 노성환 옮김, 민음사, 1990.

민족문화연구소 편, 『삼국유사 연구 상』, 영남대학교 출판부, 1983.

박정혜 외 편, 『신화의 세계』, 성신여자대학교 출판부, 2000.

방경혁 역, 『제2의 성경 외경』, 보문출판사, 1990.

사마천, 『사기열전 상·중·하』, 정범진 외 옮김, 까치, 1995.

서규석 편저, 『이집트 사자의 서』, 문학동네, 1999.

서문성 편, 『한국 귀신 이야기』, 미래문화사, 2003.

서유원 편, 『중국 민족의 창세신 이야기』, 아세아문화사, 2002.

서정오, 『우리가 정말 알아야 할 우리 신화』, 현암사, 2003.

서정오, 『우리가 정말 알아야 할 우리 옛이야기 백 가지 1-2』, 현암사, 1999.

소병, 『노자와 성』, 노승현 옮김, 문학동네, 2000.

송효섭, 『설화의 기호학』, 민음사, 1999.

『시경』

시노다 고이치, 『중국 환상세계』, 이송은 옮김, 들녘, 2000.

『신구약 성경』

신동흔, 『살아 있는 우리 신화』, 한겨레신문사, 2004.

신화아카데미, 『세계의 창조 신화』, 동방미디어, 2001.

심우성, 『탈』, 대원사, 1994.

오강남, 『예수는 없다』, 현암사, 2001.

오경웅, 『선의 황금시대』, 류시화 옮김, 경서원, 1986.

오카자키 가츠요, 『천지창조의 세계사』, 김경진 옮김, 창해, 1997.

요시다 아츠히코 외, 『우리가 알아야 할 세계 신화 101』, 김수진 옮김, 이손, 2002.

위앤커, 『중국 신화 전설 1-2』, 전인초 외 옮김, 민음사, 1999.

유시주, 『거꾸로 읽는 그리스 로마 신화』, 푸른나무, 1996.

유재원, 『그리스 신화의 세계 1-2』, 현대문학, 1998-1999.

이경덕, 『신화로 보는 악과 악마』, 동연, 1999.

이경재, 『신화해석학』, 다산글방, 2002.

이도흠, 『신라인의 마음으로 삼국유사를 읽는다』, 푸른역사, 2000.

이리유카바 최, 『교회에서 쉬쉬하는 그리스도교 이야기』, 대원출판, 2002.

이윤기, 『길 위에서 듣는 그리스 로마 신화』, 작가정신, 2002.

이윤기, 『이윤기의 그리스 로마 신화 1-3』, 웅진닷컴, 2000-2004.

이은구, 『인도의 신화』, 세창출판사, 2003.

이종욱, 『화랑세기로 본 신라인 이야기』, 김영사, 2000.

이종호, 『세계의 불가사의 21가지』, 새로운사람들, 1998.

이주헌, 『신화, 그림으로 읽기』, 학고재, 2000.

이즈미 마사토, 『우주의 자궁 미궁 이야기』, 오근영 옮김, 뿌리와이파리, 2003.

이토 세이치, 『신이의 나라 중국의 신화와 전설』, 박광순 옮김, 넥서스, 2000.

일연, 『삼국유사』

임정의, 『세계 문화 기행』, 코리언북스, 1998.

장영란, 『신화 속의 여성, 여성 속의 신화』, 문예출판사, 2001.

장영란, 『위대한 어머니 여신 사라진 여신들의 역사』, 살림, 2003.

장원철, 『한국 신화를 찾아서』, 한솜미디어, 2002.

『장자』

장주근, 『풀어쓴 한국의 신화』, 집문당, 2000.

전북대 인문학연구소, 『창조 신화의 세계』, 소명출판, 2002.

『일본서기』, 전용신 옮김, 일지사, 1989.

정재서 역주, 『산해경』, 민음사, 1985.

정재서, 『이야기 동양 신화』, 황금부엉이, 2004.

정진국, 『인류문명의 발상지 메소포타미아를 찾아서』, 혜안, 1999.

조철수, 『메소포타미아와 히브리 신화』, 길, 2000.

진중권, 『춤추는 죽음 1-2』, 세종서적, 1997.

키류 미사오, 『알고 보면 무시무시한 그림 동화』, 이정환 옮김, 서울문화사, 1999.

탁인숙, 『신은 왜 인간을 떠났을까』, 여름언덕, 2004.

포송령, 『요재지이 1-6』, 김혜경 옮김, 민음사, 2002.

한국구비문학회 편, 『동아시아 제 민족의 신화』, 박이정, 2001.

한국문화상징사전편찬위원회, 『한국문화 상징 사전』, 동아출판사, 1992.

한국역사연구회, 『삼국시대 사람들은 어떻게 살았을까』, 청년사, 1998.

한상수, 『한국인의 신화』, 문음사, 1980.

현용준 외 역주, 『제주도 무가』, 고려대학교 민족문화연구소, 1996.

Ackroyd, Eric, 『꿈 상징 사전』, 김병준 옮김, 한국심리치료연구소, 1997.

Apollodoros, 『원전으로 읽는 그리스 신화』, 천병희 옮김, 숲, 2004.

Applegate, Melissa, 『벽화로 보는 이집트 신화』, 해바라기, 2001.

Aries, Philippe, 『죽음 앞에 선 인간 상,하』, 유선자 옮김, 동문선, 1997.

Aries, Philippe, 『죽음의 역사』, 이종민 옮김, 동문선, 1998.

Armstrong, Karen, 『신의 역사 1-2』, 유지황 옮김, 동연, 1999.

Barnstone, Willis, 『숨겨진 성서 1-3』, 이동진 옮김, 문학수첩, 1994.

Barthes, Roland, 『사랑의 단상』, 김희영 옮김, 문학과지성사, 1991.

Bataille, Georges, 『에로티시즘』, 조한경 옮김, 민음사, 1996.

Bataille, Georges, 『에로티시즘의 역사』, 조한경 옮김, 민음사, 1998.

Bierlein, J. F., 『세계의 유사 신화』, 현준만 옮김, 세종서적, 1996.

Borchert, Bruno, 『초월적 세계를 향한 관념의 역사』, 강주헌 옮김, 예문, 1999.

Borges, Jorge, 『상상동물 이야기』, 남진희 옮김, 까치, 1994.

Bowie, Malcolm, 『라캉』, 이종인 옮김, 시공사, 1999.

Brosse, Jacques, 『나무의 신화』, 주향은 옮김, 이학사, 1998.

Bryson, Bill, 『거의 모든 것의 역사』, 이덕환 옮김, 까치, 2003.

Burland, Cottie, *North American Indian Mythology*, New York: Peter Bedrick Books, 1985.

Campbell, Joseph, 『네가 바로 그것이다』, 박경미 옮김, 해바라기, 2004.

Campbell, Joseph, 『신의 가면 1―원시 신화』, 이진구 옮김, 까치, 1999.

Campbell, Joseph, 『신의 가면 2―동양 신화』, 이진구 옮김, 까치, 1999.

Campbell, Joseph, 『신의 가면 3―서양 신화』, 정영목 옮김, 까치, 1999.

Campbell, Joseph, 『신의 가면 4―창작 신화』, 정영목 옮김, 까치, 2002.

Campbell, Joseph, 『신화의 세계』, 과학세대 옮김, 까치, 1998.

Campbell, Joseph, 『신화의 힘』, 이윤기 옮김, 고려원, 1992.

Campbell, Joseph, 『천의 얼굴을 가진 영웅』, 이윤기 옮김, 민음사, 1999.

Carus, Paul, 『악마의 역사』, 이지현 옮김, 더불어책, 2003.

Cooper, J. C., 『세계 문화 상징 사전』, 이윤기 옮김, 까치, 1994.

Coppin, Brigitte, 『판타지 여행 환상동물백과』, 김승욱 옮김, 문학동네, 2000.

Cotterell, Ather, 『세계 신화 사전』, 까치 편집부 옮김, 까치, 1995.

Davidson, H. R. Ellis, 『스칸디나비아 신화』, 심재훈 옮김, 범우사, 2004.

Derrida, Jacques, 『그라마톨로지』, 김성도 옮김, 민음사, 1996.

Derrida, Jacques, 『글쓰기와 차이』, 남수인 옮김, 동문선, 2001.

Derrida, Jacques, 『해체』, 김보현 편역, 문예출판사, 1996.

Detienne, Marcel, 『신화학의 창조』, 남수인 옮김, 이끌리오, 2001.

Dowson, John, *Classical Dictionary of Hindu Mythology*, Kegan Paul, London, 1961.

Duerr, Hans Peter, 『나체와 수치의 역사』, 차경아 옮김, 까치, 1998.

Eissen, Ariane, 『신화와 예술』, 류재화 옮김, 청년사, 2002.

Eliade, Mircea, 『샤마니즘』, 이윤기 옮김, 까치, 1992.

Eliade, Mircea, 『성과 속』, 이은봉 옮김, 한길사, 1998.

Eliade, Mircea, 『영원회귀의 신화』, 심재중 옮김, 이학사, 2003.

Eliade, Mircea, 『종교형태론』, 이은봉 옮김, 한길사, 1996.

Erdoes, Richard & Ortiz, Alfonso, *American Inian Myths and Legends*, New York: Pantheon, 1984.

Filliozat, Jean, 『인도철학』, 정광흠 옮김, 한길사, 2000.

Finkelstein, Israel & Silberman, Neil, 『성경: 고고학인가 사실인가』, 오성환 옮김, 까치, 2002.

Fouilloux, Danielle etc., 『성서 문화 사전』, 김애련 옮김, 솔, 2001.

Frazer, James, 『황금가지』, 이용대 옮김, 한겨레신문사, 2001.

Freke, Timothy & Gandy, Peter, *The Jesus Mysteries*, HarperCollins Publishers Ltd., 2000.

Freud, Sigmund, 『꼬마 한스와 도라』, 김재혁 외 옮김, 열린책들, 1997.

Freud, Sigmund, 『꿈의 해석』, 김인순 옮김, 열린책들, 1997.

Freud, Sigmund, 『늑대인간』, 김명희 옮김, 열린책들, 1996.

Freud, Sigmund, 『성욕에 관한 세 편의 에세이』, 김정일 옮김, 열린책들, 1996.

Freud, Sigmund, 『예술과 정신분석』, 정장진 옮김, 열린책들, 1997.

Freud, Sigmund, 『정신분석 강의1-2』, 임홍빈 외 옮김, 열린책들, 1997.

Freud, Sigmund, 『종교의 기원』, 이윤기 옮김, 열린책들, 1997.

Fromm, Erich, 『정신분석과 종교』, 문학과 사회 연구소 옮김, 청하, 1983.

Gibson, Walter, 『히에로니무스 보스』, 시공사, 2001.

Goff, Jacques Le, 『연옥의 탄생』, 최애리 옮김, 문학과지성사, 2000[재판].

Gololwin, Sergius, 『세계 신화 이야기』, 이기숙 외 옮김, 까치, 2001.

Goodrich, Norma Lorre, 『중세의 신화』, 윤후남 옮김, 현대지성사, 1998.

Greenberg, Gary, 『성서가 된 신화』, 김한영 옮김, 씨앗을뿌리는사람, 2001.

Grimal, Pierre, 『그리스 로마 신화사전』, 최애리 외 옮김, 열린책들, 2003.

Grimal, Pierre, *The Dictionary of Classical Mythology*, Blackwell Publisher, 1996.

Grousset, Rene, 『유라시아 유목제국사』, 김호동 외 옮김, 사계절, 1998.

Harris, Stephen & Platzer, Gloria, 『신화의 미로 찾기 1-2』, 이영순 옮김, 동인, 2000.

Hart, George, 『이집트 신화』, 이웅균 외 옮김, 범우사, 1999.

Hathaway, Nancy, 『세계 신화 사전』, 신현승 옮김, 세종서적, 2004.

Hinnelles, John, 『세계 종교 사전』, 장영길 옮김, 까치, 1999.

Hooke, Samuel, 『중동 신화』, 박화중 옮김, 범우사, 2001.

Hutin, Serge, 『신비의 지식, 그노시즘』, 황준성 옮김, 문학동네, 1996.

Ions, Veronica, 『이집트 신화』, 심재훈 옮김, 범우사, 2003.

Ions, Veronica, 『인도 신화』, 범우사, 2004.

James, Peter & Thorpe, Nick, 『옛문명의 풀리지 않는 의문들 상·하』, 오성환 옮김, 까치, 2001.

Kafka, Franz, 『오드라덱이 들려주는 이야기』, 김영옥 옮김, 문학과지성사, 1998.

Köhlmeier, Michael, 『미하엘 쾰마이어의 그리스 로마 신화』, 김시형 옮김, 베텔스만, 2002.

Kristeva, Julia, 『사랑의 역사』, 김영 옮김, 민음사, 1995.

Kundera, Milan, 『참을 수 없는 존재의 가벼움』, 송동준 옮김, 민음사, 1988.

Lacan, Jacques, 『욕망 이론』, 권택영 편역, 문예출판사, 1994.

Leach, Edmund, 『레비스트로스』, 이종인 옮김, 시공사, 1998.

Leach, Edmund, 『성서의 구조인류학』, 신인철 옮김, 한길사, 1996.

Lemaire, Anika, 『자크 라캉』, 이미선 옮김, 문예출판사, 1994.

Lévi-Strauss, Claude, 『슬픈 열대』, 박옥줄 옮김, 한길사, 1998.

Lévi-Strauss, Claude, 『신화와 의미』, 임옥희 옮김, 이끌리오, 2000.

Lévi-Strauss, Claude, 『야생의 사고』, 안정남 옮김, 한길사, 1996.

Masina, Beatrice, 『그리스 신화 속의 여성들』, 이현경 옮김, 현대문학, 2003.

McCall, Henrietta, 『메소포타미아 신화』, 임웅 옮김, 범우사, 1999.

McDannell, Colleen & Lang, Bernhard, 『천국의 역사 1-2』, 고진옥 옮김, 동연, 1998.

Moore, Burness, 『정신분석용어 해설집』, 황익근 옮김, 하나의학사, 1993.

Nettle, Daniel, 『사라져가는 목소리들』, 김정화 옮김, 이제이북스, 2003.

Neubart, Otto, 『왕들의 계곡』, 일빛, 1999.

Ovidius, 『변신 이야기 1-2』, 이윤기 옮김, 민음사, 1998.

Pelikan, Jaroslav, 『예수의 역사 2000년』, 김승철 옮김, 동연, 1999.

Platon, 『향연』, 박희영 옮김, 문학과지성사, 2003.

Ponce, Charles, 『카발라』, 조하선 옮김, 물병자리, 1997.

Quignard, Pascal, 『은밀한 생』, 송의경 옮김, 문학과지성사, 2001.

Radhakrishnan, Sarvepalli, 『인도철학사 1-4』, 이거룡 옮김, 한길사, 1996.

Ricoeur, Paul, 『악의 상징』, 양명수 옮김, 문학과지성사, 1994.

Rohl, David, 『문명의 창세기』, 해냄, 1999.

Sarup, Madan, 『알기 쉬운 자끄 라깡』, 김해수 옮김, 백의, 1994.

Saunders, Nicholas, 『동물의 영혼』, 강미경 옮김, 창해, 2002.

Soullard, Cathrine etc, 『유다』, 박아르마 옮김, 이룸, 2004.

Spencer, John & Spencer Anne, *The Encyclopedia of the World's Greatest Unsolved Mysteries*, Barricade Books, 1999.

Stoker, Bram, 『드라큘라』, 이세욱 옮김, 열린책들, 1992.

Storr, Anthony, 『융』, 이종인 옮김, 시공사, 1999.

Strobel, Lee, 『예수는 역사다』, 윤관희 외 옮김, 두란노, 2000.

Tetzner, Reiner, 『게르만 신화와 전설』, 성금숙 옮김, 범우사, 2002.

The Upanishards, trans, by Juan Mascaro, Penguin Classics, Harmondsworth, 1965.

Thomas, Chantal, 『사드, 신화와 반신화』, 심효림 옮김, 인간사랑, 1996.

Tresidder, Megan, 『사랑의 비밀』, 손성경 옮김, 문학동네, 2000.

Turner, Alice, 『지옥의 역사 1-2』, 이찬수 옮김, 동연, 1998.

Utrio, Kaari, 『이브의 역사』, 안미현 옮김, 자작, 2000.

Vatsyayana, 『카마수트라』, 정태혁 옮김, 동문선, 1995.

Wilkinson, Phillip, 『세계 신화 사전』, 안성찬 옮김, 웅진닷컴, 2002.

Wollheim, Richard, 『프로이트』, 이종인 옮김, 시공사, 1999.

ㄱ

ㄴ

문학동네 교양선

태초에 사랑이 있었다

ⓒ 권혁웅 2005

| 초판　인쇄 | 2005년 11월 23일 |
| 초판　발행 | 2005년 11월 30일 |

지 은 이	권혁웅
펴 낸 이	강병선
책 임 편 집	조연주 김송은
펴 낸 곳	(주)문학동네
출 판 등 록	1993년 10월 22일 제406-2003-000045호

주　　소	413-756 경기도 파주시 교하읍 문발리 파주출판도시 513-8
전 자 우 편	editor@munhak.com
전 화 번 호	031) 955-8888
팩　　스	031) 955-8855

ISBN　89-546-0057-3　03810

www.munhak.com